給……
斷了線的你

——傳達宇宙眞相的訊息

由於因緣，找到了那困擾人類千年的「符咒」！為破解此咒而傳遞宇宙真相的訊息，祝願大家都能得到心靈的自由。

蒲公英二號·著

給……斷了線的你

請別問我曾是身經百戰的戰袍
還是那輕柔浪漫的紗縵
是的，我是經歷了歲月的洗禮，也看盡了人世間的起伏
如今，我只是一塊小小的碎布
願輕輕的為你抹去窗前歲歲月月堆積的塵土
再現眼前那片藍天白雲和碧海青山
是的，我願做那塊小小的碎布
但願能為你輕輕的拭去那世世代代殘留在你心中的烙印和淚痕
重現你與生俱來的光潔
也許你一時認不出我來
但，我卻知道你是我的兄弟和姐妹
否則，何以每當聽到你在地球某處悲泣之時
我都感受到你的傷痛
或許，你已淡忘了你我的來處
為了要到這地球學校來體驗人生
老天將我們像雨點一般撒在世界各處
讓我們選擇各自的父母，穿著他們所賜的身體與膚色
如花朵般，各有特色的點綴著這片大地
你可曾記得我們來時的承諾？我們答應過要彼此相愛
因為我們是兄弟姐妹，全都來自同一處……

推薦序——擁抱你的女性能量

身心靈作家　張德芬

　　這是一本寫給全天下女性的書，道盡了幾百年來，甚至幾千年來，女性的壓抑和痛苦遭遇。

　　可幸的是，會讀到這本書的你，應該已經是生活在一個男女比較平等的社會裡了。我們身為女性的悲哀，已經被現代新時代女性的堅毅不屈的精神所替代。

　　我很幸運，生長在現代社會，雖然男女不見得完全平等，但是從小會讀書，各方面表現都非常出色，所以不輸於男性，甚至讓重男輕女的奶奶笑我們家「豬不肥狗肥」（意思是我比我哥優秀）。

　　正是因為如此，反而讓我變得喜歡競爭、比較，凡事都要分個是非曲直上下好壞的，十足的男人個性，卻忘了擁抱自己身上那份最珍貴的特質——女性的能量。

　　四十歲之後，開始接觸靈修，才逐漸意識到自己外表女人內在陽剛的錯亂，而開始開發自己的女性特質，逐漸擁抱自己的脆弱，並且加大自己的包容的心量。

　　我曾經在我的部落格（大陸：博客）發表過一篇文章，引起了廣大女性的迴響。我建議女性朋友們應該掌握「溫柔的堅持，脆弱的要求」的方式，來和自己的親密伴侶溝通。

　　我自己每次說「不」的時候，都會生氣。後來才發現，能夠溫柔的說「不」，是女性最厲害的武器之一。而在要求親密伴侶

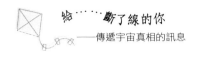

的時候，如果能說出自己背後的動機，坦誠自己的需要，那麼對方能接受的可能性就會大增。

　　所以，當我們讀到蒲公英二號的書，而為當代的女性慶幸的時候，也別忘了看看女性主義過度高漲之後帶來的一些社會上的負面效果。女人是水，上善若水，我們可以發揮水的特質，往低處流，隨順容器的形狀，而不改變自己的本性。如此一來，無堅不摧的特性就能夠發揮出來，讓我們的生活更加的順遂容易。

　　和天下女性共勉之。

註：張德芬著作
　　《活出全新的自己──喚醒、療癒與創造》
　　《今天我會心想事成：吸引力法則實踐手冊》
　　《遇見心想事成的自己》
　　《遇見未知的自己》

推薦序——從恐懼走向愛和喜樂

黃愛淑

　　洋洋灑灑好幾萬字的書，其中的重要精髓其實已在開頭那一首美麗的詩裡點出來了。世界上的每一個人都像是各自開著一朵不同的生命之花，雖有各自的相態姿貌，但都是一樣的珍貴，應該享有一樣的尊嚴，更不該被鄙視、忽視，甚至摒棄。我們只是都忘了大家都是來自相同的來源：光和愛，同時也都是相約而來在地球上一起學習的。

　　而因為諸多不同的原因，我們陷在很多宗教、文化、禮教或習俗上的思想框架中而不自知，以為恐懼和痛苦理應是人生的本質，以為我們只能任大環境擺佈。目前坊間有關心念的力量和重要性的資訊已形成一股不容忽視的力量，本書中提到的很多觀點就是其中的一部分，它教我們重新思考之所以會造成現今世界動盪不安以及我們內心不平安、不快樂的原因，然後用意念來重新做選擇和創造我們真正想要的生活，而不再依循舊習，一再掉入相同的痛苦和輪迴。

　　蒲公英二號喜歡做串珠鍊的手工，我覺得書中很多的主題都像是一顆顆新時代的寶珠，這本書其實就是她花了無數心血和愛心，穿針引線，為她自己，也為我們而做的一串如意寶珠。是哪一種寶珠？這要靠讀者的慧眼去辨識了。

　　假如從恐懼走向愛和喜悅、從自我懷疑走向自信和自我肯定、從固守和依循傳統走向開放的心……這些都是一種蛻變和療

癒的話，那麼這本書應該可以算是她的覺醒、蛻變和療癒之路的告白。我相信，對很多肯打開心胸，放下心中的舊有定見和窠臼，願意用心去聆聽書中故事的人來說，書上的很多點點滴滴也將會一步步地喚醒他們，擴大他們的視野，改變他們的世界。

＊　　　　　＊　　　　　＊

會認識蒲公英二號有時候真的不得不相信冥冥之中的安排。有一次我臨時決定回台灣辦事，回美國前一天，下午本來計畫參加一個很殊勝的活動，卻在當天一早接到電話告知活動取消，我才有機會去會晤一個朋友，本來只打算停留一個小時，沒想到時間又拉長了三個多小時。那個下午就促成了蒲公英二號和我不曾預期到的一面之緣。

她說她在寫一本書，需要有人幫她修正一下文字，我也自告奮勇地接了下來，只因為言談之中我發現我們走的是非常近似的成長之路，都是在超過大半生的盲目隨波逐流之後，腦中突然開始出現了很多問號，然後就走上了不斷追尋的不歸路。但更重要的是——她是個有心人。

各自回到美國之後，我收到了稿件的電子檔。看了稿子之後，我才相信她曾說她搞不清楚怎麼用標點符號，也分辨不出許多的錯別字，這並不是誇張之詞。驚嚇之餘，對她其實有著更多的欽佩，因為在她這個年紀，絕大多數的人都已從工作中「退」下來，處在一種幾乎是「休」息的狀態（更別提還有什麼夢想了），而她仍然aim high, dream big（懷抱著一個大目標，勇敢地追夢）。她一開始本來是想用英文寫的（而從書中的形容可以看出她的英文並不夠好），其用意是因為美國是一個文化和種族多

元化的國家，她希望讀者中會有有心之士把這本書翻譯成不同的語文，把她的故事和信息傳到世界各角落。她也許懷疑過自己寫書出書的能力，但她從未懷疑過自己所做的事和它的意義。這一點非常令我自嘆不如，因為我只要一開始懷疑自己的能力，就會裹足不前。

她逐夢，但也未曾忘記要踏實。我覺得她是一位很有耐力的長跑選手。為了一本不知會不會有人肯出版的書，美國、台灣、大陸來回「跑」了這麼多年，其間又因為新的學習和收到不同的信息，內容和文字上增增減減修改了不知多少次，歷經各種情緒和身體狀況的起伏。所有的挫折都沒有讓她灰心。

假如一個人沒有使命感，沒有慈悲心，是絕對做不到像她這樣的堅持和耐磨。假如一個人沒有愛，在經歷像她這種寫作和出版的過程時，一定早早就向諸多的阻力、煩惱、懷疑、不可知的未來，還有一次次的生病投降了。

這些都是我從她身上學到的。

我特別要提一些我對她個人的認識，是因為經過了這幾年的用功學習，她其實也將自己越磨越亮，逐漸顯露出人人本俱的光明性。這也是新時代的精神之一：我們將要逐漸脫離崇拜、追隨專家和權威的習慣，意即每一個人都要聽自己內心的聲音，用自己的獨家特色活出生命的光彩。人和人之間沒有競爭和比較，只有相互欣賞和相互成就。

註：黃愛淑　翻譯作品
　　《如何教養出積極的孩子》
　　《你有能力改變世界——用意念重塑世界》
　　《在覺知中創造十大法則》

給⋯⋯斷了線的你

——傳遞宇宙真相的訊息

作者序

　　早在寫書之前就寫了這生平第一首詩，打算用它作序言以表達我撰寫此書的心意。直到書寫完了，仍不知要為此詩冠以何名。

　　打字的前一天頭腦還是一片空白，但，就在那天早上打坐時腦海突然浮現出一個風箏……。啊！我明白了，兩個鐘頭後打字小姐在第一頁的第一行打下「給……斷了線的你」。

　　由於因緣際遇，發現了一個困惑人類幾千年的人生謎底。又因內在聲音不停的驅使，才鼓起勇氣寫這本書。開始時，僅想到在美國出版，因為在美國住了將近四十年，對美國的民情較了解。

　　雖然文章裡的資料多半來自英文，但是，書中的人物幾乎都是與我有關的中國人。突然間恍然大悟，原來自己所做的是一項「橋樑」的工作。當我了解這一點之後，對於出中文版反倒成了我的期待。畢竟，中國人口占了全世界的四分之一！

　　當初，想出英文版的理由是很單純的，因為美國是一個包含各種不同人種的多元化國家。我真正的目的是希望能找到共鳴的人，將此書翻譯成他們國家的文字，幫著把這些「訊息」傳送到世界不同的角落。也許有人會覺得我的夢也未免太大了點，但是當您看完此書之後，或許就會理解何以我有這麼大的夢。說不定，您也因此願意加入這個行列，為我們世界盡一份心力。

　　從小我就喜歡看書和說故事，還喜歡將收集來的石頭或珠珠串成耳環或項鍊送給親友。現在我用分享的心，以說故事的方式將多年來在書中收集到的「瑰寶」，用自己生活的經歷當充「黏

合劑」將它們點點滴滴的串連起來，成為一本書獻給您。但願每一塊「瑰寶」都能呈現出它應有的光芒，也希望這些光芒能為你的生命帶來更多光彩。

書中許多觀點是我經歷了好幾個人生重要的階段，才終於領悟到的，或許跟您的觀點不太一樣。由於我仍在不斷地學習，所以不論我們的觀點相同與否，都請接受這本書對您的祝福。如果可以的話，請按此書先後之順序閱讀，因為每一章節都有著我想要連貫的用心。

感謝這幾年來我先生對我的支持，為了此書我時時出國留他一個人在家駐守。另外，要感恩我那群特殊的「朋友」多年來不斷的引導，又源源不斷的透過各種管道把書和資料送到我手上。

還要謝謝北京朋友的幫助。不知道什麼原因，我對北京總有說不出的親切感，老覺得那裡的大街小巷以及人情事物都似曾相識，有種很熟悉的感覺。以致，每次到中國旅遊之後我總會告訴先生，我最喜歡的還是北京。後來，我才知道自己「曾經」住過北京，而且當年還是個可以自由進出紫禁城的人。

北京正在日新月異不斷的成長，雖然今天的北京與我1991年第一次見到的北京，已經判若兩個城市了。但是對北京我還是有種說不出的情感，而且樂見它那一片欣欣向榮的景相。

北京會有今天的繁榮，要歸功於執政者的「開放和改革」政策。「開放」是指思想上願意接受新的觀念，「改革」是指行動上肯配合著手改變。當年台灣的經濟起飛和今日美國的進步，也全都拜「開放和改革」之賜。因此，希望您也能用開放的心情看待這本書。

中國大陸是我出生之地，台灣是我成長之處，美國是我成家立業
之所。對每個地方我都充滿著感情，並且有著相同的祝福，我認
為自己是個「世界公民」。願這些「訊息」的種子有遍地開花的
一天，讓我們世界變得更美好，是我撰寫此書唯一的心願。

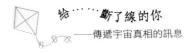

給……斷了線的你

——傳遞宇宙真相的訊息

contents

第一章　蒲公英的種子

請那風來助一臂之力

小男生的啟示

2002年2月份Guideposts雜誌裡，有位加拿大婦人寫了一篇關於她兒子Ryan的故事。就是因為這小男生我才決定提筆寫這本書的。也是因為這小男生我才聽從自己「內在」的聲音，試著去做一個「蒲公英」。在此，且先讓我來講這小男生的故事。

1998年那年Ryan才六歲，有天放學回來要求父母給它七十塊錢，他說非洲有好多小孩因為喝了污染的河水而生病，甚至還有人病死。老師說一個打水的幫浦要七十塊錢，所以他想替那裡的小孩裝一口井。

雖然，他的父母很欣慰於兒子的善心，只是這個打井的事那是一個小孩能做到的事呢？但是他們又不忍心澆兒子的冷水，所以就想出一個緩衝之計告訴兒子他們是不能平白無故給他這筆錢的，不過，他可以替家裡或鄰居做點雜差之類的事，自己去賺這筆錢。一來他們希望兒子的熱忱可以漸漸地冷卻下來，二來也可藉此教導兒子要努力工作才能賺錢的價值觀念。

*　　　*　　　*

這孩子一聽到可以自己去賺錢臉都亮了起來，從此只要有任何賺錢的機會他都絕不放過，而且都是全力以赴的去做。足足花了四個月時間總算讓他湊足了那七十塊錢。

可是，當他的母親帶他去把錢交給打井的機構的時候，那位主管雖然很感謝他的心意，卻不得不告訴他另一個實情。他那七十塊

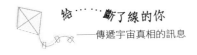
錢是可以買一個幫浦，沒錯，可是要挖一個井則要另外的2000塊錢才辦得到……。他可沒被嚇到，只說那我就再去多打一點工。

可是這位做媽的可擔心極了，因為她知道兒子再怎麼努力工作，一星期也只能賺到幾塊錢而已。這時她的朋友知道了這件事，就把這孩子的心願寫出來登到一家報紙上。

後來又引起一家電視台的注意，也報導了Ryan的故事，因而引起許多善心人士紛紛響應，亦源源的寄錢來支持他的心願。甚至還有一家機構願意把他募來的款項加成雙倍，Ryan那日以夜繼的心願終於達成了！

Ryan在烏干達Uganda的地圖上選了一所小學，決定就在學校附近打一口井，他說，這樣小朋友就可以每天帶乾淨水回家喝了。

後來，他才知道那裡的人打井完全是靠著人的雙手，不但費時又費力。有人告訴他，即使最小的打鑽機也得要兩萬五千美金。他聽了之後就說，或許他可以再去募一些錢，這樣就可以再打一些井出來。這時他已經是小學二年級的學生了，他又開始到其他班上去遊說，甚至還到機關團體去募款。

*　　　　*　　　　*

1999年Ryan的井完工了，當他聽到村民因此而有乾淨水喝時，他開心極了。長久以來，他每晚都會為非洲小孩有乾淨水喝而祈禱，那天他又多加了一項，希望能夠見到他那口井。

這可把他母親愁死了，雖然她兒子是知道什麼是「天下無難事」，也相信「奇蹟」這種事情，可是她自己算了又算，就算她從現在開始存錢吧，也得等到Ryan十二歲才能讓兒子的美夢成真。

2000年元旦有人來敲門，是隔壁的鄰居夫婦手裡拿著一個信

封說，他們想要讓Ryan看到他的井。信封裡是他們累積下來的「里程免費機票」，足夠他們一家三口來回一趟非洲。

你可以想像到Ryan這趟終身難忘之旅啦！在照片中見到他被夾道的人群歡呼著，據說當時他被這些歡呼聲弄呆了。因為他壓根就不知道那些歡呼的人群是衝著他來的。他見到他的非洲筆友了，他的井被許多鮮花佈置著，他又被許多小孩圍繞著。而且，他還親口喝了那口井的水，簡直是樂翻了！

* * *

Ryan的母親說，當年他們只不過是想讓兒子學習認真工作才能賺錢的價值觀而已，沒想到，反倒是她這個為娘的被兒子的善心和信心帶領著走了那麼長遠的路，甚至還遠達非洲去了。

她說，有次Ryan被邀請到電視台接受訪問，他說老天把我們放在地球上卻沒有把它造得更好是有原因的，否則我們就不需要把這世界變得更好了……。而當他談到幫手的時候，他說，幫手其實就像蒲公英一樣，當風吹起時它的種子就會飛到各處去，而他所做的，只不過是讓別人知道他們也可以幫點忙而已。

2001年，有位叫Dannil的加拿大奧運金牌選手來找Ryan。他想請Ryan協助他在故鄉奈及利亞Nigeria造井。後來他們變成了好朋友，還曾經一起回到Nigeria去看他們共創的成果。到2001年為止，Ryan所募到的款項已經超過了40萬美金，並且設立了一個「Ryan的井」基金會。

* * *

2003年，我在Oprah的節目中見到了Ryan，他長大了不少。

那時，他的家人已經把那位戰爭孤兒「非洲筆友」接到他們家同住，成了Ryan的兄弟好友。「Ryan的井」基金會又更加的壯大，而且又打出更多的井來，造福了更多人。

2007年初，我在Dr. Wayne Dyer的演講會中再度見到Ryan。他已經長得很高大了，據說「Ryan的井」基金會所招募來的款項，已經超過了一百萬美金。

Ryan的母親在文章裡提到，當時才六歲的Ryan在剛收到第一筆捐款時，他急得差點哭出來。原因是他不會像大人那樣簽名，擔心因此而拿不到那筆錢，這可怎麼辦呢？想想看，連那麼小的男生都能為世界造福，我們當然也可以啦！

＊　　　＊　　　＊

在「Real Magic」書中，作者Dr. Wayne Dyer曾經提到，物理分子結構中有個很微妙的現象，那就是每當一些分子做出某種排列時，其他的分子也會跟進的排列起來。因此，我們只管去把那些好的、合乎「真善美」的種子散播出去，它自然就會像「蒲公英」那樣，自然而然就會擴散開來。

因為，我們每一個人的「裡面」都有同樣美好的品質，正靜靜的等待著那股相互吸引的力量去把它吸引出來。我們每個人的心也都像蠟燭的心那樣，正靜靜的等待著那個「真善美」的火花將它點燃，讓它發出生命的光和熱來溫暖自己和照亮別人。

就拿Ryan來說吧，他那能料到當初他所期盼的那一口井，會衍生出這許多的井來呢？所以，我們只管去把好的「意念」散播出去，其他的就由風來決定。雖然蒲公英只是一朵小小的花，但

借著風的力量，也會為世界添出一片燦爛的色彩來，也能把我們世界點綴得更美麗。

只要我們有那個「想要」讓世界更美麗的意念，那個「風」就自然會來助我們一臂之力的，因為你我都有那個「無中生有」的萬能力量。

就拿Ryan來說吧，一個才六歲的小男孩也有他的力量。只因為他有那個「想要」造福世界的「意念」，他那「想要」的意念力量就讓他達成了第一口井。然後再經由他，又吸引了更多有著相同「意念」的人，幫助他造出更多的井來。

那個「力量」真的就在你和我的裡面，只要輕輕的一送，就可以讓那個意念的「蒲公英」落地生根。如果連平凡如我的人都「想要」做一個「蒲公英」的話，當然你一定也可以啦！而且一定會做得比我更好。當然啦，這一切還得要有你們的「風」來助我一臂之力才行！

給……斷了線的你

——傳遞宇宙真相的訊息

意念的力量

2003年底我參加一個新時代座談會，他們介紹了各種「超時代」的資料和見聞。比如說，現在人類已經可以用光和音的振動力來替人治病了。而且還發明了一種儀器，只要用一根頭髮就可以測出身體所有的狀況，據說，這種方法不但安全而且省錢、省時、又省事。

在座談會上，有位尖端的醫生科學家被邀請來發表他的研究。他告訴我們，他目前正在進行一項實驗，想用鐳射回轉體內DNA染色體的方式來治療愛滋病。

他說，目前非洲平均每天都有幾千人死於愛滋病。即使現在已經有藥物發明出來，但是價錢實在是太昂貴了，根本不是一般人能負擔得起的。更何況是以非洲人的平均所得來說，那根本就是個天文數字。

*　　　　　*　　　　　*

這位醫生說，聯合國現在已撥了一筆經費協助他研究，希望他儘快解決當前這燃眉之急。我只知道他的構想非常的「反傳統」，甚至還牽涉到DNA的結構。由於他所用的專業術語非我能轉述，在此，只能提一提讓大家知道有這麼一回事。

當時，這位醫生要求在場的來賓為他祈禱。一來他需要更多的意念能量協助他達成此項任務。二來他希望更多人能接受這個新觀念，到時候他的成果才可能被更多政府國家接納，他才能幫助更多的愛滋病患者。

給……斷了線的你
——傳遞宇宙真相的訊息

　　這位醫生並且還預言，將來我們人類會進展到用意念來「吸收」藥物，這樣，就不會再擔心有殘餘的藥物滯留在體內戕害我們的健康了。

　　這些資料聽起來好像是「天方夜譚」，但是我相信他的話是有所根據的，因為現在我們不是已經有不少藥物是用噴的、貼的、甚至用聞的嗎？

　　想想看，即使在三十年以前，又會有幾個人相信我們現在幾乎家家都有個人電腦這種事情？而且還可以提在手上隨身攜帶呢！而在一百年以前，又會有幾個人相信今天我們會有行動電話和彩色電視機這些玩意兒呢？

　　所以說，用「意念」來「吃」藥當然不是不可能的事啦。因此，生在我們這個時代的人就更要保持一個「開放」的心。千萬不要因為以前不曾聽說過，或不曾見到過就先去否定它的可能性唷！

　　我個人認為，假如一個人想要成長的話，最好的方式就是肯接受「新的」和「不一樣」的觀念。雖然，有時候那些「新的」觀念，可能會跟我們原來的觀念有所「衝突」，但是有「衝突」並不表示它就不好呀！

　　因為有了「衝突」我們才可能去調整，能夠調整了我們才可能有機會去「突破」。如果沒有「突破」的話，我們又怎麼可能成長呢？

　　就拿運動員來說吧，如果他們沒有機會去「突破」自己的或別人的記錄的話，您想他們會有成就感嗎？他們又怎麼可能會對自己感到滿意呢？

*　　　　*　　　　*

好了，現在再讓我們回到這「意念的力量」的話題。那天的座談會上，還有一項有趣的資料，在此我也順便提出來與大家分享。

日本有位叫江本勝的科學家在研究水結晶時，他發現好的水呈所現出來的水結晶有如雪花那樣，是六角形的結構形狀完整又美麗。另外，他又拿一些腐壞的水來做水結晶，他發現腐壞的水所結出來的結晶，它的結構形狀都是既破裂又殘缺的。

有一天，他忽然心血來潮對那些腐敗了的水作了一番祝福之後，再拿去做成水結晶。結果他驚訝的發現那些腐壞的水經過他一番祝福了之後，再結出來的水結晶結構竟然改變了，它的雪花結構形狀居然變得跟「好水」結出的結晶結構幾乎一樣，既完整又美麗了……。

他當然是既興奮又難以相信啦，接著，他又去做另外一項更大的實驗。這次他把兩個相同的玻璃瓶裝了相同的米飯，拿到一所學校的餐廳，將一瓶放在餐廳的進口處，另外一瓶放在出口處。

他要求那些學生每天到餐廳吃飯的時候，都對著進口處的那瓶米飯說一些咒罵的髒話，在他們走出餐廳的時候，每天都對那瓶放在出口處的米飯說一些祝福的好話。一個星期之後，他們發現放在進口的那瓶米飯，不但變了色而且腐爛了。而另外那瓶放在出口處的米飯則完好如初，一點都沒有腐爛。

*　　　　*　　　　*

不久，江本勝博士又再進行另一項更大的實驗，這次，他用

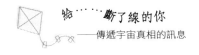

的是一條日本的髒臭河水，據說這次一共有350個自願者共同
參與。

　　當初那條河水結出的水結晶，結構當然是很不美觀。不過
經過這群人對著這條河水二十四小時不停的祝福了之後，他們赫
然發現，那條河流的水結出來的水結晶結構的形狀竟然有所改變
了，它所結出的結晶結構居然變得既美麗又完整了。

　　目前這位日本科學家經常被邀請到世界各國去發表演說，並
展示他的研究成果。每到之處他都會邀請現場的觀眾一起參與實
驗，當然他也都會拍出前後兩張不同的水結晶照片，讓觀眾自己
去作對照。據說每到之處都造成轟動，因為江本勝博士已經證實
了人類的「意念」確實是有不可思議的「力量」存在。

　　　　　　＊　　　　　＊　　　　　＊

　　在Dr. Wayne Dyer所寫的《Real Magic》書中曾經也指出，我
們人類所發出的每一個意念都有它特殊的能量存在，他還舉出許
多例子來說明它。

　　就拿「有形」的發明來說吧，他說，人類在發明「有形」的
東西之前，全都始之於我們的意念，比如說飛機、電腦、汽車等
等。然後，我們再聚集更多的「意念」能量，把產品由「無」中
生「有」的製造出來。

　　至於「無形」的方面，Dr. Wayne Dyer就以近代發生的事蹟來
解說。他舉例，那個舉世聞名的「柏林」圍牆，為什麼它會莫名
其妙的自動被拆除了呢？還有，那些極權國家為什麼又會在沒有
動一兵一炮之下全都自動瓦解了呢？

　　他說，這些全都是因為人類的意識層次普遍提升了，由我們

新的「意念」能量所產生的力量造就出來的新「果實」。

另外，他又拿美國的新「風潮」來舉例。他說現在美國除了飛機上已經開始全面禁煙了，甚至連餐廳也開始普遍禁煙。他說這些改變全都是因為有越來越多具有相同「意念」的人，聚集了他們共同的「意念」能量所造就出來的事蹟。他說，在十幾年以前，這些事情是絕對不可能發生的。

不但如此，現在幾乎全世界的民航班機都已經開始全面的禁煙了，甚至連火車上也開始禁煙。他說，這些全都是人類的「意念」普遍提升了之後，產生的無形「力量」結出來的新果實！因此我們知道，所有的「實相」都是我們人類的「意念」造就出來的。

＊　　　＊　　　＊

這讓我想起《王鳳儀言行錄》中王鳳儀先生所說的話，他說：「人就是天，人不答應的事，天也不會答應。」因此，中國人才有句話說「境由心造」。

當我們了解人類的「意念」確實有「力量」產生時，我們就要擔負起這一切「實相」的責任了。就拿戰爭來說吧，到底我們是該去怨天呢？還是去尤人呢？

在《與神對話》書中，我看到一段很耐人尋味的話。書中說到，你們人類總是把第二次世界大戰的責任全都推到希特勒一個人的身上，事實上，那全都是你們人類自己的負面「意念」造就出來的。光希特勒一個人，他是絕對不可能有這個能耐的……。！

這句話倒是一語驚醒夢中人！可不是嗎？過去，中國女人的

— 傳遞宇宙真相的訊息

腳為什麼會被綁成了小腳呢？這不也全都是人們的「意念」造成的嗎？

想想看，就連女孩子的父母在內，大家都一致認為女人的腳一定得綁成小腳才行。甚至連那些身受其害的母親，她們也都認為必須「如此」才行。那麼，你說吧！中國女孩子還有其他的路可走嗎？

可見，很多事情是怨不了老天的。現在是我們人類該覺醒的時候了，是我們該對自己的「意念」所造成的「實相」負責的時候了。

*　　　*　　　*

過去這二十年來，我們世界的資訊、交通、電腦等等都在突飛猛進的不斷發展，這些工具除了替我們傳達訊息之外，又連帶的帶起相互之間的互動，不但已經讓我們達到「一日千里」的程度，而且，還讓我們達到「天涯若比鄰」的境界。

因為我們已邁入21世紀的新世紀新的單元了，人類的意識層次也勢必要有所提昇。不但要跟得上科技發展的速度，而且還要跟科技並駕齊驅才行，否則這兩者之間就要失去應有的陰陽平衡了。

在《Real Magic》書中，作者Dr. Wayne Dyer提到，如果我們用若干倍的顯微鏡來觀察我們身體，就會發現我們的細胞都是一個個的單獨個體，而且，每個細胞之間都有它們一定的空間存在。

由某些細胞組合起來它的功用可能是胃，由另外的細胞組合起來它的職守可能是眼睛，再把這所有的細胞全部組合起來才

是我們的身體。所以只要我們身體任何部分出了問題，都是我們「整體」的問題，它都會令我們生病。

就拿我們的腳來說吧，如果不小心踩到釘子而引起發炎的話，我們可以說它不關胃的事也不關眼睛的事，但是它的確是「我們」的事，因為我們會痛而且萬一染上了破傷風那我們豈不是沒命啦！

*　　　*　　　*

由此可見，世界上的人類就如同我們身體的細胞那樣，雖然我們看起來每一個人都是單獨的個體，但是我們人與人之間就像身體的細胞那樣全都是息息相關的，而且也全都是「同為一體」的。

當我們了解我們每個人都是息息相關，也全都是「同為一體」的時候，人類的視野就開闊了，心胸也會寬闊起來。

這時候，我們自然就會把自己的地位由一個「國家的公民」提升為「世界的公民」，甚至還會把自己的地位提升成為「宇宙的公民」，因為，事實上我們也全都是宇宙的一份子。

*　　　*　　　*

由於我們全都是老天的兒女也是造物者的兒女，當然我們也全都擁有老天所賜予的創造力，而且，我們的「意念」就是我們創造「能量」的來源，所以才說世界上所有的「實相」都是我們自己造成的。

因此我們千萬不要小看了自己的力量，經由我們的「意念」確實可以為世界帶來和平，同樣的，經由我們的「意念」也確實

會為我們的世界帶來可怕的災難和戰爭。

這一切全都在於我們自己的選擇。因為老天不但給了我們創造的「力量」，也給了我們所有的選擇「自由」，讓我們自己去選擇要做一個什麼樣的人，讓我們自己去創造我們想要的各種「實相」來。

由於我們人類的「意念」確實是有不可思議的力量，所以中國才有句話說：「人定勝天」。它所指的，就是我們的「意念」力量，這個「力量」確實可以讓我們超越所有的極限。因此一百年前的先知王鳳儀先生才會說：「人就是天，如果人不答應的事情，天也不會答應。」

其實，我們每個人都是千真萬確的「天子」，只是我們自己不知道而已。因此，我們才要了解自己的地位和力量。千萬不要再妄自菲薄的把我們的「意念」放錯了地方，為我們世界帶來災難！

＊　　　　＊　　　　＊

2004年12月5日，我再度參加那一年一度的新時代座談會。那位尖端的醫生科學家Dr. Todd Ovakeity再次親臨會場，他很興奮的告訴我們，他想用鐳射回轉染色體的方式來清除愛滋病病毒的構想，已經證實實驗成功了！！

在會場上，我們看到他與病人以及南非總理曼德拉夫婦合照的照片，也看到南非總理曼德拉給他的致謝信函。同時，我們還看到病人那治療前後判若兩人的照片，以及那些治療前後的各項病歷指數，全都足以用「康復」兩個字來形容。

在會中，主持人很興奮的告訴我們：Dr. Todd已經被提名下年度的諾貝爾獎候選人。另外他又說，研究水結晶的那位日本科學家江本勝博士的第三本書已經問世。而且江本勝博士又分別在巴西和德國帶領群眾為他們的河川祈禱，也都證實這兩條河川經由他們祈禱了之後，水結晶結構都有了明顯的改變。

他還說，江本勝博士又連續發現水對音樂、文字和語言都有所「感應」，水不但能夠「體會」出這些音樂、文字和語言所表達的「情感」，而且，還能夠藉由水的結晶體呈現出不同的姿態，顯示出水對這些「情感」產生的各種不同的特殊「感應」來。

＊　　　＊　　　＊

除此之外江本勝博士又說，即使是用不同的文字寫出相同意義的字，水都能夠感應到它們「相同」的意思，會呈現出相「相似」的結晶體來。

根據他的解釋，那些「意義」相同的文字雖然在文字的表面上看起來不盡相同，但是這些文字所包涵的「意念」卻是相同的，因此「意念」的「波動」也是相同的。由於水所感受到的意念「波動」是相同的，所以水才會結出「相似」的結晶體來。

江本勝博士在水結晶的結構中，不但尋找到「意念」與「波動」之間的奧妙，還證明出人類的「意念」確實是有「波動」產生，同時，也證實我們人類「意念」所發出的「波動」就是我們創造的「力量」來源。

江本勝博士還指出，宇宙間任何存在體都有它的振動力，而且每個存在體的振動頻率都不盡相同。即使石頭也都有它的振動力，只不過是它的振動頻率比較低罷了。

給……斷了線的你
——傳遞宇宙真相的訊息

*　　　*　　　*

　　我曾聽一位來自喜馬拉雅山的靈性大師演講，同樣也提到宇宙間所有存在物都有它的「振動力」，甚至還指出，宇宙萬物全都來自這個「振動力」，而且聖經中所提到的word字，所指的就是這個「振動力」。又說，人類一旦真正了解這個「振動力」的時候，就能夠真正的瞭解宇宙間的奧妙以及它的運作方式。

　　我認為江本勝博士已經為人類找到了那把通往宇宙奧妙的鑰匙。他不但證實出水的有情世界，同時，也證實了我們人類的「意念和情感」所發出的「波動」到底會產生出什麼樣的「創造力」來。讓我們知道，我們的意念「力量」不但可以感應河川，也可以改變世界，甚至影響我們整個宇宙……。

　　江本勝博士的書，有如一滴水，它造成的波紋正在一圈圈不斷的擴大，已經波及了整個世界。如果你還沒有看他的書，請快去找！！這本書一定會帶給你許多的驚嘆。台灣版的書名為《幸福的真義，水知道》等等……。

到底是哪來的風會掀起這種浪？

　　幾年前我在Oprah Winfrey的節目中看到幾段紀錄片，至今回想起來還令我毛髮悚然。緊接著的第二個星期，她說由於觀眾的反應太過激烈，有人要求她再重播一次。她還說已有幾位女士看了這段紀錄片之後，她們的使命感不允許她們保持沉默，毅然辭去高薪的工作發起相關的組織，要伸出援手來幫助這些無助的女人。

　　當時，我為自己什麼忙也幫不上而感到慚愧。最近由於看了寫《曠野的聲音》的作者Marlo Morgan女士的第二本書《曠野之歌》，書中提到：生而為人，我們都有責任為那些不能出聲的人呼救。

　　這時，我裡面就有個聲音一直不停的說，去用你的筆來為那些人呼救呀！雖然我對自己的文筆並不是那麼有把握，但是想到我只是要替那些可憐的女人呼救，如果必須去獻醜的話，那我也管不了那麼多了。再說，如果我不去試的話又怎麼知道自己是行還是不行呢？

＊　　　　　＊　　　　　＊

　　好了，現在就讓我言歸正傳，先轉述那天的紀錄片吧。鏡頭之一，地點是中東某國，我看到一群被白布矇著頭蓋住身子的人全都坐在地上。一時我還弄不清，為什麼要把那些人的頭和身體都蓋起來呢？聽了報導之後，才知道那是一群被強暴過的女人正等待別人用亂石把她們打死。

由於「傳統」禮教把這些可憐的女人列為「不潔的女人」，下場就是必須被人家用亂石活活的打死。據報導說，在這國家平均每年有五千個被這種亂石打死的女人。

我簡直不敢想像，這些心身已經受到極度殘害的女人，竟然還要去面對這種殘酷的命運！而那些令女人慘死的男人呢？難道他們就不必擔負任何責任嗎？

＊　　　　＊　　　　＊

接下來的鏡頭，是一段當地的「地方新聞」，報導說，有個女人由於被她先生虐待得實在活不下去了，為了活命只好半夜偷偷的帶著孩子逃回自己的娘家。沒想到，竟被她自己的兄弟用槍打死了。

這個案子轟動一時，後來經過法院的判決，那個兄弟居然被宣判無罪釋放。理由是，他為了要保全自己家門的「清白」才不得不大義滅親的。鏡頭裡那個由法院走出來的兄弟，那神態，他還真以為自己是個正義的英雄呢！

另一個鏡頭是一個面目全非的印度小女孩，大概只有八、九歲的樣子是專程到美國來求醫的。據報導，在她很小的時候，由於她的阿姨拒絕嫁給一個完全由父兄做主比她大了十五歲的男子，結果慘遭對方毀容。當時，這可憐的小女孩正好站在她阿姨的身邊，因而也陪著阿姨成了「沒有臉」的人。

據報導說，至今印度女人的婚姻還是由父兄全權做主，如果哪個女人膽敢不順從的話，對方就認為他有權利去毀掉她的容貌。因此，為印度造就了許多這種「沒有臉」的女人。

*　　　*　　　*

還有一個鏡頭是在非洲某處，見到幾個女人蹲在地上忙著磨一把小刀，她們正準備替一個兩三歲的小女孩行「割禮」。一講到這裡，我的胃就忍不住抽了起來，那些人既不用麻藥也不消毒，就這樣活生生的把那個小女孩的陰核給割掉。

報導說，由於這種習俗當地不少小女孩因流血過多死亡，也有不少小女孩因發炎而死。即使那些死不掉的也疼得半條小命都沒了。報導還說，當時他們在兩條街之外，都能聽到那小女孩慘厲的哀嚎。

之後的鏡頭，出現了一個小女孩的臉，她的那雙了無生氣痛苦又無助的眼神，至今還令我揮之不去。鏡頭中有人問那位母親，為什麼她要去割掉自己女兒的陰核呢？她回答說，假如不這樣的話，這孩子長大就沒有人肯娶她了。

*　　　*　　　*

她這句話，讓我想起了我自己的母親。她出生於1916年，在她四、五歲的時候我的外婆曾經替她纏過小腳。由於太疼了所以我的母親天天哭，白天走路太疼她哭，夜裡太疼無法睡覺她也哭。

終於，我的外公被她哭得都快要發瘋了，實在是再也受不了了，就命令說：放開！放開！可是，我外婆卻很擔心的說萬一將來她嫁不出去怎麼辦？我外公就講，現在都已經改朝換代了，可以不必再去受這個罪了，大不了將來不嫁人就是啦。

我真弄不懂，這到底是誰出的餿主意，要讓中國婦女世世代代都必須忍受這種酷刑。這到底又是從什麼時候開始的？我問了

許多人，都沒有答案。有位朋友是位退休的教授，他也只知道在《水滸傳》裡的潘金蓮是個小腳，而那本書是在宋朝寫的，這個答案好像還不太夠吧？！

＊　　　　　＊　　　　　＊

不久以前，我到芝加哥參加我外甥女的婚禮。這是我娘家的第一樁喜事，為了要搭配我那件黑中帶金的長旗袍，那天我刻意蹬著一雙三寸半高的金色高跟鞋。我已記不起自己有多少年沒穿過那麼高的高跟鞋了。那天的滋味，真是哎呀呀！！

因而令我想起四十年以前的往事，那個時候的台灣，還沒有什麼所謂的「休閒鞋」之類的玩意，因為球鞋是中小學生的專利，除了學生是沒人肯穿什麼球鞋的。

還記得，每次我到陽明山去玩都可以看到一對對的新人，他們各個都是身著新衣配著新鞋，尤其是那種最流行的高跟鞋，一看就知道他們是專程到台北來渡蜜月旅行的。

上山時，那些美嬌娘們一個個都千嬌百媚無限幸福的樣子，倆人親密的手牽著手。到了下山再看到她們時，那些美嬌娘一個個都變得灰頭土臉的，全都光著紅腫的雙腳，每人手裡都提著那雙帶給她們無限災難的高跟鞋。當年要怪我年少無知，只覺得她們那模樣實在是太可笑了……。

也許是我不該有此笑意吧！結果報應來了，那天外甥女的婚禮從下午的儀式到晚上的宴會再加上跳舞。我的天啊！！差不多十個小時！不瞞你說，那天我也是光著紅腫的雙腳，手提著鞋子走回去的。

實在是再也受不了了，要笑也只好由他們去了。好在，那

天看到那幾位年輕美麗的伴娘也全都跟我一樣，一個個都等不及的把鞋子脫下來提在手上，光著紅腫的腳丫走上回家的路。哇噻！！你絕對不會了解那種解脫的滋味！

＊　　　　＊　　　　＊

我還記得，當我的雙腳還苦撐在那雙美麗的金色高跟鞋裡的時候，我就禁不住的想起我的母親以及她那日夜的哭啼，還有我外婆那雙變了形的小腳。

我心中不免自問，為什麼中國女人世世代代都要承受這樣的酷刑，忍受如此的災難呢？而那個動手下刑的人，竟然還是她們自己的親生父母！！

想想看，老天把我們造出來的時侯，身體的每一種器官都像汽車裡必須的零件那樣，全都有它一定的作用和存在的功能，絕對不可能是為了讓我們去把它割掉，或把它弄成另一種形狀的。

這可不是頭髮，可以任由你去把它剪掉或弄成另外的形狀。這切的可是人的肉弄彎的可是人的骨頭，都會讓人疼痛得沒命的啊！

＊　　　　＊　　　　＊

而這些要人命的「傳統」當然是有它存在的目的啦。可悲的是多少年以來，人們只懂得代代相傳，卻根本就不知道那些「傳統」到底是為了什麼，甚至，連那些身受其害的苦主做母親的女人在內，她們都還要堅持的把它再承傳下去。可見，有時「傳統」觀念是件多麼令人可悲又可怕的事！

一直以來，我以為世界上只有中國才有這種綁女人小腳的酷刑，也一直以為這一切總算都已經成為歷史的「痕跡」了。卻

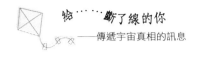

給……斷了線的你
——傳遞宇宙真相的訊息

不知道在這21世紀的今天，竟然我們世界還有那麼多的女人的生命還操縱在別人的手裡，任由這些殘酷的「傳統」擺佈。而她們卻只能無言的任人切割、毀容，甚至任人用石頭活活的把她們打死……。

這一切，難道我們能假裝不知道就沒有事了嗎？現在，我所提出的問題真的不是男人和女人之間的問題，而是我們「人」的問題，是我們「傳統」觀念的問題。

要知道，這些女人都跟你和我一樣，全都是有血有肉的人，全都會疼痛得沒命的！或許我們一時還想不出什麼幫助她們的方法，但是起碼我們可以替她們出聲，為她們呼救請命，並且，我們還可以替她們祈禱。

*　　　　*　　　　*

祈禱一定會有力量產生的，且看看世界上每個宗教經過了千百年都還存在到今天，就是因為他們「知道」祈禱會有力量產生。對那些「知道」祈禱確實有力量產生的人來說，它的真實性就像太陽會發光一樣。

其實所有的宗教不論是什麼品牌，哪一種包裝，裡面講的全都是「同一個」造物主。因為「造化」本來就像太陽那樣，照耀著世界每一個角落也照顧著世上每一個人。如果有人硬要說，只有他們見到的那個太陽才是真的太陽的話，照出來的，恐怕只是他們自己的分別心而已。

我們的祈禱當然都會產生力量啦，因為我們全都是造化的兒女。所以無論我們是在家中祈禱，或在教堂、或在廟裡、或在沙

漠、或在大街小巷、甚至在廁所裡祈禱,我們的造化全都接收得到,因為祂對我們是沒有分別心的。

所以,不論你屬於哪一個宗教,說哪一種語言,甚至根本就不屬於任何宗教,都請讓我們大家一起來替這些無助的女人祈禱好嗎?

給⋯⋯斷了線的你
——傳遞宇宙真相的訊息

第二章 風俗習慣的背面

任何風俗都有它的淵源

分房趣事

每個地方都有屬於他們自己的風俗民情，而且都有它的起因和用意。至於這些風俗民情背後的出發點是什麼，就看我們能了解多少了。比如說，有件事一直到三十多年以後我才終於明白過來……。

記得剛結婚不久，我先生在Wichta Kansas的飛機公司找到一份工作。由於我們剛剛才脫離學校生活，所以立刻又在當地大學交到不少學生朋友，為我們生活憑添了不少情趣，其中有件事卻讓我久久不能忘懷。

那時候有對學生夫婦剛生了女兒，岳母大老遠的由台灣趕來替女兒坐月子。由於這是老太太的第一個孫女，她疼愛極了。原先她只打算待一個月的，結果過了半年她都捨不得離去。

有天，這位學生的太太告訴我，她已經和她先生分房而居了整整半年。我問她，為什麼他們要分房呢？她說，因為她和她的先生都是北方人。

我就問，是北方人又怎樣呢？她說北方人的規矩是很嚴的，如果有女方的親人來家裡住，夫妻絕對不可以同住在一個房間裡，否則就是對那位親人大大的不敬。我說，有這種規矩呀？卻又不好意思再問她，要是她的母親決定就這樣留下來不走了呢？

＊　　　　＊　　　　＊

一直到了三十多年以後，有天我跟忘年交李伯母談天，才終於知道其中的原因。李伯母世居北京，由於世代都是清朝的御

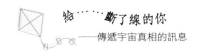
醫，所以對清朝的規矩稱得上如數家珍。我很喜歡跟李伯母談天，她不但有北京人那特有的口音而且言語風趣，再加上她那許多的見聞，時時都會讓我有那種茅塞頓開的驚訝。

有天，她告訴我一些北方人大家庭妯娌之間守望相助的事情，還說這全都是老祖宗們令人佩服的智慧……。

她說，以前的人根本就沒有「生理衛生」的教育，由於老一輩的人擔心那些「毛頭」小夥子不懂得體惜產婦的傷口，為了要讓產婦得到「靜養」，娘家就會派一些姑嫂去幫忙「坐」月子。為的，就是守住產婦的房門不許姑爺闖進房間去打擾產婦。

所以才告訴他們，這是必須遵守的「規矩」，否則就是對那些娘家人大大的不敬。在過了三十年之後，我才總算瞭解那是一個什麼「規矩」了。

可是，我的朋友連同她的母親在內，就只知道那是一個必須遵守的規矩，卻不知道她們到底守的是什麼規矩，和為什麼要守這個規矩。

反正，大家就只知道那是一個必須遵守的規矩就是了。啊呀呀……！幾百年前的交通規則，如果到現在我們還必須遵守的話，只怕天下的交通都會大亂了呢！！

■誰最大？

我五歲就跟隨父母到台灣，除了外婆之外，我家在台灣沒有什麼親戚，以致於跟許多風俗民情都脫了節。尤其是台灣本土的風俗民情，那我就更弄不清楚了。

我的二弟於1990年結婚，他的岳父母特地由台灣趕來參加婚禮。親家母是台灣的本地人，她很周到的為我家每個人都準備了一份見面禮。這還不算，她還很慎重其事的將一個大包包交給我，說這最大的一包是給我「娘舅」的。

這是我生平第一次聽到「娘舅」這個名詞，因為在我母親的口中只聽說過大舅二舅和三舅以及舅媽等名稱，從來就沒聽說過還有什麼是叫「娘舅」的？

親家母見我滿臉不解的樣子，就解釋說這是給我母親的兄弟的，並且說這是台灣人的規矩，告訴我結婚那天就數「娘舅」最大，所以這最大的一包是給我們「娘舅」的。

＊　　　　＊　　　　＊

2002年，又由忘年交李伯母的口中聽到「娘舅」這個名詞。所以我很驚訝的問她，怎麼？北方人也有「娘舅」這個名稱呀？她說，可不是嘛！誰都知道「娘舅」是最大的。她還說，在她北方的家鄉如果嫁出去的女兒不幸死了，在「娘舅」還沒趕到之前，是誰也不許蓋棺的，否則「娘舅」就有權到衙門去告狀。這我倒是從來沒聽說過！

　　後來李伯母還加了一句，這也是我們老祖宗的智慧！她說，以前的女人一旦嫁了人，就等於是把「命」交到別人的手裡。

　　為了要確保她們性命的安全，所以老祖宗們才立下了這「娘舅最大」的規矩。為的，就是擔心萬一到時候她們的父母親因年事太高，或已經作了古，娘家就再也沒有人來為這些出嫁的女人主持公道了，所以才把這個「性命攸關」的重任交予「娘舅」來擔當，為的，就是要起一個保護的作用。

　　同時，也為了讓對方懂得謹守那一定的分寸不可以過份。除此之外，萬一出嫁的女子真的有個什麼三長兩短的話，還有個娘家的人來驗驗屍體，看看死者是否是個全屍什麼的。聽到這裡，我覺得這倒是個不失用心良苦的對策。其實，任何風俗都有它的出發點和源頭。只要是出自於善意的，就是智慧的產物啦。

嫁妝呀！嫁妝！！

　　說到中國的「傳統」習俗，其中有個會要「人命」的習俗，就是嫁妝。我的忘年交李伯母告訴我，她的姑姑是祖母最小的女兒也最受祖母的疼愛。當年，她祖母為了要替這位姑姑找婆家，當然是經過千挑百選才能夠放心。

　　據說，她姑姑出嫁的時候在她陪嫁的嫁妝裡，不但有她一輩子都吃用不盡的良田，之外還有好幾個陪嫁的丫頭，為的就是有人能伺候她一生。

　　有那麼龐大的財富作嫁妝，當然是為了要確保這位姑姑有個不愁吃穿的一生啦。只可惜人算不如天算，她嫁的那位姑爺卻是一個天生的大賭徒，不久就把她帶過去的家產全部都敗得精光。據說，這位姑姑到後來竟連個基本的生活都沒有著落，到祖母過世之後這位姑姑就更慘了。

＊　　　　＊　　　　＊

　　我的母親雖然生長在蘇州，但是她的祖籍是湖南平江。小時侯，母親常常會講一些他們湖南老家的風俗民情給我們聽。她說，老家湖南是個非常貧瘠的地方，那裡的人如果哪家媳婦生了女兒，就會被視為「家門不幸」。從此，她在那個婆家就要看著公婆和全家人的臉色過日子。

　　除此之外，打從生了女兒那個做媽的就要開始織布為女兒張羅「嫁妝」了，因為當地的習俗女孩子在嫁人之時必須攜帶各種

生活用品，甚至財產。這樣，她們在出嫁的時候才會有面子，嫁過去才不至於被別人瞧不起，甚至被人家欺負。

我媽媽說，萬一哪個女人不幸連著生了三個女兒的話，她在婆家的地位可就每況愈下了，那個做媽的可就更慘囉！她得日夜不停的織布，會織到眼睛都瞎了（那是我媽媽的形容詞）。

我母親還說，就是由於這個要命的「嫁妝」習俗，造成她家鄉許多女嬰在出生之時就已經注定是「死胎」或「難產」的命運。想想看，為了這個要人命的「嫁妝」習俗，真不知害死了多少中國小女孩的小命，又害慘了多少中國女人的老命。

＊　　　＊　　　＊

我想，開始時「嫁妝」可能是可憐天下父母心，為了希望對方看在這些東西的份上能善待自己的女兒。結果，卻演變成女孩子出嫁時的必須、身價、和條件了。

小時候我在台灣的報上也看到，有個女孩子因為她的嫁妝太薄而自殺身亡的消息，因為，她害怕自己嫁到婆家會沒有立足之地。

在報上我曾經也看到一則新聞說，印度也是一個嫁女兒必須攜帶各种「嫁妝」的國家。據報導，有個女人嫁到了夫家，只因她的嫁妝中沒有對方所期盼的那輛腳踏車，以致於天天都被她的先生拳打腳踢的修理，後來竟被對方活活的打死了。

想想看，就是因為這「嫁妝」的習俗，才把生女兒變成了父母們的災難。更別說那個一出生就被視為災難的女孩子自己的命運啦，因為可怕的惡夢已經等在那裡了。

就算當年給女兒「嫁妝」的出發點是出自父母的用心良苦

吧。雖說他們出發點是善意的,但是所造成的後果就大大的不善了,因為它鼓勵人們對女孩子的家人予取予求。

如果是大戶人家生活的足足有餘,有個嫁妝來個錦上添花讓大家都皆大歡喜,那也無可厚非。只是苦了那些窮苦人家,家中不但從此少了一個人力幫手,之外,還要連帶被剝削掉一份賴以為生的財產,這可真是災難呢!而這些災難也是我們自己造就出來的。因為那是我們因「害怕」而種下去的東西,當然就只會結出「可怕」的果實來!

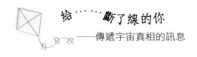

給……斷了線的你
——傳遞宇宙真相的訊息

由墳墓而來的「還珠格格」

我想，在中國大概很多人都看過「還珠格格」這個連續劇吧，據說那是當年作家瓊瑤到大陸旅遊，曾經在北京看到一個叫做「公主墳」的地名，因而引發了她的靈感才寫出這個轟動一時的故事來。

這幾年我和大陸像是結了不解之緣，尤其是北京，前後去了好幾趟。而且我在北京已學會了搭乘地鐵，在地鐵的站名中我就看到一個名叫「公主墳」的地方。

我對這個地名一直都感到很好奇，因為中國人不是一向都很講求「吉利」的，怎麼會去取一個這樣不夠「吉利」的地名呢？所以我才特別去問我的忘年交李伯母，由她那裡我才知道，當年那個地方原本就是清朝皇室專門用來埋葬公主的地方，它是個名副其實的公主墳，故而有此名。

*　　　　*　　　　*

可是，這個墳與瓊瑤女士所寫的「還珠格格」故事背景是有所出入的。因為故事中她寫的是一位「生前」曾經流落在外的公主。而這個墳，卻是專門給那些「死後」必須流落在外的公主用的。這話怎麼說呢？

中國不是自古以來都在灌輸女人必須要有「貞烈」的觀念嗎？所以世世代代以來我們最常聽的，大概就是教導中國女人一定要去做一個「生為他家人，死為他家鬼」的人。其實這句話說穿了，那是因為假如不如此這般的話，女人就真的連個葬身之處

都沒有，否則，她們就只能葬身在外做一個流落在外的「孤魂野鬼」。

因為按照中國的「傳統」，女孩子是不允許葬在她們自己家的祖墳的，即使是貴為公主的女人也都不能例外。所以那些埋葬在「公主墳」裡的，全都是因為在生前還沒來得及嫁人就已經夭折了的公主。由於這些早亡的公主還沒嫁人已經無法去做別人家的鬼了，所以就只得另外找個地方去埋葬她們，因而才有這個「公主墳」的地方。

而以中國人的傳統眼光來看，裡面所埋葬的全都是「流落」在外無處安身的公主，所以全都是無依無靠的「孤魂野鬼」。提到了「孤魂」，我知道台灣人有個習俗，有些人家會替那些還沒來得及嫁人就不幸身亡的女兒找「歸宿」，她們的家人會設法把她的靈位「嫁」出去，以免她們成為「孤魂」。

何必呢？其實只要把她們留在自己家的祖墳裡，就不再會是一個「孤魂」啦！而且，也不必再擔心別人家的鬼會排斥她們了。

孔子曰

幾年前我到西來大學去聽葉曼居士演講，她博學多聞又言語生動，聽她的言談有如沐春風。至今我還記得，那天她感觸良多的提到孔子所說的那兩句「女子無才便是德」和「唯小人與女人難養也」的話。她說，這兩句話可真把中國女人給害慘了！

其實早在讀中學的時候，當我讀到這兩句話，我的第一個反應就認為那絕對不可能是孔子說出來的。直到現在我還是不認為孔子會說出這種話來。

我的理由很簡單，歷史課中提到春秋戰國之後由秦始皇統一了中國，秦始皇當時不但統一了中國的文字和度量衡，之外，他還很有成就的將儒家思想用「焚書坑儒」的方式來個連根拔。

請問，他既可以殺人又可以燒書，難道他就不可能把那些留下來的部分來個「加減乘除」嗎？反正孔子已死，敢說話的已經全部都被他殺光了，剩下那些不敢說話的人，又何必非要為「孔子曰」或「孔子沒有曰」的事情跟自己腦袋瓜子過不去呢？

所以當我還是個小女孩的時候，我的「直覺」就告訴我，聖人是絕對不可能說出這種不合邏輯的話的。再說，即使我現在身在美國，尚且時常都會在電視上或電影裡，聽到有人編一些「孔子曰」的笑話來開開玩笑，難道以前的人就不會編一些「孔子曰」的話語來放放煙霧嗎？

＊　　　＊　　　＊

如果我們再往深一層去想，這兩千多年以來，中國不知道已

給……斷了線的你
——傳遞宇宙真相的訊息

經經歷了多少次的改朝換代。可憐了這位孔子老人家，一下子他由聖人變成了罪人，不知何時他又由罪人變成了聖人。

想想看，在經歷了那麼多次改朝換代的起伏了之後，他之所言如果還能夠被留下來的話，那留下的部份又會有多少的純度呢？又有誰能夠擔保那些被留下來的就一定是絕對的「原版」呢？所以中國才有句話說：「盡信書不如無書」。

假如我們只是一味的盡信書中之言，而不用我們自己的直覺去判斷，說句不好聽的，那可能也是一種「迷信」。同樣的推理，任何宗教的經典在經歷了幾千年的改朝換代和戰爭的洗禮之後，如果它還能夠留存下來的話，它的「純度」就有待我們自己去思考了。

尤其是在古時候，任何宗教在改朝換代之後還能夠存留下來的話，如果他們與執政者之間沒有若干「妥協」只怕早就被人連根拔去了，那裡還可能會流傳到今天？

更何況在古時候，所有的經典只允許專職的神職人員有權讀它，當然也很可能會有專職的神職人員有權去改它了，反正，所有的資料全都掌握在他們的手中。

＊　　　　＊　　　　＊

試想一下，即使在資訊已經如此發達的今天，都還有國家想要一手遮天的去改寫他們的歷史矇蔽自己的天良和子孫後代，難道兩三千年前或更早以前的人就絕對不會將他們的經典來個「加減乘除」，以便迎合他們自己或當權者的口味嗎？而我們後代子孫，如果只知道拿著祖先流傳下來的經典，一味的把它當成「絕

058

對的唯一」根據，而不敢相信自己心中的直覺，請問，這會不會也是一種「迷信」呢。

就拿911事件的「敢死隊員」來說吧，到底那些隊員是真的奉了老天之命，還是奉了打著老天招牌的人之命呢？只要去想想，就連我們人類身為父母的人，尚且都不願看到自己的兒女互相殘殺了，更何況是老天呢！

老天怎麼可能會叫我們去打仗殺人呢？再說，世界上不是每個宗教都在教導我們，要我們去「愛和寬恕」嗎？因此，我不相信孔子會對女人說出這種不合邏輯的話，那是因為我對孔子的尊敬，就像我不相信老天會叫我們去打仗殺人一樣，那也是因為我對老天的尊敬。

其實我不但尊敬孔子和他的學說，而且，我也尊敬每位宗教的始祖和他們的經典。我除了相信每位宗教的始祖都是奉著天命來教化人類的天人導師，之外我還很肯定的認為他們所教導的全都是「同一個」宇宙法則。

因此，絕對不是我對他們的經典有所懷疑，也決不是我對大師之言有所不敬，而是，每當經典的文字內容與我心中絕對的「真善美」有所差距的時候，我就會情不自禁的自問，會不會是那個做文字記載的人聽錯了、寫錯了、或是搞錯了呢？

畢竟，這些都是幾千年以前的記載，而且都已經流傳那麼久了，如果其中有些什麼差錯，對我來說是件很能理解的事。想想看，即使我們想要保存自己的記錄，都不見得能夠保存完整了，更何況是幾千年以前別人替他們做的記錄。

所以，我們才必須凡事都要用自己的「直覺」來判斷，然後

再加以取捨。因為「盡信書不如無書」，起碼我們還可以為自己保留一些判斷和想像的空間。

＊　　　＊　　　＊

我對經典的文字記載會有這種保留態度，是因為在我讀小學的時候老師曾經帶我們玩過一種「傳話」的遊戲，才讓我養成凡事都為自己保留一點「判斷」空間的習慣。

我還記得那天老師把班上的同學每排分成一組，先由她小聲的講一個故事給坐在最前面的同學聽。然後再由前面第一位同學開始，輪流去把他們聽來的故事小聲的講給坐在自己後面的同學聽。

到了結尾，老師再讓坐在最後的同學，把他們聽來的故事大聲說給全班同學聽。有趣的是，當那些坐在最後面的同學把聽來的故事大聲的說出來的時候，可把我們全班同學都笑歪了。因為他們講的故事內容，跟老師所講的故事內容已經相去了十萬八千里。

可想而知，那天我們的故事還只是在班上流傳了「一節課」的時間而已，更何況是那些已經流傳了幾千年的故事和文字內容呢？所以，我對於古人所說的或古老經典所記載的文字，就只肯相信那絕對「真善美」的部分。如果其中少了任何一樣，我都會自問會不會是有人弄錯了呢？因為真就是美，善也是美，缺少了任何一項都不夠美。

＊　　　＊　　　＊

說到這裡，我想起在2004年12月5日參加的新時代座談會上

所見到的一張古怪照片。這張照片裡面有一卷既殘舊又破爛，看來有點像書籍之類的東西。他們說，那是1945年在埃及出土的文物，是一卷寫在羊皮上的經典。據說，這是我們人類到目前為止所發現的最古老的《聖經》。

在會中，主持人告訴我們，在2003年12月《時代雜誌》第54頁中指出，這本最古老的聖經，經過了普林士頓大學的學者Elaine Pagein所做的研究比較驗證之後，他們發現目前我們所用的聖經已經遺失了五項重要內容，並還指出這遺失的五項重要的部份是：Thomas、Philip、Mary、Peter還有Truth（真實）。

在此，我只是將自己的見聞提供出來給大家參考。因為我一向對經典缺乏研究，也沒有足夠的心得足以發言。只是這項「發現」也算印證我對古代流傳下來的經典、記錄、和它們的「純度」，一向都保持著「有所保留」的態度是沒錯的。

給 ……… 斷了線的你
——傳遞宇宙真相的訊息

雲貴高原見聞

就像葉曼居士所說的，「女子無才便是德」和「唯小人與女子難養也」這兩句話確實是對中國女人有著深刻長遠的影響。就拿我母親來說吧，據說，當年她在學校讀書的時候畫過一幅人像，曾經被校長拿去掛在學校大門進口的牆上。

我相信母親在這方面一定有著相當程度的天份，可是終其一生我都沒見母親提過她的畫筆。也許是因為她婚後離鄉背井和戰亂的逼使，再加上七個兒女和生活的壓力，我母親一直都是過著那種「三從四德」完全沒有「自己」的日子。

可是在我的眼中，母親卻是個如此的完美的人。因為她永遠都把別人放在她自己的前面，而且總是處處替別人著想，完全過著無我又犧牲奉獻的日子。

到我結婚之後，母親就成了我當然的典範！這時，我才開始去探索母親到底快不快樂的問題。因為我不懂為什麼當我盡心盡力去愛我身邊的人，犧牲了，也奉獻了，卻沒有感受到那種「愛」的喜悅，有時，反而心中還有種說不出來的苦澀和失落感？

因而，每當我不快樂的時候就懷疑是否自己心中的愛不夠？多少年來，每當不快樂時，我就被這種「自我批評」和「自我懷疑」的情緒糾纏著，令我感到十分困惑。

直到我去了一趟雲貴高原經歷了一段不經意的心路歷程之後，才終於讓我找到那個「愛」和「喜悅」之間的交匯點。其實這完全是一種純然的「感受」，因為喜悅本來就是一種純然的「感受」。在此，讓我把這種「感受」說出來與大家分享。

給……斷了線的你
——傳遞宇宙真相的訊息

*　　　*　　　*

　　2001年春天，我們和朋友一起到雲南貴州去旅行。在那裡有許多少數民族的部落各有特色的分散各處。他們除了有著各自不同的服裝之外，風俗習慣也是各有千秋，令我們感到既新鮮又有趣。

　　這一路上我們唯一的敗筆，要數在「大理」的那段了，原因是整天都下著大雨，以致所有的行程都泡了湯，而且還要趕著去買鞋子來替換腳上那雙濕透了的鞋襪。

　　晚餐之後反正大家閒著也是閒著，所以當導遊小姐問我們願否去看一場民間自組的古樂演奏時，我們大夥都欣然同意，立刻整裝乘前往。

　　不久，我們來到一個偏僻的小村落四周一片陰暗和沉靜，這麼一個小小的村落，想來大概也只會是個三五人的演奏吧。不過既來之則安之，只要我們不去寄以太大的期望就行了。

　　由於在巴士上我的座位是第一排，所以我是頭一個下車的人。見到導遊小姐指著一間像教室模樣的房間，我就朝那走去。一進門嚇了一跳，我趕緊退了出來以為自己走錯了地方！因為，那裡面的陣容大大的超乎了我的想像，令我目瞪口呆的站在那個門口。

*　　　*　　　*

　　那間房間裡擠了將近二十個團員，全都隆重的身著紅色與藍色的長袍馬褂，而且，每個人的頭上還正經八百的頂著一頂大大的禮帽。這還不說，再加上整間房間擠滿了各色各樣巨型的樂

器，那種氣勢和陣容絕對不下於任何交響樂團。整間房間就只剩下三分之一的空間是觀眾的座位。

我知道，進門時我那種大驚小怪的樣子實在是很失禮，可是，這也不能全怪我。因為我看到其他團友全都跟我一樣，幾乎每個人進門都嚇了一跳，有人甚至還「哇」了出來，甚至，還有人「哇」了之後又喃喃自語了起來。

只是可憐了那些村民，被我們這種「少見多怪」的表情弄得十分不自在。甚至我感覺到他們有幾分不高興，因為他們每個人的臉上都掛著「冷漠」兩個字。

演奏的時候，他們一個個都面無表情像在例行公事那樣的木然，而且全都無精打采的。不過他們的演出卻是十分有默契，一曲完畢，我們由衷的給予他們熱烈的掌聲。那些村民總算被我們的掌聲融化了，這時他們面部的表情才開始柔和了下來。

當演奏第二支曲子時，他們就帶勁多了，音樂的情感也開始豐富了起來。他們演奏得真的很不錯，我們當然又給予更熱烈的掌聲。這些村民像是遇到了「知音」，每個人都神采飛昂了起來，而且開始全神貫注忘我的演奏著。

*　　　　*　　　　*

由於我們團友中有幾個人對國樂非常喜愛，他們不但又點了好幾首曲子，還問了許多有關樂器方面的問題，因此賓主皆歡。

我們大家都對這群業餘音樂工作者十分讚賞，全體同意留下一筆經費表達大家對他們的支持。那些純樸的村民受到很大的鼓舞，每個人臉上都散發著欣喜的光彩。頓然間，整間房子都洋溢著歡樂氣氛，與剛進門時的冷冰冰判若兩個世界。

　　我感受到這種能量的轉變，心想，僅僅只是那一點點的善意卻能引起如此大的情感互動！出場時，輪到我是那個最後離開的人。由於我對自己進門時的失態感到很抱歉，所以抓著最後的機會我再次的鼓掌，很真誠的對他們說：真的是太棒了！！

　　他們聽了每個人都喜形於色，居然全都跑出來要對我們這群過路客道珍重說再見。這真是一個美好的夜晚！我喜歡那群單純的村民，和他們臉上開心的笑容。

　　在回程的路上我帶著滿懷的歡喜，禁不住的想，那些村民一定花了很多時間和心力才能將這些曲子一首首合作無間的演奏出來。演出時如果能夠遇到知音人，肯定了他們的才華和他們所下的工夫，那麼，這一切的辛勞和努力都值得啦。

　　想想看，我們哪個人不希望被別人肯定呢？所以我提醒自己，以後要常常給予身邊人一些「善意」，它真的會引起很大的互動呢！

披星戴月的女人

在麗江，我們的導遊是一位納西族少年，他很熱誠的為我們講解各個少數民族特有的民情和風俗。而且他還特別引以為傲的為我們介紹納西族的婦女，以及納西族婦女所穿的傳統服裝代表的是什麼含義。

他說她們的服裝是很特殊的，叫做「披星戴月」，因為納西族的婦女非常勤勞，每天天不亮星星都還在天上她們就已經摸黑的起來工作了，一直到晚上月亮已經升起來了她們都還不肯休息。

接下來導遊又說，相反的，納西族的男人是非常享福的。因為所有的活都是女人幹，男人什麼事都不必做，只是養養鳥下下棋過著悠閒的日子。我禁不住的想，在他們這種生活條件之下，既沒現代化工具也沒幫手，當然就只有辛勞終日了。

*　　　　*　　　　*

我不知道納西族的社會形態是否意味著是個母系的社會？所以才由女人來掌管一切家計。雖然她們工作很辛勞，但是比起某些地方的女人起碼她們還擁有自己生命獨立自主的力量。

如果能夠像她們那樣，做一個經濟上情緒上都獨立的女人，光是這點就已經值得喝采了。比較起來，其實體力上的勞累根本就算不了什麼。有道是：「做不死人氣得死人」，女人嘛，只要是她們心甘情願再苦的事她們都承受得了。

再說，如果她們能夠愛她們的男人就如同愛她們的子女那

樣，也是什麼事都不捨得讓他們去做。能夠愛到如此的話，也算是一種愛到深處無怨尤的境界。

　　只要是女人自己能夠甘之如飴，那也就無可厚非啦。因為女人本來就有與生俱來較多的愛心和耐力，所以老天才把新的「生命」付託給她們來養育。而且女人的愛，就像她們養育嬰兒的乳汁那樣，完全都是自然流露出來的。

＊　　　＊　　　＊

　　也就是因為母親的愛都是那麼的沒條件，所以無論古今中外全天下的人都在歌頌自己母親的偉大。因此，我相信納西族的婦女能夠如此勤勞工作，又心甘情願不計勞苦的為家庭付出，就是因為她們心中有愛。

　　但是，假如有人把她們的辛勞和付出都當做「傳統制度」下的產品，認定了那本來就是女人應盡的責任，認定她們生來就應該如此。把她們所有的辛勞和付出都視為「理所當然」，而不用愛來接受她們的愛的話，那就強把她們心中所有的「愛和熱忱」全部都抹殺了。

　　因為不論我們做任何事情，如果把心中的「愛和熱忱」拿掉了，剩下來的恐怕就只有「悲哀」兩個字了。想想看，如果一個人每天都必須日夜不停的辛勞工作，為的，僅僅只是那個「傳統」的鞭子，難道這不是人生最大的悲哀嗎？

　　再想想看，如果一個女人被她所愛的人如此這般的對待，這又跟對待牛馬有什麼不同呢？兩者之間的區別，只不過是所用的「鞭子」不同而已。就拿「大理」那些為我們演奏的那些村民

來說吧，當時就是因為我們這群外來客令他們失去了演奏的「熱忱」，所以他們演奏起來才會那樣的無精打采又無可奈何。

　　　　　*　　　　　*　　　　　*

　　一直到他們感受到我們的欣賞了才又把自己的心打開來，流露出他們原本就對音樂的喜愛和熱忱來。到那時侯他們才能神采飛揚盡情的為我們演奏，即使我們當時要求他們再多演奏幾曲，我相信他們也會欣然的全力以赴，因為他們原本對音樂就有所愛好。

　　女人嘛，本來她們就會全心全意的為她所愛的人付出一切，做任何事情。但是，對方也得要用愛來「接受」她們的愛才能夠互動，否則，她們心中那滿滿的「愛」要往那裡去釋放呢？

　　只要看看那些做母親的女人是如何對待她們懷抱中的嬰兒，我們就知道，為什麼做母親的女人都會用她們的生命來愛自己的嬰兒。因為，她們「感受」到嬰兒不但用他們的生命來接受她們的愛，而且也用生命信任母親的愛。所以，她們母愛的「能量」就得以全然的釋放……。

　　想想看，養育一個新生命是件多麼辛勞的工作，然而每個做母親的都會無怨無悔的為嬰兒做任何事，只要看到嬰兒臉上的燦爛笑容她們就心滿意足的忘了一切辛勞。雖然她們那麼辛苦，然而，為什麼每個母親都如此快樂又心滿意足呢？就是因為她們心中那滿滿的愛得以全然釋放，因為「愛」本身就是一種快樂的能量。

　　因此，我相信納西族的婦女能夠如此的辛勞又全然的付出，完全是因為愛。在此，我祝福納西族的婦女，願她們永遠快樂，而且心中永遠有愛。

給‧‧‧‧‧‧斷了線的你
——傳遞宇宙真相的訊息

女兒國

在這趟雲貴高原之旅中，我們的導遊還介紹了其他的少數民族，以及各個民族的不同風俗民情，其中最值得一提的要算是「摩梭族」了。因為他們是個完完全全的母系社會制度，與我們現在的父系社會制度比較起來，簡直是兩個全然不同的世界，所以外面的人都稱他們為「女兒國」。

「摩梭族」是沒有婚姻的，因為他們實施的是「走婚」制度。為了要讓年輕男女有機會來往，他們經常會在村子裡舉辦各種盛會。在這些聚會中，年輕的男女如果找到令他們心儀的對象時，跳舞的時候他們就會在對方的手心扣三下作為暗示。

對方如果也有意願交往的話，就會回扣三下給予同樣的暗示，然後他們就開始交往了。交往以後如果女孩子願意的話，男孩子就被允許到她的房間來求愛。

摩梭族的女孩子在成年之後，家中都會為她們準備一間屬於她自己的單獨房間，叫做花房。據說在花房的門外釘有一個釘子，那是給前來求愛的男子用來掛帽子的。而那個掛在釘子上的帽子，所表示的就是「請勿打擾」的意思。

＊　　　＊　　　＊

在「走婚」的習俗中，無論他們有多眷戀自己的溫柔鄉，這些男孩子在天亮以前都必須離去，不可以與女方的家人見面。除此之外，每個男人白天都必須回到他們自己的家中去盡男人應盡的責任。

給……斷了線的你
——傳遞宇宙真相的訊息

　　而男人的責任除了工作之外，他們還要「舅代父職」擔負起教養姐妹所生的兒女的責任。而他們自己的兒女則留在女家由女方的兄弟來負責教養。而且那裡的孩子生下來全都跟著母親的姓氏，完全由女方自己來扶養，男方不必擔負任何責任。

　　這種「走婚」制度的特點是「男的不婚，女的不嫁」，所以男女雙方無論是在經濟上或情感上都不會依賴對方，完全都是各自獨立的。

＊　　　　＊　　　　＊

　　由於這是我頭一回聽說有這種母系的社會制度，心中總覺得有點怪怪的。但是我仔細再想想，如果他們世世代代全都由舅舅來教養，而且他們所有親戚朋友和左鄰右舍全都是跟著母親的姓氏，對他們來說，就是件再自然不過的事也是一件天經地義的事啦。

　　假如這時候我們非要他們去跟著父親的姓氏，我想，可能他們反而會覺得怪怪的。由此可見這完全是我們的「觀念」問題，跟所謂的「是非對錯」是完全無關的。其實，如果我們再往深一層去想，摩梭族的「走婚」制度也有它可取之處。

　　第一：這種家庭制度的成員，永遠都不會為了婚姻而與自己的親人分離，也不會有外人來介入，所以在精神層面上來看，他們的家庭結構是比較健康而穩固的。因為他們的家庭成員是真正的「生死與共，永不分離」，永遠都不必擔心自己的家庭會有破碎的一天。

　　第二：這種制度下的男女之間純粹是為了「愛」而愛，完全不摻雜任何外在的條件，也不被社會上那些所謂的門第、金錢、

地位等等世俗的條件所左右。所以他們男女之間，可以永遠都保持著初戀情人那種單純的愛。

假如，男女雙方都能夠像他們那樣，完全活在屬於他們自己的兩人世界裡，又能夠像他們那樣，完全不被任何的世俗條件所牽絆，那可真是既單純又美麗的事。

第三：對女人來說，她們就不必年紀輕輕的就被「空投」到別人家裡去，孤孤單單的去面對那一大家子不曾相處過的公婆、大小姑、叔伯等人。

尤其是在中國，一個女人嫁給一個男人就等於是嫁給了那一家人，處處都要被那些所謂的「傳統禮教」約束著，規定她們必須去順應、去將就、去伺候。

即使她們的生活方式和口味都已經完全跟著她的姓氏改變了，就算她們已經完全變成了另外一個人了，到頭來，恐怕除了她自己生的兒女之外，在那個家人的眼中她永遠都是一個「外人」，想想看，這是件多麼累人的事情。

*　　　　*　　　　*

難怪現在有許多女明星和先進的女士們，情願選擇用「走婚」的方式來過她們自己的日子，也不肯走入婚姻了。我想，這也是為什麼在中國一年之內會有兩三佰萬個女人走上自殺路的原因吧。

有位住在哥斯達黎加的朋友告訴我，由於他們那裡是個天主教國家，是不允許離婚的。很多男人因此都不敢結婚了，女人也害怕萬一到時候跳不出來怎麼辦？所以他們乾脆就不結婚啦。很

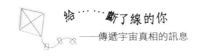

多女人生下了小孩就跟著她自己的姓，反正男人也不會帶孩子而且他們也不想去負這個責任。

與其他們男女之間關係如此的話，倒不如乾脆有一個像「女兒國」那樣的社會制度。這樣對男女雙方來說，起碼，在心靈上他們永遠都有個家做為精神支柱和後盾，而且，在心裡上他們永遠都不必擔心會有一個「破」字了。

對兒女來說，在他們心靈上永遠都會有一個「生死與共」的家可以依靠，在孩子的心裡上也永遠不必擔心自己會有個「殘」字了。如此一來，我們世界就會少去了多少的傷痛啊！

＊　　　　＊　　　　＊

有位跟我們一起同遊的團友曾經在某大寺廟當義工多年，她告訴我她在廟裡實在是看到太多前來求助的女人，由於被困在所謂的「婚姻」裡，每個人的心身都受盡了「婚姻」的煎熬。既活不下去又走不出來，以致全家人連同孩子在內沒有一個快樂的人。

當她聽到世上居然還有這種「走婚」的婚姻制度時，很感嘆的對我說，其實是我們每個人都被某些觀念支配了，像他們這種「走婚」的婚姻制度又有什麼不好？起碼，可以免去多少人的傷和痛啊！

＊　　　　＊　　　　＊

寫到這裡正打算擱筆，老友Amy突然來敲我家門，交給我一套十張的「大陸尋奇」DVD。告訴我，她知道我很喜歡看這個節目，正好今天她有事要路經我家，就把它帶來給我。

當她離開後，我隨手抽出一張來看看裡面究竟是些什麼內

容。那知道，就在這張DVD裡面，竟然就有兩個單元全都在介紹
廬沽湖畔的「摩梭族」！這……簡直是太不可思議的巧合了！

節目中，主持人訪問那些「摩梭族」的人，問起，他們自己
對「走婚」制度的看法。他們全都異口同聲的說：「走婚」是世
界上最好的婚姻制度，因為，萬一男女雙方覺得不合適，隨時他
們都可以分開，各自再重新另作選擇。

又說，他們男女之間是分是合完全是他們兩個人之間的事，
不會牽扯到家中任何其他成員，所以當他們決定要分開的時候，
他們之間一點都不會傷和氣。

而且，由於他們之間既沒有經濟上的牽扯，也沒有子女的教
養問題存在，更沒有複雜的姻親關係要處理，所以他們之間的相
處是非常和氣的。即使他們決定要分開了，他們之間的相處也是
非常和氣又互相尊重的。

他們還說，如果他們想要分開的話，只要女方把男方的衣物
放在門外，那個男子就永遠不會再回來了。想想看，男女之間的
相處如果能夠像他們那樣，不論是分是合，始終都能夠保持著和
氣和互相尊重，那種生活態度是多麼的君子啊。

我對他們那種好聚好散的生活態度十分嚮往，我相信，像他
們這樣的社會制度，除了男女之間互相尊重之外，家庭生活也一
定是非常和睦。當然，他們的社會也必定是和樂安祥啦。

＊　　　　＊　　　　＊

舉目再看看現在我們這個所謂的「文明」世界吧，社會上
有多少子女是帶著父母不和的「情感傷口」長大的？而這些帶著

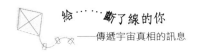

給……斷了線的你
——傳遞宇宙真相的訊息

「情感傷口」長大的人，往往他們連愛自己的能力都沒有了，又哪裡可能有能力去愛別人呢？

就是因為這樣吧，我們社會才有那麼多的暴力事件發生，甚至還包括了戰爭。這些問題全出在我們社會上有太多攜帶著「情感的傷口」的人，而且他們全都在尋找釋放傷痛的出口，所以我們世界才會亂成這樣。

因此，如果想要世界和平的話，首先，必須從我們家庭的和睦相處著手。而「女兒國」最足以讓我們借鏡之處，就是他們男女之間「互相尊重」的生活態度。

多年以前，我在電視上曾經看過台灣的趙寧博士主持的歷史節目，他也提到根據考古學家在「周口店」所找出的證據，認為，幾萬年以前中國曾經是個「母系社會制度」的社會。

那還是我頭一次注意到有「母系社會制度」這個名詞，但是，對於什麼是「母系社會制度」卻一點概念都沒有。如今去了一趟雲貴高原，總算是讓我大開眼界啦！因而，才讓我有機會去把這兩種不同的社會制度做一個比較。可能是因為我一向都是個既保守又傳統的人，所以才會有這麼鮮明的感受吧。

第三章　界線

柏林圍牆都有拆除的一天，
可是我們心中的牆呢？

一支奇特的隊伍

1999年4月我們一夥人去九寨溝旅行。在途中，聽說美國誤炸了中國某處的領事館，因而引起許多大城市的學生發起抗議示威遊行，事態好像相當嚴重。但是，我們去的地方全都是名山勝水，一點都聞不出什麼特別的氣氛來。

5月12號是我們的最後一站，由廣州轉機飛往洛杉磯。儘管大家都歸心似箭，但是我們還得等好幾個鐘頭的飛機。一向，我在等待飛機或車子的時候，都會去欣賞四周的人和物作以自娛和消遣。

因為人生百態，看著那些來來往往的人群就有如置身於一個人生大舞台。由於我經常旅行，所以，我已經差不多能夠分辨出來誰是旅遊的、誰是做生意出差的、誰是去探親的……。

在此，我們碰到一支由十七對年輕的美國夫婦組成的有趣隊伍，每家人的手中都抱著一個一歲上下的中國女嬰，想來他們是專程到中國來領養孩子的。我跟身邊的老公說，看樣子這個回程的路上我們是別想睡覺了，這十七個娃娃輪流哭鬧一下就有得瞧了，搞不好，她們可能還會來一個「大合唱」呢！

＊　　　　＊　　　　＊

由於我從小就特別喜愛嬰兒，所以立刻就被那些娃娃們吸引住了。由於要長途跋涉之故他們全都是有備而來，每家人的胸前幾乎都有一個「肚兜」，就像袋鼠那樣把嬰兒兜在他們的懷裡。

當我看到那些爸爸們對著懷中的心肝寶貝，一次次深情的親

吻，以及他們臉上那種驕傲和滿足讓我看了好感動。尤其是，那種恨不得向全世界炫耀他們女兒的模樣，我是很能了解的。

當年，我也是經過了四次流產，在結婚八年之後才終於當成母親。就跟現在他們終於擁有了女兒的心境是完全相同的。所以我比別人更能體會他們心中的那份驕傲。

由於我們正在等飛機時間還有一大把，所以我就走過去欣賞他們懷中的心肝寶貝，也順便去接一下他們那滿得都已經快要溢出來的快樂能量。當我看到他們如此疼愛手中的嬰兒，想到，這些娃娃由沒有人疼愛的烏鴉，轉眼成了人家心中的寶貝鳳凰時，我就為這些孩子感到慶幸。

因此，我很感慨的對他們說：我真的好替這些娃娃慶幸，能夠擁有像你們那麼疼愛她的父母。卻是，他們一個個全都異口同聲地對我說：那裡，那裡，是我們幸運才能夠擁有她，真的是我們的幸運……。

其中，有一對夫婦告訴我他們是第二次來中國，這次是為了要替家中的寶貝女兒找個妹妹。這位太太有個小巧的鼻子，配著一張小小的嘴和秀麗的黑髮，她那摸樣十分清秀又可親。她竟然立刻從皮包裡掏出一張照片，要給我看她家中的那位寶貝女兒。

照片中有個三、四歲大的中國小女孩，被打扮的像公主一樣，既美麗又乖巧。我忍不住的說：哇！好可愛又漂亮。這位媽媽當然是喜形於色了。

我再仔細的看看照片中的女孩，很驚訝的發現，居然她也有著同樣小巧的鼻子和一張小小的嘴，跟這位媽媽長得非常相像。我忍不住又加了一句：哇！她跟你長得簡直是一個模樣嘛！

*　　　*　　　*

　　後來，我再仔細去看看她手中抱著的那個女嬰。哇！也是同樣有著一張小小的嘴和小巧的鼻子，跟這個媽媽在一起根本就是一家人的模樣。所以我又由衷的說：哇！這個抱在手裡的娃娃也是，你們看起來根本就是一家人嘛。

　　這對夫婦聽了十分開心一直對我說謝謝。此刻，那位爸爸深情的望了望自己的太太又看了看他們的女兒，他那臉上的驕傲好像又多添了幾分……。他很真誠的對我說謝謝，因為他知道我所說的都是由衷的真心話。

　　後來，我又再度去仔細觀看其他的父母和他們手上的娃娃。哇！我像是發現了「新大陸」！簡直不敢相信自己的眼睛。趕緊去把我先生叫過來，瞧！那個瘦瘦個子有張細細長長臉的爸爸，他的臉上就只見那隻特大的鼻子，而他懷裡的娃娃居然也有著一個高得不像中國小孩子的大鼻子。

　　還有，那個塊頭最大體格像個足球明星的仁兄，他手中抱著的女嬰，居然是全隊女娃娃中塊頭最大的一個，也是所有女嬰中最沒有女娃味的一個，而且，她也有著一張和她老爸一樣龐大的面孔……。

　　其他的娃娃，或多或少也都有一些她們父母身上的某些特徵。不得不讓我感到那簡直是不可思議的巧合！我驚訝於他們的選擇，更驚歎於老天的安排。讓我不得不相信，這些孩子本來就屬於他們的，只不過是借著別人的肚子生出來而已。

　　現在他們千里迢迢的跑到地球的另一邊來才終於把她給找了

給……斷了線的你
——傳遞宇宙真相的訊息

回來。我想這些美麗的靈魂不知道已經等待了多久，才又再次的相逢。難怪他們各個都那麼的心滿意足啦。

＊　　　　＊　　　　＊

上了飛機，坐在我後座的那位太太告訴我，她家住在美國東岸，也是第二次到中國來領養小孩。她說他們抱到女兒之後在旅館裡整整待了一個星期，為的是要讓這些寶貝先認識他們以後，才帶她們上路。

她還說，她的孩子在剛剛見到他們的時候，被他們的洋面孔嚇得大哭大叫，好可憐啊，不過好在過了兩天就沒事了。我說，那是因為嬰兒也能夠感受到你們對她的愛，因為「愛」是宇宙的語言任誰都懂得了。她非常同意的點著頭。

在飛機上每家人都有三個座位中間是給娃娃的。這些娃娃一個個都出奇的安靜，全都乖乖的坐在自己的座位上，一點都不吵也不纏人。

我想，這些孩子大概早早就已經學到獨處的本領了，因為在收容所裡的孩子是不可能有條件讓她們去纏誰的。不可思議的是這一路上竟沒有一點哭聲，一點也沒有。想想也是嘛！有兩個那麼疼愛她的人就一直在她的身邊是那麼的安全，還有什麼理由再讓她們哭鬧呢？

到了該休息的時刻，她們一個個或在父母的懷裡或在自己的坐椅上，全都睡得好安寧。原先我擔心的「大合唱」根本是多餘的。沒有一點哭聲，真的沒有！！

＊　　　　＊　　　　＊

快到洛杉磯了，大家開始起來走動。後艙有位太太抱著女兒來找我後座的那位媽媽。我見到她手中的小女娃好有意思！一路上她都神氣活現的對著兩旁的旅客揮著她的小手，那模樣像極了凱旋歸來的女王。

見到她那神氣活現的模樣，我被某種情緒裝滿了。含著淚，我心中激動的為她祈福，願她永遠永遠都有這份自信，願她永遠永遠都記得她自己的珍貴，願她永遠永遠都記得自己是個「天之嬌女」而不是個棄嬰……。

七點鐘我們出了關口，見到一大群手拿錄像機的電視記者等在外面，突然間，他們全都蜂擁了過來追著這群父母採訪。我心中不禁自問，怎麼？連記者都那麼關懷這些被領養的小孩啊？！

想想，是啊！那真是件值得報導的事，讓大家都知道愛是不分國籍的，愛能夠讓地球兩端的人變成一家人。可不是嗎！愛可以把人與人之間的「界線」溶化開來，是的！這真是一件值得報導的事！！

＊　　　　＊　　　　＊

我家就住在飛機場附近，所以很快就回到了家裡。九點鐘見到兒子在看電視，正在播放新聞節目。我瞧了一眼，咦？這不就是坐在我後座的那位太太嗎？都還沒來得及聽她說什麼，就已經換成另外一位了，是位爸爸。

只聽到他說他們整整一個星期都被困在旅館裡，什麼地方都不敢去。因為有人警告他們要小心防備，怕那些示威的群眾會把他們當成出氣的對象……。我的心像突然掉到了水裡，一下子涼了半截……。怎麼會變成這回事了呢？

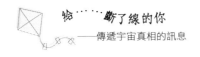

給……斷了線的你
——傳遞宇宙真相的訊息

　　雖然這支奇特的「隊伍」只是我旅途中的一段因緣際遇。但是我們有沒有想過？為什麼這些被收養的孩子全都是清一色的女孩呢？又為什麼會有那麼多的父母要遺棄他們親生的女兒呢？

　　其實早在讀初中的時候，我就在尋找這個答案了。因為那時候我們的地理老師是位隨著軍隊跑遍大江南北的青年軍。當他教到「福建省」時說，福建是個非常貧脊的地方人們只能向海討生活。由於戰亂漁村的日子更是艱苦難熬連孩子都養不起。他說，當年他在福建就親眼看到有人把剛生下來的女嬰拿去釣海參，害得我如今只要聽到福建我就會想到「海參」，只要看到「海參」我就會起雞皮疙瘩。

　　讀初中時，班上有位同學告訴我，當年她母親帶著她和兩個哥哥逃難，路上不幸染了痢疾。母親熬中藥把藥汁全都餵了哥哥，只給她吃剩下來的藥渣，結果，兩個哥哥都死了，反倒是她活過來了。

　　我到現在還記得，那時她幸災樂禍的跟我說，活該！的憤怒表情，我不知道她帶著這樣的生命「傷口」，這五十年來是怎樣跟母親相處的？！

084

「狀元及第」的衣服

　　我的女兒出生時她的上面有兩個哥哥，再加上我的小叔小姑那時生的全都是兒子，所以家中進出的小朋友全都是清一色的男生。以致於我女兒根本就不知道她自己是個女生，所以小時候親友送她洋娃娃之類的玩具，她連看都不多看一眼，眼睛卻緊盯著哥哥們的玩具不放。

　　我還記得在她三歲的時候，有天她把鞋子穿反了，我就讓她穿了一天的反鞋子。因為她那模樣實在是太好玩了，再說，人生又有幾回穿反鞋子的機會呢？

　　當我們出生的時候，只要有奶吃、有人抱，我們就快快樂樂的，根本不去在意自己是男還是女，是美還是醜，是貧還是富，因為我們根本就沒有「分別心」。

　　到了我們聽懂話之後，大家就開始用他們的尺來「框」我們了。於是那些所謂的好壞、貧富、美醜、是非觀念全部都出現了。於是我們就開始在意了、接受了、也分別了。於是我們的快樂就這樣的溜走了。於是，我們的童真就這樣的漸漸地消失了。於是在我五歲那年，我的童真就這樣悄悄的跟我告別了。這還得從我的母親說起……。

＊　　　　＊　　　　＊

　　我的母親是個極其溫和的人，這可能跟她生長在蘇州有關，她很少有提高嗓門說話的時候，總是輕言細語的。我們家有七個小孩，而她卻能夠保有這樣的溫和，可真是一種涵養到家的功

夫。母親很少有疾言厲色的時候，真的很少。就是因為很少，所以有件事才讓我終身難忘。

那年我五歲，父母才剛剛把我們五個子女由香港帶到台灣。那時候的時局很亂，物質也很缺乏。我們落腳在高雄，住在一條長長的巷子裡。

有天，我在自己家門口玩耍，住在我家對面的媽媽見到我，很興奮的叫我到她家去。我還記得，當時我被她的興奮弄得有些受寵若驚，因為我是家中的老二，下面已經有三個年幼的弟妹，受到冷落是必然的。

那位媽媽要我換上一條她剛剛才完成的工裝褲，然後叫我轉身給她看。她看了之後非常滿意自己的傑作，一心想要讓我媽媽來個驚喜，所以她要我趕快回家去給我的母親看。見到那位媽媽那種興奮的樣子，我也被她感染了，所以很高興的跑回家去找母親。但是，我的母親見了我卻像見到鬼那樣，大大的吃了一驚。她居然非常生氣，用很嚴厲的口氣命令我，叫我立刻把那條褲子脫下來！！

那是我頭一次見到母親生氣的面孔，嚇得我目瞪口呆的站在那裡，弄不清到底發生了什麼事？當我把那條褲子脫下來之後，母親立刻把那條褲子在我的頭上繞了三圈……。

＊　　　　＊　　　　＊

後來我才知道，那條褲子是母親請對面阿姨替我弟弟做的。弟弟比我小兩歲，為了能穿久一點所以刻意做大了兩號，因而我才不幸做了那個倒霉的試穿人。至於為什麼我的母親會生那麼大的氣，那可就說來話長了……。

因為我媽媽是湖南人，那裡的人不但「男女有別」的非常厲害，而且有關「男女有別」的規矩也特別多。甚至，連男女的衣服都必須分開來清洗了，更何況是讓女孩子去穿男孩子的衣服！

因為在我母親所接受的教育和「傳統觀念」中，他們的認為女孩子是「不潔」的，所以認為如果讓男孩子穿女孩子穿過的衣服的話，肯定就會讓那個男孩子「倒霉」。這就是為什麼我母親當時的反應會如此激烈的原因。

再加上那時侯我們正在逃難，物質本來就已經很緊張了，而我居然把那條還沒有開張的褲子給污染了。對她來說，那簡直是天大的忌諱！其實我母親的用心和出發點都是很好的，她當然不願意讓我弟弟沾上任何的霉運啦，只是，當時我可真被她嚇壞了……。

後來我長大一些，又知道更多母親心中的那些「男女有別」的規矩。為了愛她，也為了要討她的歡心和不讓她生氣，所以從小我都恪守不違。不過，她的那種「分別心」真的很讓人傷心……。

*　　　*　　　*

一直到了1999年，我到蘇州去拜訪我的大舅，由表妹口中才知道其中的原因。表妹說我舅舅是非常愛我母親的，小時候舅舅常常都會把自己碗中的好菜夾給我母親吃，因為外婆總是把好吃的全都給了兒子，剩下來的才給女兒。

這時我才知道，為什麼我的母親自己從來都不伸筷子去夾好菜吃，也不許我去夾的原因。因為對她來說，那是「規矩」是「家教」，並且也是「理所當然」。

可是對我來說，從小我就感到那是件很委曲的事。因為好像每一餐飯都在提醒我，告訴我，我是不值得母親愛的，因為我不是個男孩子。

到我長大懂事了以後，曾經看過一部叫「狀元及第」的戲。其中有一段劇情是：那位狀元郎在新婚之夜不肯到床上去睡覺，晚上趴在桌上竟然睡著了。由於新娘擔心他會著涼，就隨手抓了一件自己的袍子替他蓋上⋯⋯。

那知道，新郎官醒來之後見到了這件女人的衣服，居然勃然大怒的指責新婚夫人，說她是存心想要他「倒霉」才把這件女人的衣服蓋在他的身上。

我還記得，當時我看了非常生氣，心想，不知道誰才是真的「倒霉」呢！當然，連帶的也讓我想起小時候我自己那「倒霉」的一幕來。只是，我實在弄不懂為什麼女人會「不乾淨」？又為什麼會讓男人去「倒霉」？

天知道！誰才是真的「倒霉」？！明明身上是乾乾淨淨的卻偏偏要說你不乾淨。之外，又莫名其妙的把那個「倒霉」的細菌栽在你的身上，還硬要說你會把那個莫名其妙的「倒霉」傳染給他們。

*　　　*　　　*

想想看，就連戲劇都如此的編了，就可見那已經是一個深植人心的「大眾觀念」了。所以，當我去了一趟蘇州之後仔細的想了想，其實這一切又怎能責怪我的母親呢？這些都由得了她嗎？而且，連她自己在內也都是這傳統觀念的受害人，尤其她一向都是那麼溫順的人。

　　我常常想，我的母親大概這一生都沒去想過「為什麼」這三個字吧。而我，雖然從小我就覺得那是件很莫名其妙的事情，而且也覺得非常委曲，卻又無從找出這個「為什麼」的原因來，所以就只有默默承受的份了。

　　幾年以前，我看了Marlo Morgan寫的《曠野的聲音》，書中提到澳洲原住民「真人族」將女人月經的經血當作藥物珍藏起來。當時，我就連讀到這種事都感到反胃。

　　因為從小我就被灌輸這就是女人之所以「不潔」的原因。甚至，母親還告戒我們說，在來月經的期間女孩子絕對不可以到廟裡去，否則就是對神明大大的不敬，原因就是因為女人的身上「不乾淨」。那麼，這種「不乾淨」的東西又怎麼能拿來給人當作藥物呢？

　　而在第二本《曠野之歌》書中，作者又再次提到澳洲原住民將女人的「經血」珍藏起來的事情。這次我就想，其中一定是有它的理由，前陣子不是有很多人都相信有「尿療」這種事嗎？那麼「經血」的藥力就不是不可能的嘍！？

＊　　　　＊　　　　＊

　　後來，我看了《解讀地球的秘碼》，書中也提到在外星人傳來的訊息中指出：你們人類不是千百年以來都在尋找長生不老的萬靈丹嗎？其實它就在你們人類女人的身上，因為女人的經血裡包含了各種生命要素，只要用女人的經血來種菜，吃了它都會讓人長生不老……。

　　甚至書中還說：其實你們人類早在很久很久以前就已經知道

女人經血裡所攜帶的各種「奧秘」了，只是你們人類的宗教卻對這件事情非常非常的忌諱。

另外外星人還指出：其實人類早在八百年以前，就已經懂得如何讓女人在生產時不必受痛挨苦的。但是，你們人類的宗教卻認為女人生孩子的疼痛是上帝對她們的懲罰，所以不許人們去使用它。因此一直延遲到最近的一百年人類才開始使用麻藥，減輕女人生產時的痛苦。

＊　　　　＊　　　　＊

我不願對宗教有任何所抨擊，在此，我只是把我的「見聞」提出來讓大家參考。但是，對於「經血」可以用來當做「藥物」的事，我還是有所感想的。想想看，我們不是常常鼓勵小孩子吃雞蛋嗎？說它的營養價值很高，包含了與小雞相等的養份。

那麼，就用「推理」來說吧，女人的經血當然必定是有它的營養成分了，因為嬰兒的生命就是靠它來滋養，不是嗎？至於，經血又為什麼會被指為「不潔」之物，當然一定是有它「裡面」的原因啦。

小時候，我還記得鄰居生了孩子，我家的小孩每個人都搶著要抱他們。可是，我母親總是再三叮嚀，告戒我們在嬰兒滿月之前絕對不允許我們踏進產婦的家門。

如果說那是為了產婦要靜養不讓我們去打擾，我當然是可以理解。可是，母親不許我們進她們家門的原因是因為產婦「髒」，怕我們招惹到「穢氣」。你看，又來了！就算在我們自己家，母親也不允許女孩子坐在哥哥弟弟的床上，她說，這是女

孩子應守的「規矩」。當然，那也是因為女孩子「髒」的原故
啦……。

＊　　　　　＊　　　　　＊

雖說我年幼無知，可是我心中根本就無法接受這種事情。我
常常想，女人怎麼可能會「髒」呢？如果女人髒的話，那她們生
下的嬰兒又為什麼每個人都要搶著去抱呢？而且，每個人都對嬰
兒又親又吻的愛不釋手！

還有，電影裡面的男生又為什麼總是抱著女生不肯放呢？而
且，他們也是抱著又親又吻的愛成那個樣子，卻偏偏又要說女人
「髒」，這不是件很奇怪的事嗎？

不久前，我曾讀過一本台灣女記者寫的有關西藏風俗民情的
書。她說，由於「傳統」西藏女人的地位很低，境遇相當可悲。
因為那裡的人都認為女人「髒」，所以女人生產的時就必須到帳
蓬外面去生。而那裡的冬天天寒又地凍，有些女人孩子都還沒生
出來就已經被凍死在外面了。你說吧，還有比這種事更離譜的嗎？

為什麼女人會「髒」呢？是誰說的？不去想想，哪個人不
是從女人的肚子裡生出來的？難不成他是從天上掉下來的嗎？如
果非要說女人「髒」的話，那麼他自己就肯定必「髒」無疑了，
否則，他那一身的筋骨和血肉又從何而來？而且，他的頭腦也必
「髒」無疑，否則他的那「髒」念頭又從何而來？想想看，他
那個「髒」念頭又「污染」了多少人的心！再看看，中國女人被
那個莫名其妙的「髒」念頭污染了多久？

就拿我母親來說吧，就是因為她自幼就「接受」了那個
「髒」的觀念，所以她才被「污染」了，而且也順從了。但是

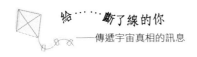
我不同，我所順從的只是母親，而不是那個「髒」的觀念。我是因為愛我的母親才必須順從她，問題是我從來就不認為自己「髒」，所以我心中才有那麼多的委曲、掙扎、和疑問。因此，從小我就在尋找答案，想知道這到底是怎麼回事？

「灶神之妻」的故事

關於中國女孩子的生存價值，是我小就見到、聽到、而且也知道的。現在，就讓我講講中國女人的婚姻故事吧。

去年有位年輕朋友來我家做客，她談起了台灣的往事，她說當年她實在是跟先生合不來，所以才堅決走上離婚的路。結果害得她父母親因她而大大蒙羞。為了她，父母親整整一個月都不敢走出自己的家門。因為他們不敢面對鄰居和親友，既害怕別人嘲笑的眼光，更害怕人家背後的指指點點……。

啊呀！這不就跟我剛剛才看完的那本《灶神之妻》的情節頗為雷同嗎？所不同的是，我的朋友勇敢的離了婚，而她父母也勇敢的把那包針給吞了下去，他們只不過是不敢走出家門怕見親友而已。

作者Amy Tan在「灶神之妻」故事中，談到三個女人的婚姻。其中一個女孩是家中唯一的孩子，寡母用盡心血栽培她上學，為的就是指望她將來能嫁到好一點的人家。

後來經過媒人的撮合，果然她嫁到了大戶人家。滿以為從此可以過著享福的日子。卻是在婚禮之後她們才知道受了媒人的矇騙，對方竟是一個智能不健全的人。

這女孩回家當然是又哭又鬧了。做母親的雖然心如刀割，卻也只有勸女兒回到她夫家去，要她順著「傳統」的道路繼續走下去……。因為在那個時代，人人都知道女人一旦嫁了人，本來就是一條「不歸路」。所以，她的女兒就只好順從的回到夫家，為自己選擇了另一條「不歸路」，自殺身亡。

＊　　　　　＊　　　　　＊

　　書中，另外一個女人的婚姻也是經過媒人撮合，很風光的嫁入了豪門，確實令很多人羨慕。婚後，她才知道那家人娶她的目的只是為了充充門面，讓別人知道他是個有妻室的人而已。因為她先生是個有斷袖之癖的人，對女人根本就沒有興趣。

　　由於這個女人日子過得實在太痛苦了，所以不惜一切要爭取離婚。對方倒是沒料到她竟然會吵著要離婚，但是為了他們自己家的顏面當然不允，除非，她願意承認自己行為不軌，由她來承擔這個離婚的責任。

　　為了要取得自由身，她也只得咬著牙承受這一切了。但是她的父母可丟不起這個臉。為了要保全自己家的顏面，她的父親甚至登報聲明與她斷絕父女關係，以便劃清界線。

　　第三個故事的女主角，就是Amy Tan自己的母親。當年她嫁給一個看上了她嫁妝的男人。抗戰期間她隨夫逃難在外，受盡了她丈夫對她的精神上、身體上、以及性方面種種的虐待，每天都過著生不如死的日子。

　　直到有一天，她遇到一位在飛虎隊工作的美籍華僑，才總算見到自己生命裡的一線曙光。為了要掙脫這段惡夢般的婚姻，甚至她還坐過牢。即使她已經得到法院的離婚判決書了，那個虐待她已經成性的男人，竟然還再度用手槍恐嚇她，威脅她，再次的強暴她……。

＊　　　　　＊　　　　　＊

　　2003年聖誕節，小叔的兒子Henry送一本書給我當禮物，這本

書的書名是《The Opposite Of Fate》，翻譯成中文是《背對命運》的意思。這是Amy Tan寫關於她自己一生的故事。看了這本書之後，就更激發我要完成此書的決心，所以2004年元旦我對自己許下的新年承諾，就是一定要完成這本書！

老實說，要不是因為Henry大概我到現在都不知道Amy寫了這本自傳，因為我一向都很少逛書店。不過，我的女兒知道我很喜歡看Amy的書，只要她看到就會買來送我，因此Amy Tan的書我幾乎全都看過了。

看了這本《The Opposite Of Fate》以後，才知道《灶神之妻》是Amy Tan藉用小說的手法，將她母親當年的婚姻遭遇寫出來，至於，另外兩個女人的婚姻故事也都在投射傳統「觀念」之下，中國女人的命運和她們的婚姻遭遇。

想想看，我的這位年輕朋友跟Amy Tan母親的年代，足足相隔了半個世紀之久，而在十多年前的台灣，她的離婚都還會令她的父母足足有一個月都不敢走出自己的家門了，更何況是在半個世紀以前Amy Tan母親所處的那個時代了。

書中道出，她母親當年是如何為了要爭取婚姻自由而勇敢的去坐牢。據說，當時她母親的離婚，在上海曾經造成相當大的轟動，甚至連她的照片也上了報紙。由於她母親長得十分動人又美麗，所以引起許多社會大眾的關注和同情。

＊　　　　＊　　　　＊

她說，當她寫完了《灶神之妻》之後，曾經請她母親過目。她母親看了之後很感慨的告訴她，其實她的真實遭遇要比她書中所描述的還要悲慘得多，以致於她兒子病死的時候她欲哭無淚。

給……斷了線的你
——傳遞宇宙真相的訊息

她清楚的記得，當時她絕望的抱著兒子的屍體，竟然發現自己竟為兒子的死感到「解脫」而不是悲傷，因為活著實在是太苦太苦了。

Amy 在書中透露，她的第一本《Joy Luck Club》書中那個趕回娘家探望病重的母親，卻遭到母親和全家人大聲咒罵的女人就是她的外婆。她的外婆當年曾經因為長的太漂亮而出名，她丈夫過世之後，被一個垂涎於她的美色的男人看上，竟然設計圈套把她強姦了。

由於當時的傳統觀念認為一個女人失身是件極為羞恥的事情，不但她自己再也沒臉見人而且還有辱家門。突然間，她的外婆竟變成一個再也沒有臉見人的人，也沒有臉回家了，就這樣莫名其妙的她就成了那個男人的「小太太」。

而當時的社會把「小太太」視同妓女般的低賤，因此，她又讓自己的娘家因她而大大蒙羞。以至於連她親生的母親在內，全家沒人肯原諒她……。

*　　　　*　　　　*

書中，那個不幸被燙傷後來跟著母親去過寄人籬下日子的小女孩，小小的年紀就眼睜睜的看著母親受盡了那家人的屈辱，後來，她又親眼目睹了母親的自殺身亡。那個可憐的小女孩就是 Amy 的母親。

Amy 在書中道出，她自幼就覺得不管自己再怎麼努力都無法討到母親的歡心。即使，她在學校已經是個品學兼優的好學生了，也無法讓母親對她感到滿意。

尤其她母親的情緒又非常不穩定，每當母親感到恐慌或缺乏

安全感時就會吵著要搬家。Amy計算一下，從她進入小學那年開始到她高中畢業的十二年之中，他們一共搬過十一次的家。也就是說，在她高中畢業之前她總共換了十一所不同的學校，甚至連歐洲的學校她也都去唸過了。

除了搬家之外，最讓她吃不消的是她母親的情緒非常容易激動。每當她母親的情緒激動起來就會鬧自殺，而且全都是來真的。為此，她和弟弟不知道吃了多少苦頭。

Amy說，由於寫書的緣故她收集了不少有關中國女人自殺的資料。她說根據資料的顯示，至今在中國落後的鄉下，女人的自殺率還是相當的高。

*　　　　*　　　　*

甚至她還指出，中國每年平均有200萬個女人會走上自殺的路，而且平均每年有30萬個女人是死於自殺。她說，這些「數字」還只是「有記錄」根據的數字，如果再把那些「沒有記錄」的數字也加起來的話，據她的估計，每年走上自殺之路的中國女人應該會達到300萬人之數。

我的天！！這簡直是個嚇死人的數字。她指出，其實中國婦女自殺已經成為世代相傳的一種「風氣」了。就拿她母親的家人來說，除了她外婆死於自殺之外，她們家中還有好幾個女人也都是死於自殺。

她說，當她了解到中國女人的自殺是代代相傳的一種「風氣」之後，她才知道，原來她母親的自殺並不是件那麼大驚小怪的事。

Amy說，在她母親80歲那年被醫生診斷出她得了老年癡呆症。Amy發現她的母親得病了之後居然可以快樂了，因為，這時

候她母親才能夠忘記從前。直到此時此刻Amy才恍然大悟，原來自己的母親一直以來都患有很嚴重的憂鬱症……。

＊　　　　＊　　　　＊

讀到這一段，我心中感到有種說不出的悲哀，忍不住為她母親流下淚來。想到她母親這一生所負荷的情感傷口是多麼的疼痛又多麼沉重啊。然而，她只知道用「搬家」來逃避，用「自殺」來對抗，卻不知道如何去把自己的傷痛放下來。以致，全家人都跟著她一起過了那麼多年可悲的日子。

Amy在書中提到，當母親過世的時候她想到自己的母親這一生總算不是因自殺而亡，為此，她竟然感恩的替母親深深的鬆了一口氣。

寫到這裡，我禁不住嘆了口氣，簡直不敢相信竟然中國每年都有那麼多女人會走上自殺之途。我個人認為這絕對不是政府的問題，因為據我所知，台灣當年的情形也大致相同，我認為這完全是傳統「觀念」的遺毒造成的。

雖然我們知道任何傳統都一定有它的「源頭」，現在，我們暫且先不去追問這個「源頭」，重要的是我們要如何去正視當前這個女人自殺的「問題」。因為任何「問題」都像我們身體出了問題一樣，首先我們必須承認自己確實是有了「問題」這個事實，然後才可能找出「問題」的所在，之後才可能著手去解決這個「問題」。

＊　　　　＊　　　　＊

就拿內臟出血來說吧，如果我們一直都不去正視自己有出血

的問題，那就只好任由它繼續出血了。唯有我們肯正視這個問題了，也承認自己確實是有問題了，我們才可能去處理它。這是我們能夠停止內出血唯一的途徑。

就像2003年的流行性病毒SARS，要不是因為全世界的人類一起去正視它，和面對它的話，又哪裡可能阻止得了它呢？所以，請讓我們大家一起來正視這個女人自殺的問題好嗎？

現在我要說的，真的不是男人和女人之間的問題，更不是我們政府的問題，而是我們「人」的問題，因為我們每一個人都是息息相關的。

比如說Amy的外婆自殺了，她的兒女也連帶的受到了巨大的創傷。到了他們長大成家以後，又攜帶著這巨大的傷口過日子。Amy的母親就是因為她的傷口實在太深太痛了，才讓她一生都不知道快樂為何物，以致於成家之後她也沒有快樂可以給自己的家庭和兒女。不是她不給，而是她根本就沒有快樂可以拿出來。

*　　　　*　　　　*

由此可知，一個「不快樂」的父母肯定就只有「不快樂」可以給他們的子女。同樣的，任何人的「觀念」如果出了問題都會像接力棒那樣，一代接一代的承傳下去。就如同他們的「語言」那樣，一代又一代的傳遞下去。因為，他們除了這些就沒有別的「語言」和「觀念」可以傳遞了。

由於我們的父母、祖父母、以及他們的祖父母根本就不知道還有別的「觀念」，所以連同他們自己在內，也全都是某些「觀念」的受害者，然後又盲盲目目的成為那些「觀念」的繼承者。以致後來他們又莫名其妙的由受害者變成了加害者。

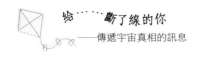
　　想想看，生在我們這一代的人是多麼的幸運，因為我們已經可以有所選擇了，不必再去做某些「觀念」的受害者和繼承者了，起碼，由我們開始可以拒絕再去做某些「觀念」的傳遞者，而且如果願意的話，我們甚至還可以選擇用現代的資訊設備去請大家告訴大家。

　　只要我們有這個「想要」的意願，我們就一定會有這個「力量」的，因為我們不但擁有與生俱來的「創造力」，而且還擁有老天所給予我們的選擇自由。

漫天大霧

有天我去朋友家玩，想到要告辭時已經是午夜時分了。沒想到六月底的洛杉磯夜裡的寒氣竟是如此逼人。由於沒有帶外衣，上車之後我趕緊把暖氣打開。

上了高速公路之後，發現路上起了薄霧我心中一陣緊張。讓我想起兩年前，也是夜間趕路，那天我在710公路上遇到的那場大霧實在是有夠恐怖，既看不清路標也看不到出口，只能膽顫心驚的盲目前進。

待我總算能夠看清路標時，發現已經錯過回家的出口很遠很遠了。而現在又讓我碰到這種「夜間霧」，心中暗自祈禱可不要又像上次那樣……。因為，夜已很深了。

但是這個霧卻沒有一點要淡薄下來的意思。我用雨刷也幫不上忙，只好把速度放慢下來開到慢行道去，起碼，這樣比較看得清楚那路標上的文字。

*　　　*　　　*

一路上我都如履薄冰般小心翼翼的開著。糟糕！路標上的字體可見度已經越變越模糊了，更可怕的是連路上的分界線也開始看不清了，為了確保自己的安全只得把速度降得更慢一些。

謝天謝地！終於要接上那條通往我家的公路了。但願換了一個方向之後霧的濃度會輕減下來，但是它卻全然的不肯清淡下來。為了要看清楚公路上的指標文字和路上的分界線，我不得不

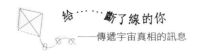

把頭伸到方向盤的上方去。老天！！終於可以下公路了，再轉兩個彎我就可以到家了！

由於實在看不清前面的去路，我緊張得連大氣都不敢透一口，全神貫注的為那最後一段路努力的開著。然而，這時的霧已經濃到我再怎麼努力都看不清前面的去路了。尤其要命的是入了市區之後，那對面來車的燈光迎面照射過來，眼前就只見一片白茫茫，真的什麼都無法看見了。

＊　　　　＊　　　　＊

絕望之餘，我下意識的用手去擦了一下前面的玻璃。老天爺！！這怎麼可能呢？！用手擦過的窗外竟然呈現出一片清明來。外面根本一點霧也沒有，原來那全是自己車子裡的水氣！！。

這時，我生氣的對自己大叫一聲！還虧得我已經開了三十多年的車，竟然會無知到這個地步！連內外溫差所造成的水氣都分辨不出來！好在已經快要到家，否則出了車禍豈不是枉了自己又害了別人嗎？

到家之後，回想自己那一路上的「驚險」心中還有餘悸。雖然已經很累了，但我卻無法入眠。我禁不住的想，在我們的人生道路上其實不也像今夜的「霧中行」那樣，既感到害怕又感到茫然嗎？

而我們所以會感到害怕和茫然，往往是出自於以往的恐懼記憶。而這些恐懼的記憶有些是來自我們以前的經歷，也有些是來自別人的害怕。

所以那些恐懼才會像「夜間霧」一般把我們原本清明的「心

窗」一層層的遮蓋了起來，讓我們因害怕而失去了自己人生方向，就像今夜我開車回家的路上那樣。而事實上，那根本就是一件「天下本無事，庸人自擾之」的事，然而它卻讓我們無助的困在那裡寸步難行。

＊　　　＊　　　＊

　　說穿了，這完全都是因為「害怕」引起的，就拿中國女人的綁小腳來說吧，其實中國女人的腳根本就不必被綁成小腳的，但是，中國女人的腳卻被綁了多少年呢？

　　以我的了解，開始時必定是起之於某些心術不正的人，因為唯有這種人才會去「享受」別人的痛苦。至於其他的人，則由於「害怕」才不得不照著他的意思去做。同樣的，那個主張割掉女孩子陰核的人又是為了什麼呢？當然也是起之於他自己的「害怕」啦。因為他「害怕」女人對性會有自主的想法，又「害怕」女人會不忠於他，更「害怕」自己無力控制女人才下此毒手。

　　至於其他的人，當然也是因為「害怕」才跟著做，他們既「害怕」自己跟別人不一樣，更「害怕」會遭到別人的排斥。久而久之就演變成為大眾心目中的「必須」和「理所當然」，只因為千百年以來人人都如此，所以他們也必須如此……。

　　因此我們知道，這一切完全是因為我們被老祖宗傳遞下來的「恐懼」所矇蔽了，以致千百年以來這些「恐懼」就像那「夜間霧」一樣，把子孫的「心窗」都一層層的遮蓋了起來，令我們失去應有的「清明」，以致造成人類那麼多不必要的痛苦和傷害。

　　事實上，這些「實相」全都是人類自己的「意念」造就出來

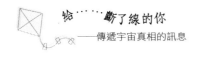

的，而且這些痛苦和傷害都是我們根本就不必承受的，只因為大家都認為必須「如此」才變成「如此」的。

中國人不是也常說，「一切唯心造」嗎？而且還有句話，「天作孽猶可活，自作孽不可活」，所指的，就是我們那些錯誤的「觀念」，和偏差了的「思想模式」所帶給我們的災難吧。

想想看，老天降的「漫天大霧」，不管它有多濃有多厚，都會有煙消雲散的時候。而我們人類在自己「心窗」裡收集來的那些「大霧」，就不知道要等到何年何日，才會有「雲開見月」的一天？！

■牆

　　一般人總以為孩子是無知的，其實孩子的「知」是屬於非學問性的，在某方面孩子的「知」，有時甚至還遠遠的超越了他們的父母。比如說，他們知道沒有分別心的愛，他們知道如何自得其樂，他們知道不用有色的眼光去批評任何人。而且他們也不記恨，甚至，他們還懂得用平等心去對待別人和動物等等……。

　　所以，基督教的聖經才說，「要變成像小孩子一樣才能夠進天堂」。意思是說，要我們保有像小孩子那樣的單純心，不帶任何成見。

　　而且，小孩也是父母最好的老師，老天派他們來教導父母怎樣做一個「無條件的愛」的人。隨著歲月的增長，孩子又教導父母跟隨他們每個成長階段一起成長。他們還教導父母隨時調整自己的觀念，以適應孩子的成長和需求。又教導父母用各種方式跟他們溝通，了解他們，尊重他們，以便學習各種無條件的愛。

　　雖然在表面上看起來，好像是老天把一個新生命付託給父母們來養育，實際上，那是為了要讓孩子跟父母之間能夠有「互動」性的靈性成長。

＊　　　　＊　　　　＊

　　我在2001年十一月份的Guideposts雜誌上，看到一篇耐人尋味的愛情故事，寫這篇文章的是一位醫生的太太，這是她自己親身經歷的愛情故事。

　　她的名字叫Joyce，從小她就是個善感的小孩老覺得沒有人了

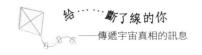
解她，所以感到很孤單。九歲那年，有天當她獨自在房間祈禱的時候，突然感到一陣溫馨，聽到「裡面」有個聲音告訴她，有天她會碰到一個男孩子，以後她就不會再感到孤單了。

自此以後，每當她到教堂去做禮拜的時候，她就情不自禁的幻想著那個正在另一個教堂唱著聖詩的男孩……。

後來她進了大學，打工的時候認得了一個男孩，他們簡直是一見鍾情。交往了一陣之後，才驚訝的發現倆個人都被對方的姓氏所誤導了。他一直以為她是個猶太人，而她則以為他是個法國人的後代。雖然他們都感到有些失望，但是他們也管不了這麼多啦，因為他們兩人都實在是太喜歡對方了。

由於他們兩人都是非常虔誠的教徒，也都知道自己是絕對不可能為了任何理由而改變他們的信仰。因此在大學畢業之前，他們作了一個自以為很「理智」的選擇，決定從此分手，橋歸橋路歸路各奔各的前程。

*　　　　*　　　　*

可是她卻肝腸寸斷對任何事都失去了興趣，感到人生乏味極了。直到有天夜裡，已經是三更了，她還在床上輾轉無眠。突然間，迫切的感到需要呼吸新鮮空氣，所以就一個人爬起來往宿舍的頂樓衝去。

這時，她忍不住的大聲向老天祈求，請幫幫我吧！老天！假如您要我和Barry在一起的話，就請讓我知道。如果不該跟他一起的話，也請幫助我渡過這段沒有他的日子……。

就這樣她一直在那裡祈禱著，一直到曙光已現才回到自己房

間去睡覺。終於她睡了一個自從她和Barry分手以來所能夠睡到的第一個好覺。

下課之後她和室友一起走回宿舍，在途中她告訴室友自己半夜一個人跑到樓頂去祈禱的事。講著講著，就在她們踏進宿舍的時候，突然間，她聽到室友驚訝的叫道：「媽！你怎麼會到這來呢？」

只見室友的媽媽回答說：「我也弄不清楚為什麼到這裡來，早上我祈禱的時候，打開聖經這張卡片掉了出來，『裡面』有個聲音告訴我要我把它交給Joyce。」

她的室友滿頭霧水的問：「難道你搭了四個鐘頭的巴士到這裡來，就是為了這個嗎？」她母親聳了聳肩也沒作聲，把卡片交給了Joyce。Joyce滿臉迷惑的讀著那張卡片，上面寫著：「在我們的生命裡所有重要的事情中，愛才是最重要的」。

＊　　　　＊　　　　＊

他們終於結婚了，婚禮上他們採用兩種不同的宗教儀式。Joyce的牧師對他們說：「要記著，你們是因為倆人之間的『相異』而結合的，那麼，你們就要去榮耀這份『相異』。」

婚後，開始時兩人還各自參加自己的宗教，後來兩個人都在繼續深造功課實在太忙了，漸漸的兩個人都不去教堂了。那時候他們很開心的出遊交朋友，就是避免去談那個令他們不能同心的問題。但是他們內心都有一種深深的失落感，總覺得他們之間好像有一道無法跨越的鴻溝。

終於他們兩人同意試著暫時分開一段時間，因此她就搬到朋友家去住了。在這段分開的期間她獨自沉思，她想到親朋好友

很多人都不看好他們的婚姻，因為大家都認為宗教是不能「相混」的。

她又想到這句「愛才是最重要的」話，她一直以為這個「愛」所指的就是她與她先生之間的愛，但是對上帝的愛呢？

這時，Joyce再次向上帝祈禱說：「當我以為我要失去Barry時，是您指引了我。上帝啊，現在請再指引我回到您的身邊吧，即使您要我不再和Barry在一起我也願意接受。」

*　　　*　　　*

一個月之後Barry打電話來說：「我真的很愛你，也願意為我們的婚姻盡全力。但是，我也不可能放棄我的宗教信仰。」Joyce就回他說：「或許我們應該就像結婚的時候牧師所說的那樣，我們應該去榮耀我們之間的不同而不是去忽略它。」

於是她就搬回去住了，雖然這次他們各自都忠於自己的宗教，但開始跟對方分享自己的信仰也會去探討對方的宗教，因此，倆人之間的關係又開始重生了。後來他們生了三個孩子，凡是雙方宗教大節日倆人都會帶著孩子一起去參加。因而孩子們的生活過得更加的豐富和多彩多姿。

如今他們已經結婚三十多年，不過，有件事情她覺得很有必要提一提。那就是在他們長女八歲的那年，有天她先生跟女兒提起了他們倆人曾經為了宗教信仰不同，差一點做不成夫妻的事情。

這時女兒皺著眉頭轉過身去看看媽媽，又回頭看看爸爸。想了一下，她終於說了：「如果我們全都愛上帝的話，這中間又有什麼『不同』呢？」

　　他們夫妻倆人愣在那裡互相對望了很久，這時，他們才突然「一語驚醒夢中人」般的恍然大悟，終於了悟了！，總算是知道他們那個「不同」之處了！

＊　　　　＊　　　　＊

　　一個孩子由於沒有大人的執著，所以才看得清「真相」。又因他們沒有大人的分別心，所以才看得見「實情」。而大人往往因為長期受到社會、傳統、宗教的塑造和定形，已經把思想觀念全都放到一個個思想「模子」裡「框」起來了，所以才認定了只有在「框框」裡面的才是對的，出了那個「框框」就是錯的。

　　因此「傳統觀念」才會像一堵堵高高的牆，擋住了我們的視野既看不到牆外的「真相」，也跨越不了那道無形的「高牆」。因為，只要在這道「高牆」裡面就會有認同我們的人，有了這些人的認同，我們才敢認同我們自己。

　　事實上那是因為我們「害怕」，怕自己遭到別人否定，更怕失去「自己」那一向信賴和依恃。因為沒有了這些依恃，不就等於把「自己」否定掉了嗎？這當然是絕對不可以的事！

　　但是我們有沒有想過？接納別人並不表示一定要去否定自己呀！而且，能夠接納別人，只會讓我們的心胸更寬廣，讓我們的視野更為開闊。除了顯示出對別人的尊重之外，也讓我們更尊重自己。

＊　　　　＊　　　　＊

　　且看看當年的Joyce和Barry，當年他們選擇為「否決」而「否決」的時候，她是多麼的痛苦！然而，當他們決定「接納」

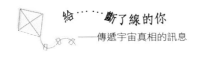
對方的「不同」時，立刻他們就有了平安。因為，當他們肯把心打開來的時候心就自然擴大了，他們的心當然就立刻有了平安。

實際上，當他們都肯把「心」打開來的時候，一切的問題就全都迎刃而解了。這是今生他倆人所要共同學習的「功課」！直到天真的女兒「點醒」了他們，才總算通過了這道人生的考題，可以滿分的交卷啦。

故事中Joyce提到，九歲那年她獨自在房間祈禱時曾聽到的「裡面的聲音」。後來，室友的母親也說是她「裡面的聲音」叫她來傳達訊息的。再後來，他們八歲的女兒所說的那句「一語驚醒夢中人」的話，又何嘗不是來自她「裡面的聲音」呢？

事實上，老天往往都是透過「人」來傳達訊息，只是我們都被自己的那道「牆」擋住了，所以才弄不清「真相」。

世界大同的開始

2004年一月，我在「世界日報」上讀到一篇報導，提到美國的西來寺為了迎接新的一年，邀請各大宗教的代表來為世界和平一起祈禱，以結合大家的力量為人類祈福。

隨著各種資訊的發明以及交通的發達，我們世界現在正處於一個嶄新的時代。不但我們已經可以來去自如的到世界各處走動，而且還讓我們親眼目睹了「天涯若比鄰」的境界。

託了各種科技發明的福，無形中已經把國與國之間的距離越拉越近了。如今國與國之間的貿易和文化交流已經越來越密切了，國與國之間的關係也變得更加的息息相關，甚至有如唇齒之間的相互依賴了。

所以我們才更要珍惜這得來不易的和諧與成果，大家都要和平相處，不能再有衝突更不能再有戰爭了。因為現代化武器的殺傷力和它的毀滅性更是非同小可。

而我們要如何才能達到這和平相處的「共識」？

＊　　　　＊　　　　＊

在前面那篇「牆」的故事中，我們看到，即使是一對已經相愛到難分難捨的戀人，他們都還會為了宗教信仰的不同而決定分手。甚至已經結婚了，他們都還會為了要效忠各自的宗教而情願放棄自己深愛的伴侶。

由此可見宗教對人類的影響有多大，在人類頭腦所刻劃出的

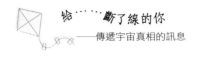
給……斷了線的你
——傳遞宇宙真相的訊息

「界線」有多深。也可見宗教在人類思想上打造的「牆」有多牢不可破。

因此，我認為如果想要世界真正和平的話，我們的宗教領袖就該義不容辭的站出來，擔當此項重任來。由我們宗教領袖來帶領人類，在這些千年之「牆」的上面加開幾扇門窗，讓各個宗教之間有如空氣般的自由交流。就像美國西來寺的星雲法師那樣，邀請所有的宗教領袖，一起帶領人類超越這道千年的「界線」之牆。

當年我們的老祖宗由於沒有足夠的資訊了解，所以他們才會以為太陽不是sun又認為sun不是太陽。他們甚至還一口咬定地球是平的，三百年前的伽利略不就是因為告訴人類地球是圓的而被關了起來嗎？

其實，像這種「一手遮天」的事在我們歷史上實在是發生的太多太多了，所以我們才更要把自己的心打開來，凡事都先聽個究竟，等到我們完全了解了以後，再決定要不要相信都還來得及。要了解，有些事情我們從來沒有聽說過，很可能是有人刻意隱瞞，不想讓我們知道這些宇宙的「真相」。

而事實上，現在我們不但已經有條件了解這些宇宙的「真相」，而且我們也有權利知道這些宇宙的「真相」。我們為什麼還要像老祖宗那樣的故步自封呢？

*　　　*　　　*

1990年我母親因腦癌在美國第二次開刀，情況相當危急，我的家人不停的向上蒼祈求，希望母親能夠久留人間。但是我的家人卻收到了一個「訊息」，告訴我們不要再強留母親了，為了讓

112

我們了解生命的「真相」還特別吩咐我們去找一本書來看，這本書就是Dr. Brian Weiss寫的《Many Lives and Many Masters》。

幾年之後，台灣也有了中文版譯名為《前世今生》。後來，這本書又被翻譯成三十幾種語文，不知道已經發行了多少百萬本了，可以說風行了全世界。

這位作者Dr. Weiss後來又寫了好幾本書，我都一一拜讀過。對我來說，這些書不但打開了我的心靈視野，更開闊了我的心胸。我尤其佩服他第四本書那一針見血的宗教觀。在台灣此書也有了中文版，譯名為《前世今生之回到當下》。

＊　　　＊　　　＊

Dr. Weiss是個極具道德勇氣的人。為了要出第一本書，當年他是鼓起莫大的勇氣，義無反顧的將自己的名聲和地位完全置之度外抱著破斧沉舟的決心，才把他發現的宇宙「真相」說出來。

要知道二十多年以前，人類的思想遠遠不及現在的「開放」程度。他要面臨的可就不止是一個宗教的勢力，而是全世界所有宗教的勢力。你可以想像這需要多大的道德勇氣才行！

也就是因為他的勇氣和拋磚引玉，引起了世界上許許多多人的關注，因而大家也開始紛紛說出他們所知道的宇宙「真相」來。

可以說，這些「真相」已經在世界各處掀起了很大的風潮和迴響。也可以說，他的書為我們21世紀新紀元的「心靈」領域掀開了另外一頁。人類的心靈層次因此而向前大大的邁進了一大步。

＊　　　＊　　　＊

在第四本書中，他甚至不惜道出自己的前世來。他說，有

一世在歐洲他曾經是位神職人員，那時候他就發現了不為世人所知的宇宙「真相」，可是當時他太貪戀自己的名位沒把它公諸於世，所以那一世他死的時候感到深深愧疚。

另外，還有一世他也是個神職人員，再度發現了不為世人所知的宇宙「真相」。可是這次他又操之太急了，當時正處於宗教黑暗時期而他卻不顧一切，強要把這些宇宙「真相」公諸於世，後來，竟為他招惹來入獄和處死的命運。

這一世又由於各種因緣和際遇，他再次知道不為世人所知的宇宙「真相」，這次終於讓他如願以償有所作為了。

據我所知，他曾經寫過五本書，並且時常到世界各處演講。我很喜歡他的書，也很欣賞他平易近人的風格以及他那誠懇待人的人生態度。我尤其喜歡他書中所分享的啟示錄，以及「大師們」的智慧話語。

＊　　　　＊　　　　＊

由於看了他的書，也引起我對自己前世的好奇。為了想再增加一項「人生」體驗，我曾經也去參加過追溯前世的課程。當時，我完全是抱著「好玩」的心態去上課，竟然，也讓我看到了好幾世「自己」的前世。

其中有一世，我看到「自己」是一個印度少婦，穿金戴銀十分華麗。就在同時，我竟然還看到我今生的母親。由她身上穿著的粗糙衣服和皮膚的顏色看來，我知道她是屬於低階層的婦女。因此，就不難理解今生我們母女關係是有著什麼樣的「因果」來歷了。

另外，我還看到「自己」是一個身著藍色布褂，頭髮梳有著留海的中國少婦，在我的身邊還站著一個圓臉面帶鬍鬚，長相威

嚴像是大官模樣的男人。我認出來，他就是我今生的先生，在清朝我們曾經也是一對夫妻。

就在同時，我還看到我們身邊有一雙兒女，他們竟然就是我們現在的老二和老三。只不過那世他們的「大小」是倒過來的。那時候的女兒是姐姐十歲左右，兒子是弟弟四、五歲的樣子。難怪這世他們兄妹倆如此親密了，打從女兒出生起，他們兩人就非常相親相愛。

＊　　　＊　　　＊

另外，我還看到「自己」是一個腳著涼鞋，手持著盾的羅馬軍人。當時我站在一個鋪著石板地的庭院裡，那個庭院對外有一柵很大的鐵門。鐵門的旁邊有一道牆，牆邊有著類似馬廄的屋簷，屋簷的柱子與柱子之間呈拱形的圓狀。

一年以後，我和弟弟妹妹到義大利去旅行。有天，我們去參觀一個古老的教堂，由於到達的時間太早，所以弟弟建議我們到外面的庭院去等候開門。當我們走進那個庭院的時候，我目瞪口呆了！那個庭院跟我所「看到」的庭院幾乎是一模一樣的，因為我認出那特有的石板地和那個拱形的馬廄。

由於上過課，我也學會了追溯前世的方法。不久以前，我曾試著帶領幾個朋友一起邀遊他們的「前世」。居然有兩位女友同時告訴我，她們看到「自己」曾經也是羅馬軍人。

不禁讓我想到，今生我們能夠相聚在一起的朋友，很可能都是以前曾經的相識。我之所以說出這些經歷，只不過是想見證那位寫《前世今生》的作者Dr. Weiss沒有胡言而已。

＊　　　　＊　　　　＊

　　我不知道目前其他國家對於死後的生命以及前世的看法，不過，現在美國已經開始有越來越多的人相信有「死後生命」這種事了。

　　甚至，有段時間有兩個電視台每天都定時播放「死後生命」的節目。一個節目是Crossing over另一個節目是Beyond。都是由通靈的主持人現場替觀眾當場聯絡他們已故親人的實況。

　　節目中見到一大群坐著的觀眾，他們之間誰也不知道哪位「幸運者」的親人會「找上門」來。不過，由那些被「找上門」來的「幸運者」他們驚喜的表情，和悲喜交加的淚水，以及那中獎似的激動情緒看來，我想大概是假不了的。

　　而且那些親人所提到的話題也只有「幸運者」自己才明白，不過，為了讓觀眾知道其中的究竟，節目中都有「幸運者」事後解說的同步插播。

＊　　　　＊　　　　＊

　　除了這兩個「死後生命」的節目之外，美國電視也有不少和「守護神」有關的故事。甚至，連好萊塢的電影也都紛紛朝著這個方向走，其中有好幾部電影還真轟動一時，比如說第六感生死戀和其他好幾個我不知道中文譯名的電影。

　　這些電影在某些人看來，或許會認為他們只不過是把故事「編到」死人的身上去了。不過，假如您肯用另一個角度去看的話，其實那些編劇都是有所根據的，他們只不過是想借著這些故事傳達某些訊息而已。

只是為了要給觀眾有更多思想的空間，他們才讓觀眾自己詮釋它的真實性。你可以說這完全是他們自己的幻想，你也可以說那是他們真正的了解。你甚至還可以說這全都是他們太過無聊了，才編出這種不著邊際的故事來。

但是，那也很可能是出自他們內心的真誠，為了想要讓世人知道更多的宇宙「真相」也說不定……。不論人們怎麼說都行，我個人認為，因為現在已經是21世紀的新紀元，這些都是人類意識將要「提升」到另一個單元的前奏曲。

我認為這些點點滴滴都是一塊又一塊的「敲門磚」，有那麼多有心人在那裡敲敲又打打，我相信終於有一天人類會把那道老祖宗打造的「千年之牆」上面敲開一條縫來，讓我們有機會去窺見那牆外的宇宙「真相」。

＊　　　　＊　　　　＊

Dr. Weiss在第四本書中，很有心的把各大宗教共同的「精神和內容」有系統的列出來讓我們參考。他特別指出，只要我們仔細去閱讀每個宗教的「精神和內容」，就知道，其實所有宗教經典的「精神和內容」都是相同的，所不同者，只是時代背景和各家各戶風俗民情，以及他們的名稱和言語的不同而已。

他說，很遺憾的是大家都忽略了各個宗教基本相同的「精神和內容」，卻偏偏去為那些表面上的言語和稱呼之間的「小異」，爭得你死我活。

所以Dr. Weiss才大呼疾吼的呼籲提醒大家，為什麼我們不在宗教基本相同的「精神和內容」的「大同」上去認同，卻偏偏要在言語和名稱的「小異」上去爭鬥呢？他這句話倒是提醒了我，

讓我了解到中國人所說的「大同世界」那個「大同」兩個字的真正含義是什麼……。

＊　　　　＊　　　　＊

除此之外，Dr. Weiss還特別指出：「上帝其實是沒有宗教的」。這點，我倒是非常的贊同，想想看，我們現在已經登上月球了，當我們到了月球之後，再回頭去看我們的地球村，就知道在「上面」根本就看不到人類所劃分的「國界」，當然我們在「上面」也絕對看不到人類所劃分的宗教「界線」啦。

因為這些所謂的「國界」和宗教「界線」，完全都是我們人類自己劃分出來的。老天怎麼可能會去理會這些「界線」呢？對老天來講，不論在線裡或線外就像我們的左手和右手那樣，根本就沒什麼分別，因為不管左手或右手都是我們自己的手。

造物者怎麼可能會在意人類的宗教是怎麼個劃分法？因為，這些全都是我們人類自己玩的遊戲。然而，老天真正在意的是我們什麼時候才能學到無條件的「愛」，因為我們全都是為了要學習「愛」才來這所地球學校的。

再說，千百萬年以來地球上這些改朝換代的事，已經多到數都不數清了。在老天的眼裡，這「國界」和宗教之間的「界線」變化，就跟我們家常便飯的菜色變化那樣稀鬆平常。我想，大概就連你都不會在意上個月一號中午你吃的是什麼菜吧。

不錯，我們的造物者是在不同的地方和不同的時代，指派過不同的使者來教化我們人類。而且，這些使者所肩負的都是「相同」的任務，所教導的也是「相同」的宇宙律法，當然，每個宗教的「精神內容」全都是「相同」的啦。

*　　　　*　　　　*

這就是為什麼Dr. Weiss會說，所有的經典講的全都是「相同」的「精神和內容」的原因，因為事實上本來就這樣。問題可能是出在當年的詮釋者的身上，由於每個人的了解層次都各不相同，當然所詮釋的內容也會不盡相同啦。所以，才會造成這種「失之毫釐，差之千里」的效果來。

再加上，這幾千年來不斷的「改朝換代」和人事的不斷變遷，這些留下來的經典內容也很可能會被「改」也會被「代」。只是那些被「改」和被「代」的環節各不相同，所以才把天下弄得如此大亂。

只要我們去數一數佛教到底有幾個宗派，以及基督教究竟有多少個支派，就已經夠我們眼花瞭亂了！如果我們還一味的在那些小枝小節上面去找一些「小異」來爭辯的話，那簡直是在浪費我們的生命！

因此我個人認為，如果我們人類都了解「上帝是沒有宗教的」這個事實，我們世界就會朝著「大同」世界的方向走了。

*　　　　*　　　　*

其實，只要我們大家都不再執著在老祖宗們所執著的「小我」和宗教的派系上，只要我們大家都希望有個「大同」世界的話，我們就一定會心想事成的。

說真的，這一切完全都在於我們的選擇和大家的共同意願。假如我們大家都只肯停留在老祖宗的「意識層次」裡，還要像我們的老祖宗那樣，一口咬定只有自己家的「造物主」才是唯一的

話。那我們就只好也像老祖宗那樣，去造一個牢固的「牆」把自己圍起來，然後再去抵抗、去排斥、去否定別人家的「造物主」了。

只是，地球上的人類啊！當然我們是可以很肯定的說，我們家的太陽就是地球上那唯一的太陽啦。事實上，這個太陽本來就是我們地球上唯一的。但是，總不能因為我們知道自己家的太陽是唯一的，就非要說人家的太陽不是太陽啊！

事實上，我們每家見到的都是那「唯一」的啊！為什麼就只許我們家的才是唯一的呢？為什麼不肯承認我們家的太陽跟別家的太陽就是同一個太陽的事實呢？

如果我們非要去否定別人家的太陽，又非要去排斥和對抗別人家的太陽的話，那就只好讓這些莫名其妙的戰爭再繼續的爭鬥下去，再來一個你死我活吧！到時候可別再去問蒼天何以不仁啦！

*   *   *

老祖宗是因為他們不夠條件了解，可是，現在我們已經有足夠的條件了。因此我們都有「責任」去認清這個「真相」，也有「義務」不再讓我們子孫卡在老祖宗的意識層次裡不能超越。

想想看！一直以來老祖宗認定我們的地球是平的，難道我們還要再像他們一樣嗎？幾千年以來他們認定女人就是污穢的，難道我們也必須如此嗎？幾千年以來他們只相信武力和戰爭，難道我們也應該像他們一樣只相信戰爭和武力嗎？

要知道，當我們知道自己已經可以有所「選擇」的時候，我們就把自己的「力量」拿回來了。所以，現在我們就可以作決

定，還要不要再停留在祖先的意識層次裡？還要不要再像祖先那樣只相信武力？還要不要再有戰爭了？

　　只要我們把大家的「意念」力量集中起來，我們就會有足夠的「力量」去改變世界上的一切「實相」。想想看，當年江本勝博士只集中了350個志願者的意念力量，只用了24小時的時間，就可以把一條河流的水質完全改變，那麼，我們還有什麼事情是做不到的呢？

給……斷了線的你

——傳遞宇宙真相的訊息

第四章　一連串的驚嘆

世界上發生的事情沒有一件是偶然的

古今中外的賢者

我很幸運因為我很愛看書，而且一直以來就有許多好書會很奇妙的來到我的手中，為此我非常感恩。1990年起，我有幸能夠由極端忙碌的生活腳步中跳了出來，書就成了我生活中最佳的良伴。

有些書真的讓我愛不釋手，如果有可能的話，為了與朋友分享我會同時收集中英兩種版本。這些好書中《王鳳儀言行錄》是我的最愛之一，甚至，我還收集了好幾本，已經不知道借給多少朋友看了。這是台灣「正一善書出版社」出版的善書，有很長一段時間它成了我的「床頭書」，幾乎每晚必讀。

我尤其被王鳳儀先生的「大同世界」理念所懾服。由於這本書的內容相當豐富，絕不是我可以用三言兩語言盡的。我能做的，充其量也僅止於介紹王鳳儀先生的生平事蹟而已。

＊　　　＊　　　＊

王鳳儀先生是個奇人，生於1863年是熱河省朝陽縣人。由於家境清寒，自幼就必須替人放牛。長大以後，為了支撐家計他必須到人家去當長工，所以一直都沒有機會接受教育。

為了要了解做人的道理和本份，他自幼就處處用心自我教育，時時刻刻都以別人為師自我學習，因而，年紀輕輕他就已成為鄉里備受尊敬的人。

一直到了二十五歲他的兒子去上學了，他才開始跟著兒子一起讀書識字。就在那時候，他看出何以他的家鄉會如此窮困的原

因，全都是因為他們沒有機會接受教育之故。從此，他對教育就開始更加關切了。

當他知道村子裡那間唯一的私塾，由於學生太少村民又太窮，沒人繳得起學費，已經都面臨再也支撐不下去的局面時，他就暗中去勸學幫著找學生，又暗中替學生墊補學費。

這間私塾在他暗中的資助之下支撐了五年之久，一直到時局變動學堂不得不解散了，那些家長、老師、和學生都不知道他那暗中的資助。由於他為人忠良又樂善好施，不時的濟弱扶貧，所以鄉里的人都稱他為王善人。

＊　　　　＊　　　　＊

35歲時，由於機緣王善人聽到別人在講善書，裡面說的全都是忠孝節義和善惡報應的故事，令他非常著迷。從此他的生活中又添加了新的學習對象，書中的古聖先賢也全都成為他要學習和效法的榜樣了。

37歲時，八國聯軍攻進入北京全國上下人心惶惶。由於此時他已經了通了宇宙的律法，知道世間的災難全都來自於「人心」。為了要挽正「人心」他積極加入宣講堂，以「代天宣化」為己任，開始到處遊走宣講善書勸人為善。

38歲那年，王善人的父親過世。其實早在他父親過世之前，他就已下定決心，要效法善書裡的孝子「楊一」為父親守墳。由於「楊一」當年在守墳期間曾經守到一窖銀子，所以他就向老天許願，希望能得到不用藥就能夠治病的本領。因為家鄉裡的人實在太窮，連生病都沒錢買藥。

沒想到當他守到第一百天，真的讓他守靈了三界。不但各方

神明都前來跟他打招呼，之外，還真的讓他得到了「講病」的本領。自此以後，在這段守墳期間，每天都有遠遠近近的人跑到墓地來請求他「講病」。

由於病人的病經他一講就全都好了，因而他的名聲就大大遠播。他每次都是用倫常之道來告誡病人，先讓病人了解他們得病的原因，再指出他們缺少了那一項做人的倫常。然後再曉以病人大義，告訴他們一些宇宙的律法，勸導病人要盡好做人的本份，以改變自己的健康和命運。

＊　　　＊　　　＊

由於前來請求「講病」的多半都是被病痛折磨得痛苦不堪的人，所以當他們的病被講好了之後，都對王善人所指出的「性格偏差」感到心服口服，全都誠心誠意願意悔改自新做個守本份的人。因而，當地的民風很快地就有了大大的改善。

在這段守墳的三年期間，王善人領悟到何以世風日下的原因。他認為所有的問題都出在「人根」的不良。而「人根」之不良則完全是由於「母教」的失傳。因此，他常對人說女人是世界的「源頭」，還說古時候就是因為有了孟母才會有孟子，因為女人是影響人類最深最遠的人。

又說，我們社會的風氣太過於重男輕女都不讓女子讀書。他說，不讓女子接受教育她們怎麼可能明理呢？而不明理的女子將來又怎麼可能成為賢妻和良母呢？他指出，就是因為世界上的女子都不明理，才會生出一個個糊塗的兒女來，所以我們的世界才會變得如此不清平……。

*　　　　*　　　　*

王善人堅定的認為如果想要為世界改種留良的話，就必須重立「人根」。又講，如果我們想要有孝子賢孫的話，就必須先要有良母。想要有賢妻和良母的話，就必須在女子的教育上著手。

所以早在守墳期間他就立下了決心，將來他一定要創辦「女子義學」專門教育天下的女子。他認為，唯有教育天下女子才是替世界「治本」的最根本辦法。

而且他還講，這世界上最苦的人就是女人了，他認為如果要解救世界上的女人讓她們出苦得樂的話，首先就是讓女子接受教育。

41歲時，王善人守三年墳期滿，他回家第一件事就是把37歲的妻子送到學校讀書。並且下定決心把家庭放下，以「渡世化人」為自己的天職，開始遊走各地。

*　　　　*　　　　*

他一向都堅守絕不收費也絕不化緣的原則，過著隨緣遊走的日子。他只用「講病」與人廣結善緣，並且走到哪裡就住到哪裡。由於前來請求「講病」的全都是被病痛折磨得苦不堪言的人，因為求醫心切，所以全都敞開心來聽從王善人的教誨，而且，也全都答應要改過自新重新做人。

病人中有不少是富人，當他們的病被「講」好了之後，也因而找到了他們的人生方向，也知道了他們的人生目的，所以全都誠心全意的以創辦「女子義學」為己任，投入他們的時間、金錢、和精力，共襄「教育天下女子」之盛舉。

　　還有不少的賢明之士，在他們的病被「講」好了之後，也開始學習病理以及「講病」的方法。後來也都加入了「講病」的行列去勸人為善，幫助其他的病人。

　　另外還有許多女孩子在病被「講」好了之後，同時她們也開了竅，全都自願加入創辦「女子義學」的行列，以校為家擔負起承先啟後的責任。因而又教導了無數女子，讓她們了解自己身為女人的天職和本份。

　　除此之外，還有許多人跟隨著王善人到各個城鎮去開課演講，專門宣講做人的基本倫常道德。而且他們又在各地設立了道德會，以便教導更多的民眾成為有道德守本份的人，甚至，還到人多的大街上去當街演講勸人為善。他們每到之處那裡的民風就會大大改善。

＊　　　　＊　　　　＊

　　直到1937年王善人74歲過世為止，據估計在他的領導之下所創辦的「女子義學」已經達到650所之多，經由他的努力設立的道德會也有700多個會址，遍及了中國東北各省。

　　王善人能夠由一個既貧苦又不識字的莊稼漢，到移風易俗的「女子義學」創辦人，完全來自於他那鍥而不捨的「意念」力量。也就是中國人所說的那種「精誠所至，金石為開」的精神力量。

　　他得道之後，除了瞭解宇宙律法之外也明白了自己的天職，從此老天就開始經由他來代天行道……。他曾經說過，其實像他「這種」了通宇宙律法的人世世代代都有，只不過為了要帶領不同的人，他們必須出生在不同的地方和不同的時代。

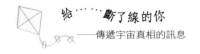

　　書中他特別提到，所有宗教的「始祖」其實全都來自同一處，他們都是為了要教化人類才應著天時奉著天命而來，所以他們每個人教的全都是「相同」的宇宙律法。想想看，耶穌基督當年不也是跟王善人一樣，到處遊走勸人為善嗎？而且，他不是也了通宇宙律法又能替別人治病嗎？我想他必定也是「這種」人。

　　他們之間的共同之處，就是他們不但全都知道自己是奉著天命而來，他們也全都知道自己的人生目的，而且，他們也全都知道自己到這世界來的任務是什麼。所以他們全都會把世俗的一切完全放下，包括自己的家庭。

　　想想看，王善人不也像當年的釋迦牟尼佛一樣，專以教化眾生為已任的到處遊走，勸人為善嗎？而且，他們也全都是義無反顧的用自己的生命來為世界服務。

＊　　　　＊　　　　＊

　　在書中王善人提到，他所處的那個時代是個「小康世界」，是一個各門各派各宗教各自當家的時代，所以人類全都用「排斥異教」的方式來擁護他們的教主。

　　不過他又提到，在不久的將來我們的「大同世界」就要來臨了。他說到那時候，由於人類的意識層次已經有了提升，人類的作風將會有很大的轉變，人類將會以「接納」其他宗教的方式來榮耀自己的教主。並說，當這個時代來臨之時，世界上所有的宗教將會合而為一，我們世界將因此而成為一個「大同世界」。甚至他還提到，不久的將來，世界上的女子也會開始出來當官主政……。

　　算一算他說此話的時間，離今天正好是一百年。而以目前世

界的局勢和趨向來看，我認為當年王鳳儀先生所說的「女子也會
當官主政」的話，好像正在醞釀之中。因為現在我們世界確實是
已經有女人當上了總理、當上了宰相，甚至，還有女人當上了
總統。

＊　　　　＊　　　　＊

接下來，我們再看看目前的宗教。我看到有位來自喜馬拉雅
山的大師，正在積極的領導世界「萬教合一」。這位大師於2000
年交接之際，曾經邀請全世界的宗教領袖參加南非開普頓所召開
的世界宗教大會，並且呼籲世界各大宗教的領袖一起來肩負起這
項人類和平的重任。

這二十多年來，這位大師馬不停蹄的為世界和平奔走，足跡
遍及了歐洲、亞洲、非洲、美洲和南美洲各地，還曾經三番幾次
被邀請到聯合國發表演說，為的就是散播「萬教合一」的種子。

＊　　　　＊　　　　＊

這位大師也像王善人一樣，不但放下了自己的家庭，而且也
居無定所四海為家的以世界和平為己任，各處奔走勸人為善。也
跟王善人一樣，從不收費也不化緣，只是為了告訴世人世界上唯
一的宗教就是「愛」。

因為上帝就是「愛」，祂的「愛」是沒有條件也沒有分別心
的，不但超越了宗教也超越了人種和國籍，所以才說「愛」就是
世界上唯一的宗教。

其實，只要舉目看看當今我們的世界，就不難知道現在已經
有許多人全都在做相同的事情。比如Dr. Brian Weiss，Dr. Wayne

Dyer，Dr. Deepak Chopra和其他許多人，他們全都是以天下為己任的在傳達相同的訊息。

我相信，我們世界現在正朝著這「大同世界」的黃金時代邁進，因為有這許多人正在努力的散播「那個」真善美的種子。並且還有更多的人正在努力的當「那個」風，幫著傳遞「那個」相同的訊息。

這位大師在非洲開普頓發表的演說中還特別提到，樂見世界已經有女人開始當官主政了。又說，老天賦予女人與生俱來較多的愛和細膩感性的頭腦，就是為了讓她們不但可以用愛來養育小孩，還能用愛來照顧家中的老人和每個人。

尤其是女人，當她們做了母親之後，都會像「守護神」一樣守護著全家人的幸福和安寧。並且還說，一般來講女人教導兒女多半都是用愛心來勸導兒女，不像父親總是用他們的權威來讓子女「就範」。

最後還提到，其實在很久很久以前，我們世界一直都是個母系的社會。比較起來，那時候的社會要比現在的父系社會來的和樂安詳得多，不像現在的父系社有那麼多的戰爭，主要是因為一般男人的天性都比較相信他們的「力氣」。

*　　　　*　　　　*

這讓我想起，幾年前我在電視節目中曾經也聽到Dr. Phil說過同樣的話。他說，根據UCLA的研究報告指出：一般來說男人在生活上如果碰到了問題，他們會用自己的「力氣」去解決問題。而當女人在生活上遇到問題時，她們會用語言的「溝通」來解決問題。可見，在基本的天性上男人與女人是大不相同的。

　　所以，我認為這位大師指出的戰爭問題，應該不是沒有根據的。因為在演說結尾時又指出：關於母系社會和戰爭的問題，其實在我們人類的歷史中全部都有所記載。這個嘛，可就耐人尋味了……。

　　這話題就請容我下回再作分解吧！不是我在賣關子，而是此話說來實在是太長了。

給……斷了線的你

——傳遞宇宙真相的訊息

古今中外的趣聞

　　原本此文在這已經打住了，可是2004年5月，當我在北京的時候以及回到美國以後，接二連三有人送我相同的書，全都是日本科學家江本勝博士寫的有關「水結晶」的書。拜讀了他的書以後，我決定在這篇「古今中外」的結尾之處插一束花，再多加一篇「趣聞」，就請把它當成趣聞來看待好嗎？因為我太想分享了。

　　關於王鳳儀先生「講病」的事，我相信一定有人會認為那是件既無稽又迷信的事情。這也難怪啦！因為根本就沒人能夠解釋它，再說，這也實在是太玄太令人難以置信了。

　　當時，我寫此文只是想介紹王鳳儀先生那不平凡的生平事蹟以及他的為人，而我真正的目的是想介紹他的「大同世界」理念和他的「世界觀」和「宗教觀」。至於「講病」這件事，我只是把它當作他的生平事蹟提一提而已。

　　因為，我不希望大家為了這件難以置信的「講病」事情，連同他的「宗教觀」和「世界觀」也拒絕接受了。不過，他確實是有這個能力，而且就是因為他有這個特殊能力，他才能幫助病人打開他們的心結，讓他們看清楚自己那執迷不悟的人生態度，病人才可能有機會聽從他的教誨，找到他們的人生方向。

＊　　　＊　　　＊

　　當我拜讀了江本勝博士有關水結晶的書之後，對「講病」這件事就有了比較具體的看法，因此，才決定再提筆把這些看法寫出來跟大家分享。

給……斷了線的你
——傳遞宇宙真相的訊息

　　由於江本勝博士在水結晶中，為人類找到了那把通往宇宙奧秘的鑰匙，同時也連帶的解開了許多以前沒人能解釋的千年之「謎」。如今，那些被冠以「迷信」的懸案，總算因此而得以「真相」大白了。

　　Marlo Morgan醫生在《曠野的聲音》書中，曾經也提到許多令人跌掉眼鏡的事蹟，現在，我們終於能夠解釋出它的所以然來了。好比說，那些澳洲原住民「真人族」在跟她交換醫療常識的時候，曾經告訴她：其實醫療跟時間之間是沒有絲毫關係的，痊癒和得病都是一瞬之間的事……。

＊　　　　＊　　　　＊

　　他們說此話的原因，是前一天有位年輕的族人因失足跌落懸崖，導致他的小腿遭到嚴重「刺穿性」骨折，而且，那根斷骨露在皮膚外面大約兩寸左右。

　　Morgan醫生說她親眼看到，那兩位年長的族人用他們的手，在傷處上方一寸左右來回不停移動。過了不久，她又見到這兩位族人用他們的雙手，一隻手由上往下，另一隻手由下往上，好像在綁繃帶似的上下來回不停的交替的纏繞著……。

　　過了一會兒Morgan醫生驚訝的發現，那根露在體外的斷骨竟然在完全沒有碰觸的情況之下，就這樣自動的「縮」了回去。然後，她見到那兩位年長的族人對著那隻受傷的小腿大聲的說著話，最後她才看到他們在那傷口上敷藥。

　　令Morgan醫生更吃驚的是，第二天早上，那位斷腿的青年竟然連拐扙都不必用，他的腳一點也不跛，已經可以行動自如的到

處走動了，而且還照樣跟著大夥一起上路，去繼續他們那橫貫沙漠之旅了。

＊　　　＊　　　＊

後來這群「真人族」的人才向Morgan醫生解釋，當時他們用手在傷處的上方來回不停的移動，是為了要防止傷處的「腫脹」。而他們用雙手一隻手往上一隻手往下纏繞的動作，是為了幫助受傷的腿恢復「原狀」。為了要消除骨頭所受到的驚嚇，他們就用祈禱的方式跟骨頭「打交道」，向受傷的骨頭發出快快復元的「訊息」。

更不可思議的是，他們竟然告訴Morgan醫生，為了要讓她有機會見識一下他們的醫術，他們曾經向上蒼祈求，因此才發生了前一天的那「一幕」來……。

由於他們這「一幕」，讓我想起幾年前我親眼見到的另「一幕」來。我們家的老家人是我父親當年的侍衛，在他九十歲那年曾經跌斷了手腕。由於年紀太大又不願意開刀，聽說有位由「蒙古」來的包姓女大夫專門替人家治骨折，我們就帶著老家人前去求醫。

這位女大夫就是用《曠野的聲音》書中所描述的手法，也是用手在骨折處一寸左右的上方來回不停的移動，還喃喃自語的不知說了些什麼話，最後她用酒精在傷處「過」了一下火。然後她用手拍了一下傷處跟我們說，好了！可以回家了。

我們被她弄傻了眼，搞不清她到底在搞什麼明堂。不過，我們的老家人從此就不必再用繃帶也不必敷藥了，就這樣他再也沒喊過痛。

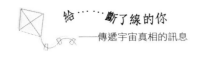

＊　　　　＊　　　　＊

　　除了我們老家人的這「一幕」之外，當天我還親眼看到另外的「一幕」。就在我們帶著老家人前去求醫的同時，另外還有一位脖子上吊著一隻手的青年人走進來，告訴大夫說他出車禍撞斷了三根肋骨，醫生正在安排替他開刀，但是他的朋友叫他先到這裡來試一試，所以他就來了。

　　我見到那位大夫也是用前面我所描述的同樣的手法替他治療，而且在「過」了火之後，當場她就命令那個年輕人下床，叫他在診所裡作跑步。

　　只見到那個年輕人因為怕痛，滿面驚恐。不過，他還是乖乖的照著大夫的指示去作小跑。接著，我見他一臉的驚訝和難以置信，再後來，他像個三歲小孩，一面傻傻呼呼的嬉笑著，一面又叫又笑開心的在診所裡來回的跑著小圈圈……。

　　基於某些原因，我們很少跟別人提及找蒙古大夫治病的事，免得人家以為我們是「迷信」之徒。畢竟連我們自己在內，都不知道如何解釋到底這是怎麼回事。

＊　　　　＊　　　　＊

　　去年，見到我那位教授朋友的背有些彎曲，談著談著我們就提到了這件事情。沒想到，竟然他也告訴我他自己的那「一幕」來。

　　他說，抗日戰爭期間他正在家鄉湖南平江就讀中學，由於學校離家太遠只能寄住在學校的宿舍裡。有天，半夜裡學校的宿舍突然倒塌，當他被挖出來的時候發現他的脊椎受了重傷。

　　由於那時正在打仗，而且附近也沒有醫院可送，於是有人替他找來一位「蒙古」大夫。他說，那個人就是用我前面所說的手法替他醫治，而且到了最後，也同樣是用酒精「過火」……。

　　他說，他當時也弄不清這到底是怎麼回事，不過，他脊椎的傷就這樣被治好了。而且告訴我，現在他的脊椎有些彎曲就是當時留下來的後遺症。

＊　　　　＊　　　　＊

　　2005年一月初，由於我的腳骨突出，必須做切除Bonion的手術。據醫生說，只要三個月我的腳就會痊癒，可是，三個月都已經過去了，我腳部的浮腫卻一直不消。而我們早早就訂好了四月中要去日本旅行的行程，為了解決這腳腫的問題，臨時我還特別去買了一雙寬鬆的大鞋子。

　　遊畢日本之後，接著我們又去了山東。大概是因為路走得太多了吧！那雙新買的鞋已經容納不了我那隻腫脹的腳了。當我們參觀孔陵的時候，見到有人在賣男人的功夫鞋，我也顧不了雅不雅觀啦！趕緊買一雙來應應急。

　　回到北京，我穿著這雙不倫不類的功夫鞋去見我的朋友張大姐。大概是那雙功夫鞋實在是有夠刺眼吧！她告訴我，她曾經學過氣功，願意替我治治看。

　　見她也是用手在我的傷口上方一寸之處，來回不停的移動。當時，我感到有一股熱流由她的手中傳來。不久她說，她看到有股穢氣從我的傷口跑出來。而且……，信不信就全由你了，我那隻腫脹了幾個月的腳就這樣從此消腫了。從她家回去之後，我就再也不必去穿那雙男人的功夫鞋了。

給……斷了線的你
——傳遞宇宙真相的訊息

我提這件事，真正想要指出的是那位張大姐的手法，她跟「真人族」所用的消腫手法是完全不謀而合的。我回家以後細細的琢磨比較，認為，這兩碼子事之間唯一的「共同」點，應該就是「意念」的力量吧。

＊　　　＊　　　＊

如今我拜讀了江本勝博士寫的書之後，才知道水也有它的情感世界。水不但能看、能讀、能聽、還能夠接收各種不同的意念和訊息，而且，水還能將它所接收到的「意念波動」透過水的結晶呈現出各種不同的姿態，顯示出它對每種不同「波動」的各種感應來。

最重要的是，經由水結晶江本勝博士証實了人類的「意念」為什麼會產生「力量」的真正原由。而且，也讓我們了解，我們的每一個「意念」都確實是有它特殊的「波動」存在。我認為，這是我們人類最具「歷史性」和「最關鍵性」的重大發現。因為千百年以來的那些不解之謎，就因此而水落石出。

而且江本勝博士在書中曾經不止一次提到，我們人體中有百分之七十是水份。又提到人類的DNA染色體中有百分之九十是水份。因此，即使我們暫且不提細胞本身就是個「智慧體」和「收訊體」的事實，而僅僅就以細胞中的水份而言，它就已經是個可以接收訊息的「收訊體」了。

所以，如果說我們人類能夠用「意念」來跟細胞「打交道」的話，現在應該可以很肯定的說，那已經不再是一件「迷信」的事情啦。

*　　　　*　　　　*

　　而且在《曠野的聲音》書中，「真人族」的人還告訴Morgan醫生說，人是不會無緣無故生病或出毛病的。假如我們生病的話，那是老天在提醒我們，要我們趕快去審查一下「自己」的處境。

　　因此，我們知道生病的主要目的也只不過是為了要提醒我們，趕快去找出那個引起我們生病真正需要治療的「情感傷口」。

　　而這些「情感傷口」之中，很可能是我們那傷痕累累的人際關係，也許是因為我們的價值觀念有了漏洞，或許是因為我們的心胸太過於偏狹，也很可能是因為我們內心正有著某種恐懼感在作祟，才讓它如毒瘤般的侵蝕了我們的身心。除了這些之外，還有，大概是因為我們對上蒼的信任不夠……等等。

　　如果真如同「真人族」所說的那樣，生病只是上蒼為了要「提醒」我們才不得不亮起的紅燈「訊號」，那麼老天讓我們生病的目的只不過是要我們停下來，趕快去看看自己的處境，找出自己那個個性上的偏差和情感上的傷口而已。

　　那麼王鳳儀先生的「講病」，他也只不過是幫助病人找出他們思想行為上的偏差而已。如果病人能夠及時覺醒又肯立刻悔改的話，那個紅燈「訊號」就有治療與釋放的機會了！

*　　　　*　　　　*

　　如果我們了解了這「生病」的來龍和去脈的話，王鳳儀先生的「講病」就再沒有任何「神秘」可言啦。因為這就像「真人

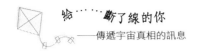
族」所指出的:「生病和痊癒都是一瞬間的事,它與時間是沒有關係的」。

由此可見,江本勝博士所發現的這些「水結晶」的奧妙,確確實實是讓我們人類對宇宙的奧妙有了更深一層的瞭解,不但替我們人類解開了許多千年之謎,也帶領我們人類進入另一個嶄新的「心靈」領域。

江本勝博士對「水」的這項具有歷史性的突破發現,就如同當年那位既盲又聾啞的海倫凱勒博士小的時候,經由「水」的接觸而進入了她的「心靈」世界那樣,同樣是令人感到震撼和不可思議。

因為江本勝博士也是經由「水」帶領我們人類進入了我們的心靈世界,我們人類終於可以超越「五官」所能夠感受的「物質」界極限,而得以昇華到「非物質」界的心靈領域了。

*　　　　*　　　　*

尤其是我最近參加了一些能量課程之後,才知道什麼是「曲高和寡」。因為到目前為止,人類還有許多事情都停留在那個只知其然,而不知其所以然的階段,而且直到今天我們才能解釋出它的所以然來。

但願我們人類不要再以「表面」可以看見的「物質層面」去衡量真人族那「裡面」無法衡量的「精神層面」。起碼我個人是非常仰慕「真人族」的,不僅僅是他們可以活到120-130歲還能保有無病無痛的健康身體,而是他們在離開人世的時候都是在自己的自由意願「選擇」之下離開的。

據說,在離開塵世之前他們都是事先經由內在與上蒼溝通,

徵得了同意選定好日子了以後，再去通知親朋好友。到那天，所有親友都會聚在一起為他開一個盛大的歡送會，每個人都會前來擁抱他祝福他。然後，他就帶著這些祝福在親友面前席地而坐，用意念把所有的生命「要穴」關閉，兩分鐘之內羽化而去。

　　在場的親友沒有人會為他的離去感到悲傷，有的只是深深的感動。因為大家都知道他已經完成了此趟人生之旅，盡了他應盡的任務，也學到他該學的人生功課，可以功德圓滿的從地球學校畢業返回永恆了。

　　而且，每個人都知道只要相愛就會「後會有期」，所以當親友離去時，他們只有感動和祝福而並沒有悲傷。

＊　　　＊　　　＊

　　他們還說，他們的子女在投胎之前也全都是事先經由內在和父母溝通，在徵得了同意之後他們才前來投胎。

　　所以當他們的孩子來到人間時，全都是在所有親友的祝福和歡迎之下出生的。因此，當他們要離開人間的時候，也跟他們出生時一樣，同樣也是在所有的親友祝福之下離去……。

　　而且在「真人族」的理念中，他們認為人是不應該因生病而死亡的，甚至他們認為，凡是不合乎個人「自由意願」的死亡就不算是「自然」死亡。

＊　　　＊　　　＊

　　書中說，這群選擇躲避物質文明情願隱居於澳洲沙漠的「真人族」，由於種種原因他們已經選擇「絕育」，打算從此消失於

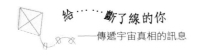

給……斷了線的你
——傳遞宇宙真相的訊息

地球。因此，他們才處心積慮的想透過Morgan醫生，把他們這幾萬年累積下來的智慧結晶，以及精神文明留在人間……。

我讀了Morgan醫生的書對「真人族」有所了解之後，才知道他們對人類和地球竟是如此的關懷。我除了驚嘆於他們對「情感」與「能量」的了解竟然會有如此透澈，之外，我還感嘆於他們對宇宙萬物和地球之間竟然會有如此深刻的認識。

我更羨慕他們能夠對上蒼有如此的信任，而且，人人都能夠經由自己的內在與上蒼直接溝通。這幾萬年以來他們並沒有宗教，有的，只是對宇宙萬物和人類的關懷。我想如果我們都能夠像他們那樣，經由自己的內在可以直接跟上蒼溝通的話，那麼「宗教」根本就是多餘的啦。

想想看，在這趟120天的橫貫沙漠徒步之旅中，他們既沒帶水也沒帶任何糧食，這群人就這樣昂首闊步的橫跨那炎熱的澳洲沙漠，他們所憑的，僅僅只是單純的信心和對上蒼的信任如此而已。

*　　　　*　　　　*

如果我們每個人對人類和宇宙萬物都有像他們那樣的關懷，對上蒼也有像他們那樣的信任的話，我想我們的「大同世界」就在眼前了。我相信，我們世界終將有一天會達到這個境界，因為現在已經有許多人都在為這個理念在撒種在耕耘，而且，已經開始有新的觀念在萌芽、生根了。

更何況，我們擁有現代化的資訊系統，已經為我們鋪好了一條康莊大道，足以讓我們傳播這些訊息，讓我們大家一起攜手邁向這個新世紀和新的精神領域。

144

　　我相信只要假以時日，我們一定能夠跨越那道祖先打造的「小我」之牆，讓我們一起通往「大我」的康莊大道去。如果你也有同樣的願望的話，就請你幫著把這些訊息散播出去。只要世界上多一個相同「心願」的人，我們的世界就可以早一天抵達這個境界。

給……斷了線的你
——傳遞宇宙真相的訊息

心靈意識的提升

　　我們的世界由君王統治到今天的民主制度，足足走了好幾千年才終於走到今天這一步。這實在要感謝幾千年以來那些勇於道出「真相」的人，因為有了他們，我們人類的意識層次才得以繼續提升。而這些勇敢的人之中，有人甚至為了真理連自己性命的安危都置之度外。

　　且看看歷史，當年伽利略為了要告訴人類地球是圓的而入獄。耶穌基督為了真理而被釘在十字架上。林肯和馬丁路德金為了平等而死於非命……。

　　歷史上實在有太多人，都是因為說出人們「一時」還無法理解的真理或真相，而遭到性命威脅。我想當年Dr. Weiss在寫《前世今生》時，他一定也很清楚什麼是「雞蛋碰石頭」。當時，他人單勢薄所要面對的是多大的宗教勢力，以及多少持著不同想法的群眾啊。

　　而且，他也知道自己多年來努力經營的學術地位，很可能也會為這些「真相」而付之一炬。然而他還是選擇忠於「自己」，道出了他所發現的宇宙「真相」。幸好，他在學術上已經佔了一席之地，世人還能相信他的專業精神和職業道德。

　　所以才說，凡事唯有「出發點」才是最重要，雖然在二分性的框架內，凡事都有「是和非」的可能，但是，有些事情是我們「一時」還無法證實它的「是非對錯」，因此我們才要凡事都先了解對方的「出發點」，而把「是非對錯」放在其次。否則，當

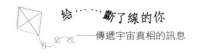

給……斷了線的你
——傳遞宇宙真相的訊息

年的耶穌基督、林肯、還有馬丁路得金就不會這樣莫名其妙的死
於非命了。

＊　　　　＊　　　　＊

　　其實想法跟我們不一樣的那些人，只是他們的觀點角度跟
我們不同而已，只要對方的「出發點」是純正善良的，想法和看
法跟我們不同又何妨呢？所以才說凡事唯有「出發點」才是最重
要。千萬不要在我們還沒了解別人的「出發點」之前，只因為我
們不了解就否定了它的存在性。

　　就是因為我們人類只肯聽跟自己想法相同的事情，所以這幾
千年以來人類的「意識層次」才會如此難以提昇。

　　由於大家都太害怕被別人批評、排斥、和攻擊了，所以，最
安全的地方就是躲在那個「傳統」的「保護殼」裡。因為人們發
現只要躲在那個「傳統的殼」裡，我們就能確保自己的安全。

＊　　　　＊　　　　＊

　　前些日子，教育電視台正在播放一系列昆蟲的成長過程記錄
片，當我看到那些螳螂之類的昆蟲是如何為了成長，而把原有的
舊殼捨棄掉。還有，毛毛蟲是如何努力破繭而出，蛻變成自由飛
翔的美麗蝴蝶。

　　這時，我就禁不住的聯想，其實我們人類「意識層次」成長
的過程，不是也跟它們的成長過程完全一樣嗎？只不過一個是有
形的「殼」，一個是無形的「殼」而已。

　　回顧自己的成長過程，從小我就是個「乖乖牌」，只以為要
做一個好孩子就要像我媽媽所教導的那樣，不可以回嘴，也不可

148

以表露自己不滿的情緒，因為我母親說這樣才叫「懂事」才算是有「家教」。

我想，這些大概全都是我外婆灌輸給母親的「傳統」觀念吧。因為在她們的腦海裡，認為凡是女人就必須遵守「三從四德」的規範，否則就是個「不懂事」和「沒家教」的女孩。

而且在她們的腦海裡，認為凡是沒有家教的女孩將來嫁了人，肯定就會被人家「休」掉。因為自古以來，在中國人的觀念中認為一個女人被人家休掉，那種可恥可悲的程度對她的家庭而言，要比她們死在外面還要來得更為不堪……。

所以台灣人在嫁女兒的時候，在女兒踏出家門之後立刻就在自家的門口潑一盆水，以表示「嫁出的女兒是潑出去的水」。我不知道這代表的是祝福呢？還是代表的是「冷水無情」不許回頭之意。否則就是這家人的噩夢了。

* * *

雖說這些都是千百年以來社會的傳統思想，而我的母親又是個很傳統的人，當然她都按照這些傳統來教導我們了。

由於我太愛我的母親了，所以從小我就只知道去做一個像我母親那樣唯傳統禮教是從的人，否則我就會被自己那種不夠好或不夠「懂事」的罪惡感所吞噬。因此，自幼我都過著小心翼翼戰戰兢兢的日子，深怕自己的不夠「懂事」會招惹到別人。

結婚之後，除了先生之外又多出了公婆大姑小姑一大家子的人，更多出了一堆他們家所謂的傳統。而且，他們對傳統禮教又頗為執著，好像每天都在考驗我看我到底有多「懂事」似的。

多少年以來，我就只知道拼命去做一個讓人家認為夠「懂事」

的人。直到我真的受夠了也力不從心了，我才驚覺的自問，如果這些傳統禮教是那麼「絕對」的話，那我為什麼會如此的不堪呢？

這時，我才總算發現這「保護殼」的「尺寸」根本就不合我。然而，一直以來我就只知道拼命強迫自己去迎合它適應它，完全不理會我「自己」的真實感受，所以才會如此不堪。

*   *   *

當我對這些「傳統禮教」的絕對性有了質疑時，我突然感到既迷惘又恐慌，因為那是我一直以來生活的「依恃」呀！就像我那唯一的衣服一樣沒有了它，一時我還真的不知道該怎麼辦才好。

但是，當我完全清醒了之後我又變得非常憤怒了，我對自己非常生氣。因為我發現從我懂事以來一生都在努力做的，想要成為別人眼中的好女兒、好媳婦、好妻子，而我所做的這一切原來竟然是如此的愚痴。

而且每當我想到自己一直信以為賴的「傳統」所帶給我的災難時，我就有種被它「出賣」了的感覺。一直到我完全走出來了之後，再回頭看，這時我終於明白了，其實這一切都只是成長的過程而已。

*   *   *

現在的我，甚至還感恩的覺得那真是一種「幸好」。「幸好」我終於感覺痛了，才知道什麼是不對勁。「幸好」我總算感到不對勁了，才懂得應該捨棄。也「幸好」我知道該捨棄了，才

有機會去更新。其實這一切只是一個心靈的成長過程，也是我今生到這地球學校來要學習的人生「功課」。

今生我就是要來學習「自信」，今生我就是要找回那被逼迫了才可能生出的「勇氣」來，然後再用這「勇氣」去突破自己生生世世的積習以及那一貫的「思想模式」。

也是因為我生來就對自己太沒有信心又缺乏勇氣，所以，我才會去選擇相信那些所謂的「傳統」。那是因為我太害怕別人的批評和攻擊了，所以，我才會去選擇那個令我有安全感的「保護殼」，情願躲在那黑暗的繭裡面忍受陰暗。

＊　　　＊　　　＊

這一切都是我生生世世的習性所作的選擇，怪不了別人。否則，何以那些「傳統禮教」束縛不了我雙胞胎的妹妹，卻偏偏只束縛得了我呢？

因為我妹妹生來就有一顆自由飛翔的心，她根本就不會去吃我所吃的那一套，所以那些「傳統禮教」根本就奈何不了她。比如說吧，現在我們還會去纏自己女兒的腳嗎？現在我們還會去用石頭打死那些被強暴過的可憐婦女嗎？所以才說，那全都是我們自己的選擇，是我們自己的天生「習性」和「思想模式」所作出的選擇。

要不是我們自己的「思想觀念」跟那些「傳統觀念」互相呼應的話，那些觀念根本就奈何不了誰的。而且，要不是我被這些「傳統禮教」弄得實在有夠嗆的話，我不知道自己會不會有這個勇氣去突破那累世的積習，和那一貫的「思想模式」。

因為，我們往往都要等到自己再也忍受不了這個「習性」的

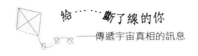
選擇所帶來的苦難了，才會去面對自己的「實相」。而且，也只有等到認清楚自己的「實相」了，我們才肯捨棄那個令我們窒息的「保護殼」，這時，我們才會有勇氣去破繭而出。

＊ ＊ ＊

這也就是何以當我的妹妹在美國榮獲各項國家大獎之際，我卻躲在那個陰暗的繭裡，為「傳統禮教」而束縛、而掙扎、而喘息的原因。因為我妹妹的個性與我恰恰相反，她所要吸取的是另一種「材料」，是由我父親提供的。

要知道，是我們自己選擇我們父母親的，因為，在他們的個性之中有我們需要吸取的「材料」，可以幫著我們把自己的「習性」發揚光大，直到，這個「習性」帶給我們實在太多痛苦了，我們才可能看清楚自己的「實相」。

這時候，我們才可能去作自我的調整，突破自己生生世世的習性，提升自己靈性達到成長的目的，因為那也是我們到這地球學校來學習的目的。

由於我們只有在經歷苦難了之後，才懂得去把那個燙手的「傳統」山芋放下來。一旦我們放下它之後，那個「傳統」就再也奈何不了我們啦。

因為當我們的心靈得到自由了以後，我們就再也不願意回頭去接受那個「保護殼」的束縛了，就像學會走路的小孩就不會回頭再去爬行那樣，因為他已經長大了。

＊ ＊ ＊

想想看，我們人生的道路已經夠崎嶇夠難行了，甚至有時比

登山還艱難。我們又何必非要去穿那雙美麗的「高跟鞋」，只是為了要「漂亮」給人家看而把自己弄得如此的不堪，有這個必要嗎？

我終於在心靈上破繭而出成為一個自由飛翔的蝴蝶了，當我知道「自由」的滋味了以後，就想喚醒別人，希望別人不要再像我以前那樣愚痴，以為生活的目的就是為了要得到別人的認同，而完全不理會自己的「真實」感受。

不過話又說回來，當我寫這本書的時候心中當然也是有所顧忌，我不知道該不該去點出別人根本就不願意面對的「實相」，為自己招惹不必要的麻煩。

因為我自己也跟世上許多人一樣，一直以來都只情願待在自己認為安全的地方，並不想去面對什麼「實相」，更害怕面對任何的改變。

因為人類的天性本來就害怕去面對「改變」和「未知」，如果有誰硬要我們去面對自己不願面對的「實相」時，我們就會感到害怕。而每當我們感到害怕的時候，往往就會去抓一個「假想敵」，來「釋放」自己那些害怕的負面能量，而我又何必去招惹這些不必要的麻煩呢？

* * *

正當我在那裡猶疑不前的時候，有天我去逛書攤，隨手拿起一本書來翻閱。就在第一頁的上面寫道：「人生的體驗並非只是個人的私有物，如果我們在生活中學到的功課和經驗不拿出來與人分享的話，它就一點意義都沒有了」。

我想了一下，可不是嗎！當年Dr. Weiss如果只是把他所經歷

的故事全都記在日記本裡收藏起來的話，那就不可能有《前世今生》這本書了，我和我的家人也不可能因此書而受惠了。

　　突然，我心中有一股溫馨的感覺湧了上來，我知道是「誰」在提醒我了。我立刻抬起頭來，會心的對老天感恩的笑了笑，我知道自己該怎麼做了！

看見真相的小男孩

提到「日記」我又要介紹一本好書，書名是《看見真相的小男孩》。這是一個六七歲小男孩剛剛開始學習寫日記的「日記」。由於這是他的私人日記，從來就沒有意願要公開，所以文筆既純真又可愛，而且他也沒有任何的期盼所以內容樸實無華。

寫日記的小男孩生於1875年，長在英格蘭一個富裕的家庭。由於他生來心臟就不健全，所以不能夠像一般正常的孩子那樣到學校去上學，因此，家中請來一位家庭老師教育他。

這孩子天生就俱有「第三眼」的稟賦，但是他自己並不知道有些「人物」是別人看不到的，所以，他常常因為說出自己看到的「真相」而被母親責罰，認為他是個亂說話的壞孩子，因而為他的童年帶來無限災難。

甚至，他父母親以為是他的眼睛出了毛病，還特別帶他去找眼科醫生。可憐了這個小男孩，由於身邊沒有一個了解他「真實」感受的人，小小的心靈受盡了委屈。

直到有一天，他道出了家庭老師切身的「真相」讓老師震驚不已，這時，他的老師才發現，原來所有的問題並不出在這孩子身上，而是根本就沒人了解這孩子的特殊天賦。

*　　　　*　　　　*

慶幸的是，這位老師對靈界的事情也非常感興趣，從此他跟這個孩子之間就有了共同的秘密和遊戲。在上課之餘，每當小男孩過世的祖父來探望他，或是帶著「訪客」同來時，他的老師都

會配合著用速記的方式把他們談話內容全部都記錄下來，然後再交給這孩子騰寫到他的日記本裡。

這些「訪客」之中有牧師、科學家、和水手等等各種不同的「人物」。他們來找這小男孩的目的全都是想要請他傳遞「後來」他們才得知的宇宙「真相」。尤其是那位科學家和牧師，他們都為自己生前曾經誤導了世人而深感後悔。

除此此外，這孩子的守護靈也時常來造訪他，並且告訴他一些宇宙的律法和真相。這些內容老師也全都替他記錄下來，讓他寫在他的日記本中。

當年這孩子曾經為自己心臟不健全，不能夠像別人家的孩子那樣自由的跑跑跳跳而感到耿耿於懷，為此，他的高靈導師曾經還特別來安慰他，告訴他說，總有一天他會為自己這顆不健全的心臟而感恩的……。

*　　　*　　　*

果然，多年之後第一次世界大戰爆發時，他真的就為他那顆不健全的心臟而感恩起來，因為，因此他就不必到戰場上去殺那些他根本就不願意傷害的人。

那時他的守護神告訴他，其實所有戰爭「實相」都是由人類的負面意念累積起來的能量造成的。同時他的守護神還告訴他說，不久第二次世界大戰將會接著再度爆發，並且告訴他其中的原因……。

這孩子長大了之後，曾經歷過一次不美滿的婚姻，令他感到既痛苦又無奈。為此，他曾經埋怨他的守護神，何以他們明明知

156

道他要經歷這痛苦的婚姻卻不事先警告他，而偏偏讓他去經歷這種痛苦呢？

後來他才終於明白，這些「實相」其實完全都是他自己造出來的。是他自己曾經種下了「因」，所以今生他就必須去品嚐自己的「果」。而且，這些全都是我們無法逃避的宇宙「因果」律法。

*　　　　*　　　　*

除此之外，由於他母親自幼就對他不了解，帶給他種種心靈上的委屈。他的守護神為此曾經在他小時侯不止一次來安慰他，告訴他，今生他來此的目的之一就是為了要「教化」他母親的。

可是，據他所知在他母親有生之年，從來就不曾相信過他所說的任何「真相」。然而，雖然她的「頭腦」不相信，但是，她的「靈體」卻因他而受到了潛移默化。

由於在生前她的「靈體」已經了解了，所以過世了之後，她的靈體反倒時常回到兒子的身邊，跟他做靈性方面的思想交流。因此，也證實了當年那位高靈導師所說的，他是來教化他母親的那句話。

書中也提到，他的母親一生都被某些宗教先入為主的觀念所支配，以致於，終其一生她都被卡在自己「頭腦」所造的意識之「殼」裡，牢牢的不肯出來。反倒是在她去世了之後，她的靈體卻能夠「破殼」而出，得到了心靈的自由。

*　　　　*　　　　*

因而，在這本書中特別提到，世上有太多太多的人都因在

世的時候受到了某些宗教的誤導，才讓他們牢牢抓著自己頭腦的「意識之殼」不肯放。以致死後被自己的頭腦「卡」在宇宙的某個角落無法超越，造成可悲的後果。

書中還提到，他的家庭老師在往生之後時時都回來探望他。甚至，還特別交待他說：有朝一日他的「日記」務必要公諸於世。告訴他，其實他們兩人此生成為師生完全都是造化的安排，為的，就是要他們共同完成這本「日記」。而且，他們是為了達成這項共同的任務才約好一起同來世界的……。

這「孩子」的第二任妻子將老師交待的話謹記於心，在他去世之前，就已徵得他的同意在他過世若干年之後將這「日記」公諸於世。不過為了他人的隱私，他要求將日記中的人名全部更換。

*　　　　*　　　　*

想想看，早在一百年以前我們的造化就有了「如此」的安排，讓這小男孩留下這本「日記」來。我個人認為，這本「日記」是特別為我們這世紀的人類所安排的，為的，就是要讓我們有機會透過這「日記」認識宇宙的律法和「真相」。

因為要等到我們現在這個世紀，人類才有足夠的資訊去接觸這本「日記」。而且人類也要經過一百年的成長，我們才有足夠的靈性層次去了解這本「日記」所記載的內容。

我真心的相信，這本「看見真相的小男孩」會幫助很多人打開我們的「殼」，不信的話，只要你去讀一讀就知道什麼是「真相」啦！

宇宙的秘密

　　其實我們每個人都有不同的「天賦」，有人小小年紀就彈一手好琴，讓那些苦練習了幾十年的人也不得不甘拜下風。有人的記憶有如照相機般，能夠過目不忘，令人嘆為觀止。

　　當然另外還有其他特殊「天賦」的人，比如說這位看見「真相」的小男孩，他就能看到聽到一般人無法感受到的光和聲音。而這種接收「細微頻率」的光和聲音的能力，也屬於特殊的「天賦」，因為這是我們一般人所感受不到的。

　　關於接收「細微頻率」的事，江本勝博士在他寫的書中也曾經指出：我們宇宙間所有的存在物都有它特殊的振動力，即使是石頭也有它的振動力。

　　而且他又指出，除了聲音是振動力之外光也是一種振動力。他舉例說，假如我們將一個音符乘以倍數以後，再乘以倍數，之後的振動頻率就不是一般人的聽力能夠聽見的，但這並不表示那振動頻率就不存在。只不過是它變得更加細微了，細微到了一般的人都已經感受不到它的存在了而已。

＊　　　　＊　　　　＊

　　說到這裡，讓我想起我在2004年12月5日參加的「新時代」座談會，主持人根據資料指出：2002年12月份美國Scientific America雜誌中，第66頁的Unseen Dimension資料中講到，如今我們科學家已經發現到第十一度「空間」了。他說，假如以一般人所能感受到的四度「空間」與這十一度「空間」相比的話，人類起碼還有

百分之五十以上的「空間」是無法感覺得到。但是，動物在某個程度上卻能感受得到。

就拿2004年12月26日那場震驚全世界的海嘯來說吧，根據報導，在泰國災區裡他們發現只找到人類的屍體，卻不見動物的屍體，因為那些動物早早就「知道」災難要來臨，所以全都早早的跑到高處逃生去了。

又根據2006年7月19日「大紀元」報，有關唐山大地震三十週年的報導，他們指出：有人回憶在發生地震之前，在大白天見到蝙蝠成群飛翔的異象。也有人說，他們看到河裡成群的魚群全都浮到水面上任人捕捉的奇觀。

還有人說，見到各種動物都在「大遷徙」，有人見到大老鼠帶小老鼠咬著尾巴成群結隊的搬遷。還有人說看到一百多隻黃鼠狼，大的背小的全部一起跑開。

又有人說，在7月27日那天，家家飼養的貓狗都在那裡狂叫個不停，此起彼落叫聲不絕。還有人說，他見到上百匹馬隻全都掙斷了韁繩在路上狂奔。又有人說，他們家飼養的兩百多隻鴿子在地震之前，突然間集體傾巢飛出……。

只有我們人類，全都高枕無憂的在家裡睡著大覺，以致地震來臨造成唐山24萬人死亡16萬人殘傷的慘劇。可見我們人類的感應能力有時還遠不如動物。

＊　　　　＊　　　　＊

那天的座談會主持人還指出：現在科學家們還發現我們細胞的DNA染色體全都是「記憶體」。因而我們就可以解釋出為什麼

候鳥類、魚群和蝴蝶會世世代代都知道要在何時遷移，也知道要遷往何處的原因。

在北京我看到報紙上一篇報導，有位病人在接受器官移植手術之後，突然開始畫起畫來，由於他一生從來沒畫過畫，引起他強烈的好奇，下定決心去尋找答案。經過一番打探之後，才知道原來他的器官捐贈人生前是一位畫家……。

我曾經也讀過一本書，書名是《A Change of Heart》，作者 Claire Sylvia 在紐約是位舞蹈家。在心肺移植手術之後，她突然開始喜歡吃起炸雞塊和啤酒來，由於這些食物完全都不是她以前愛吃的，再加上，她時時會夢見一位名叫 Tim 的年青男子，引起她強烈的好奇，下定決心去尋找答案。

果然證實「器官捐贈人」就是一位名叫 Tim 的年青人，而且生前他最愛吃的食物就是啤酒和炸雞塊。雖然這些都是題外話，不過，關於染色體是個「記憶體」的事，我想應該是事實吧。

＊　　　　＊　　　　＊

除了細胞的 DNA 染色體是個「記憶體」之外，科學家們發現它還是個「超越時空體」。因此就知道為什麼我們可以追溯自己的「前世」，又何以氣功師能夠替人「隔空」治病的原因，還有，何以我們每個人都有屬於「自己」的生生世世積習。這些全都是因為我們細胞的染色體不但是個「記憶體」，而且它還是個「超越時空體」之故。

所以我們每個人都有屬於我們自己的「超越時空」記憶、習性和個性。因此中國才有句話說：「一母生九子，連母十條

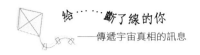
心」。意思是說，即使同一個母親生的九個兒女，每個人都有各自完全不同的個性，而且也沒人會跟母親的個性完全相同。

由於我們一般人都只有四度「空間」的感受能力，所以我們的感官能力當然是有偏限的。因此，我們知道世間有許多事是我們的「感官」根本無法看得盡，也無法知得全的。其實，只要我們用已知的「四度空間」去和科學家所發現的「十一度空間」相比，我們就知道人類「感官」的知覺程度，跟實際的「空間」到底有多少差距了。

雖然我們「五官」的感受能力有所偏限，可是我們的染色體卻有它自己的「記憶」，而且這些「記憶」全都儲存在染色體那特有的「密碼」之中。

＊　　　　＊　　　　＊

由於我們染色體的密碼全都是「超越時空」的「記憶體」，我們的頭腦和感官雖然都受到了物質世界那特有的「時間」和「空間」偏限，可是這些密碼卻不受地球的「時間」和「空間」所偏限。因為我們的染色體早在億萬年以前就已經存在了。不但如此，我們的染色體「此時此刻」還在繼續分裂中，直到將來，直到永遠……。一旦人類解讀了這些密碼，我們就會了解「自己」與宇宙之間有著什麼樣的微妙關係，也會知道我們「自己」到底是誰了。

另外，科學家又發現我們的細胞還是個「智慧體」，由於每一個細胞都有它們各自的智慧，所以我們體內的60兆個細胞才可能井然有序，各有所司的堅守在各自的崗位上合作無間的運作。

*　　　*　　　*

　　現在科學家們又發現我們的細胞還是一個「收訊體」，不但時時刻刻都在接收外來的訊息，同時，也時時刻刻在接收「自己」情感和意念所發出的任何「波動」，並且時時刻刻都在待命於這些「波動」的指揮。

　　《曠野的聲音》書中曾提到，「真人族」為了躲避世人的耳目才不得不分成幾個隊伍散居於沙漠之中。但是他們隊伍之間都會定期相約見面，以便交換隊伍裡的成員和各自的資訊。他們隊伍之間的聯絡就完全靠著意念的「腦波」來傳達訊息。

　　Morgan醫生說，她曾親眼目睹他們用腦波傳達訊息的情形，她說，有一天她正在跟某人交談，那人突然間停下來跟她說：請妳等一下，我需要安靜一下……。

　　過了一陣，他回來告訴Morgan醫生說，剛剛有人獵到了一隻大袋鼠，正在問他要如何處置這隻袋鼠。果然，不久她就見到那個人扛了一隻袋鼠回來。

*　　　*　　　*

　　我也曾經讀過「世界日報」週刊的一篇報導，講到當年蘇俄科學家如何將一群有「超越時空」傳達能力的人聚集起來。經過各種實驗和訓練之後，再讓他們去為國家做某種「特殊」的工作。

　　我想人類大概或多或少都有這種能力，差別只在於我們懂不懂得去用它。否則，那些「真人族」就不可能人人都能操作他們體內的「行動電話」了。

　　談到細胞是「記憶體」這件事情時，那天的座談會上我們還

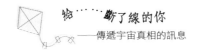

見到一張照片，照片中是一群衝到岸上的鯨魚屍體。其實，在這之前我在報紙上和電視上也都曾經見到類似的照片。並且報導還說，連專家們也弄不清，何以這些鯨魚要成群結隊的衝到岸上去集體自殺……。

不過根據會中的解釋，他們說在2003年1月1日那天，我們地球已完成了十五度軸心傾斜的調整。由於當時地球的經緯度正在改變之中，而這些經緯度與鯨魚的「記憶」有了差距，所以才導致了這種「失誤」。

* * *

主持人甚至告訴我們，關於這十五度傾斜的改變資料，只要到美國丹佛城的航空局去查詢就可以得到。還說，這幾年地球的氣候反常也全都跟這十五度的地軸傾斜有關。

他們又說，就在地球軸心轉變的同時，我們人類的心靈層次也隨著地軸的轉變也正在轉變之中，人類的意識層次將會由第四度「空間」提昇到第五度「空間」。

他們還說，到了那時候我們人類將會擺脫以往的「教條」，從此獲得心靈的自由，而且我們大家都能夠像「真人族」那樣，經由自己的內在與上蒼直接溝通。又說這將是21世紀人類所要依循的新方向。在此，我只是把我得到的訊息說出來跟大家分享，至於相不相信就完全由你自己來選擇啦。

我個人是非常嚮往這種精神層次的提升，而且，我也希望擁有「真人族」那樣的「自然」能力，可以經由自己的內在跟上蒼直接溝通。更希望像「真人族」那樣，在面對自己和至親好友死亡的時候，有他們那種坦蕩蕩又「自然」的人生態度。

*　　　　*　　　　*

比較起來，我們所謂的「文明」世界，早早就把生命中原本最「自然」的事情都刻意的「加減乘除」的加了工，就像「文明人」吃的白米飯那樣，把生命中最精華的那部份全都刻意的弄掉了。

以致於幾千年以來，人們已經太習慣於這種加了工的白米飯，對於原本最「自然」的事情反倒有所排斥了，而且又是那樣的難以再回頭。因此，當我們面對死亡的時候才會有那麼多恐懼、痛苦、和掙扎。

如果我們人人都能夠像「真人族」那樣可以透過自己內在與上蒼溝通的話，我們就會知道自己是由何處而來，將往何處而去，也知道我們到底是為了什麼而來。

這時，我們也會跟「真人族」一樣，在我們出生之時就有了一定的人生基本方向。我們就不再會因「迷失」人生方向而感到「恐懼」，也不會再因為「恐懼」而「迷失」自己，更不會因為「迷失」了自己而對別人，甚至對自己造成無謂的傷害。

對我而言，如果真如座談會那位主持人所說的那樣，人類的意識層次將會因著地球軸心的轉變而有所提昇，而且人類也將會因而得到心靈的自由，那我倒是要拭目以待啦！！因為當人類沒有「恐懼」之後，自然就會遠離戰爭。而且當我們心靈得到自由以後自然就會去愛別人，那麼，我們世界自然就會成為一個人間的天堂了！

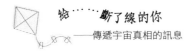

給⋯⋯斷了線的你
——傳遞宇宙真相的訊息

第五章　平衡

陰陽平衡就是道，
陰陽合則萬物生

聰明的笨蛋

2003年我在台灣新竹認識了一位太太，當她說起她兒子的時候，告訴我說他是個「聰明的笨蛋」。意思是說他並不笨，但是有著某方面的學習障礙，才十一歲的孩子就有著嚴重的自卑感。

聽到這裡觸動了我內心深處的某根弦，心中感到一陣強烈的酸楚，所以我主動提出要跟這個孩子見個面。因為我手上有一項工具，能夠幫助我了解別人的感受，當我說出他心中的各種情感時他開始流淚了。終於，把他的心打開來，讓那些積壓多年的情緒能量釋放了出來。

接著，我告訴他一個真實故事，當年美國有一個男孩，也是有著某方面的學習障礙。不過，他的母親知道他在藝術方面有著很高的天份，所以高中畢業後就把他送到一家玻璃工廠去學習玻璃藝術。結果他大放異彩，不但在玻璃界做了許多改革，而且還創新了自己的風格，成為玻璃藝術界的一支獨秀。

還有，台灣的知名女作家瓊瑤女士，當年她在數理方面也是有著嚴重的學習障礙，因而在學校受盡了折騰。結果她卻是寫故事的天才，大概目前沒幾個中國人不知道她的名字。

*　　　　*　　　　*

除此之外，我還告訴他一些悄悄話，關於為什麼我這一生只敢當老闆的秘密……。幾年前我搬了家，在整理東西的時候無意中翻到了那張大學時代的總成績單。我看了一下自己的成績，除

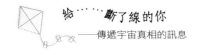
了歷史和英文之外，其他的分數大致都還可以。而我的英文和歷史兩門課都只有65分而已。可是，沒有人知道那是我費了多少功夫，好不容易才得來這險過的65分。

也不知道是什麼原因，從小我就是記不起「名字」來。而那些英文字對我來說就是許許多多稀奇古怪的「名字」。還有，歷史課本中那些人名、地名、和朝代的名稱都會要我的命。儘管歷史課本中所有的故事我全都知道了，但是沒有了人名、地名、和國號那就全都白搭了。

＊　　　　＊　　　　＊

還記得在剛剛進入大學的時候，在路上我遇到一位同行的同班同學，後來她成了我最好的朋友。可是就在頭一個星期吧，由於我一再的請教她的大名，終於她忍不住提醒我說：這已經是你第四次的「請教」了……。

我在美國做生意也是好辛苦才能把員工的名字記起來，尤其，我對自己英文的拼音能力是很有自知之明的，所以我總是在擔心，害怕到時候不知道我整的是自己，還是那個當我老闆的人！

想想看，像我這樣的人真的也只敢去當個老闆，否則不把那些當我老闆的人弄哭才怪！

現在，我能夠把它不當一回事的說出來，是因為在1999年我遇到了一位叫Ray Ken的加拿大人。他學會一種古老的診斷術，經由放大鏡查看「眼珠」，就能說出身體上的任何毛病來。

後來我還去上過他的課，也知道一些所以然來，原來眼珠上每個部位都代表著我們身體某部分的器官。就像中國人根據耳輪

和腳底的穴位就能診斷出身體情況一樣，也都是某個部位代表了某個內臟或器官。

＊　　　　＊　　　　＊

我和Ray Kent先生不止見過兩次面，他每次對我所說的第一句話都是一樣，他說：「你沒有記憶力，因為你腦子的血液循環不良，血液供應不到那個『記憶』的部位。」啊！多少年了？總算讓我知道自己的「毛病」所在了。

其實在某方面我的記憶反而是很特殊的，比如說，我在中小學時代看過的電影，在過了四五十年之後，那些電影明星全都已經變成垂暮的老人了，可是，當他們再度出現在螢光幕上的時侯，我幾乎都能一眼就認出他們來。

還有，從小我看過的好電影，回家之後我幾乎可以一字不漏的把電影裡的情節和表情全部都描述出來。所以，我常常會講電影故事給我那五個弟弟妹妹聽。

要我去說故事是一點困難都沒有的，因為我會用代名詞，只要說出那個「壞人」或那個「爸爸」，或那個「爸爸的朋友」，或那個「老闆」，或他的「夥計」就行了。

可是上歷史課就不行啦。因為他們要的是「名字」，而我卻空有一肚子的歷史故事，卻說不出那些「名字」來，所以考起試來才會讓我那麼焦頭爛額。

＊　　　　＊　　　　＊

直到1999年我遇到了Ray Ken先生之後，我才終於把對英文的「恐懼症」克服了。因為，當我知道「原來如此」的原因之後，

我就能夠坦然的面對英文了。雖然我知道自己記不太清楚也拼不太清楚，不過我已決定要與英文和平共處了。讀得慢一點就慢一點吧！我還是可以照樣享受讀英文書的樂趣。

當我讀了幾本英文書之後，發現英文其實也並沒有那麼可怕啊！所以我閱讀的速度就逐漸的快了起來。真正是印證了「只要肯去面對問題，就沒有問題了」那句話。其實我們真正的問題，就是不肯去面對自己的問題，因而「小問題」會積壓成「大問題」，然後又變成緊追著我們終生不放的「人生問題」。

而當我們肯去面對自己的問題，又肯接受「自己」的不完美時，我們才可能跟「自己」和平相處。直到我們肯接受「自己」的不完美了，我們才能夠愛我們「自己」。也唯有我們能夠跟「自己」和平相處了以後，我們才可能跟別人和平相處。

因為當我們不肯接受「自己」的時候，就會認定「自己」是隻不起眼的烏鴉，所以我們就只有當個烏鴉的份了。一旦，我們開始接受「自己」和愛「自己」的時候，我們就會發現原來「自己」根本就不是烏鴉啊！從那個時候起我們就再也不是烏鴉了。

* * *

講到「學習障礙」，在Oprah節目中她特別介紹一位寫過一本《A Time a Mind》的兒童心理學家。這位專家說，我們每個人的「思路」生來就不一樣。

有些人對字就像色盲的人對顏色那樣入不了腦，也有人就是怎麼都寫不出字來，因為他的手和腦就是無法配合起來運作。還有人在聽的時候就是不能寫字，寫字時就不能夠聆聽，所以在學習上也有相當程度的困難。

他就針對這些個別的問題，用其他方法一一的替他們解決了。一旦了結那些「障礙」之後，在學習上他們就一點問題都沒有了。最重要的是，他替那些孩子了結了他們一向的「心理」上和「情緒」上的障礙。因為，他讓那些孩子了解他們只是頭腦的運做方式跟別人不太一樣而已，而他們本人的頭腦是一點問題都沒有的。

我之所以一再提到學習障礙，主要是因為我自己就是為了這個不知道的原因，在人生的道路上吃了很多很多的苦。

一直到了1999年，我知道「原來如此」的原因了以後，我才開始接受「自己」的。當我知道自己只是頭腦的運作方式和別人不一樣而已，我根本就不必自慚形穢也不必再退縮，因為我根本就不笨也不差！

*　　　　*　　　　*

如果你的親朋之間有誰也有同樣的問題，請你告訴他，他並不笨，只是他頭腦運作的方式跟別人不一樣而已……。千萬不要像我那樣，差點就這樣灰灰暗暗的過了一生。

想想看，當年的英國首相邱吉爾，以及發明家愛迪生，還有科學家愛因斯坦，小時候他們在學校不也都是因為跟別人不太一樣，而被人家當成笨蛋來譏笑嗎？

所以千萬記住！當我們不再「否定」我們自己的時候，我們就是鳳凰了。因為當我們不再「否定」自己的時候，這個世界上就再也沒有人能「否定」得了我們。假如別人能夠「否定」得了我們，那是因為我們自己「同意」了別人的看法。其實，我們到底是烏鴉還是鳳凰，真的只是一念之間的事情。

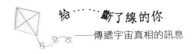

給······斷了線的你
——傳遞宇宙真相的訊息

大地之母何處去

在前面我提到了自己的「最痛」，原本以為大學畢業之後，從此我就不必再跟英文和歷史這兩個冤家債主打交道了。可是我卻偏偏嫁到了美國，而且還「奉命」去找歷史資料！

自從1990年在母親往生之前，我的家人收到「訊息」要我們去看《前世今生》之後，我的生活就開始有了戲劇性的轉變。回想那時候，生活中想要的該有的幾乎我全都擁有了。但是也不知道是什麼原因，我就是沒有一點快樂的感覺。

這時侯，我的「朋友」就來提醒我說我的心靈太過乾枯了……。他們說，那是因為我只知道把所有的時間和精力全都放在事業、老公、和兒女的身上，把「自己」完全都忽略了，所以我「內在的小孩」感到非常非常的悲傷，這倒是我連想都沒想過的事情……。因為從小我就被教導要做一個完全「無我」的人。

1990年，我把事業結束了以後，竟然不知道怎樣去照顧我自己的「心靈」。我的「朋友」就叫我列出十樣自己喜歡做的事情，並且要我一一地去做它。第一件事，當然就是看書啦。

*　　　*　　　*

然而，1995年我的「朋友」又鼓勵我要我到大學去上英文課。哇噻！！這對我來說可真的是一件很為難的事，因為一直以來英文都是我的「最痛」。以致來了美國之後，我既不敢去上學也不敢去上班，只敢去當個老闆。

要我去上英文課？當時我還心不甘情不願的跟他們討價還

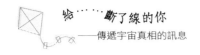
價，問他們為什麼要我去念英文呢？而且讀了英文之後我又要去做什麼呢？

說實在話，那時侯我對自己的物質生活已經很滿足了，再加上我一向都沒雄心也沒大志，既沒有想要去再創業的意願，當然也更不想去什麼進修。真是的！幹嘛？還要我去學校再讀什麼英文呀！

可是，當時我的「朋友」只回答說即使他們告訴我為什麼，我也不會相信的。不過，他們說希望我去找幾本書來看，還說這些書對我非常重要，只是目前這些書就只有英文版本可讀。然後，他們又開了一些書的名單要我有空務必去讀它。

＊　　　＊　　　＊

說真的，早在學生時代我對英文就有「恐懼症」了，因為它老是讓我為「及格」吃盡了苦頭，所以在我的心目中總覺得英文跟我有著深仇大恨，老是跟我過不去。而且我覺得自己的頭腦就像是個有了漏洞的空杯子，不論我再怎麼努力去記，那些字遲早都會漏得一乾二淨。

不過，我一向都是聽話的人，不久我就硬著頭皮乖乖的跑到大學去選課了，我選了一門英文寫作課和一門英文閱讀課。由於我對英文實在是太沒信心了，每天我都在那裡緊張的查生字，總算是給我戰戰兢兢的熬到了學期結束。

簡直不敢相信！居然這兩門課我都拿了「A」！而且兩位老師給我的評語都很高。就在那時候，我才發現原來寫文章是件很有趣的事情。

1999年為了懷念我過世的父親，寫了一篇文章拿到雜誌社去

投稿，這是我生平第一次投稿，沒想到居然被刊登出來了，而且得到不少迴響。後來，那篇文章還被選為五個具有代表性的作品之一，被譯成多種語文刊登在電腦網路上。

＊　　　＊　　　＊

自從1999年遇到那位Ray Ken先生，經他指出我「記憶」的問題之後，我才能夠坦然的面對英文，這才開始化敵為友的跟英文打起交道來，竟然，我也開始喜歡看英文書了。

不過，在那個「喜歡」的芽還沒有冒出來之前，我又收到另一個訊息。那天是1999年10月22日，我的一位新「朋友」來告訴我她的名字叫Isis，並且吩咐我去找一本書。她說，他們也知道目前這本書對我來說並不是那麼容易消化，不過，這書的資料對我非常重要，要我務必去讀它。

當時我光是聽到那個書名就大大的吃了一驚，因為那是我從未所聞的。等到我找到那本書之後，翻了一下，才知道原來是一本歷史的考古資料和檔案記錄。

我的天！對我來說這簡直是幾百個人名、地名、和國名的總合，而且又全是英文。哇！連《紅樓夢》那麼好看的書，我都被目錄上的人物介紹名單嚇得不敢去面對了。而現在我面對的竟是一本「歷史」資料，那個讀書時代除了英文之外的「最怕」。

＊　　　＊　　　＊

很不好意思的說，這本書我沒看幾頁就必須放下來透一透氣。而且，要鼓足了勇氣才能再拿起它來繼續啃。有時，我一放

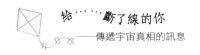

給……斷了線的你
——傳遞宇宙真相的訊息

就放了好幾天才肯再去面對它。就這樣停停放放的花了很長的時間才把它啃完。老實說，它還真的有點難以下嚥呢！

不過，這本書的內容卻讓我震驚不已。書中提到聖經中的亞當和夏娃，那個夏娃的真正字義是指什麼。也提到為什麼聖經上要說，夏娃是因為聽了「毒蛇」之言才去犯罪的。

當我讀到這條「毒蛇」的時候，就不禁想起一些陳年往事……。1968年我剛來美國時，曾經參加我先生的指導教授在家主持的查經班。那時我就是被那條「毒蛇」趕在門外的。因為，我當時能相信神也肯相信鬼，偏偏就是無法接受「毒蛇」怎麼可能會講話這種事情。

＊　　　　＊　　　　＊

1980年我們搬到加州，有位老太太來敲我家門，說她是「耶和華見證人」的信徒，願意每星期一到我家來跟我一起查經。我想，反正我也沒宗教信仰，給自己一個機會也好。但是查了一年多的經我還是被那條「毒蛇」卡住，進不了門。

因為我總是在自問，為什麼「毒蛇」會講話？又為什麼夏娃會笨到要去聽「毒蛇」的話，這怎麼可能呢？可是我又問不出口，怕人家以為我在找她的碴。再怎麼說，人家也是一片好心的在花時間幫助我。然而，又是為了那條「毒蛇」我還是在門外徘徊不願意走進去。

直到看完了這本書之後，我才知道在有「聖經」以前，地球上幾乎所有的人都認為上帝就如同我們的母親那樣，是位聚集了慈悲、仁愛、了解、孕育和滋養等所有善良品質於一身的上帝。

178

因此，每個人都認為上帝是一位「大地之母」，是位慈愛的「母親上帝」，是女性的上帝。

$$* \qquad * \qquad *$$

那時候，除了幾乎所有的人都認為上帝是個「大地之母」之外，他們也全都相信女神，而且，所有的神職人員也全都是由女性來擔任。

由於「古早」的人類都認為女性「靈性」的感應力比較敏銳，能夠傳達上蒼的訊息，所以那時候的神職人員全都是由女性來擔任。

這也就是為什麼我們世界奧運會的聖火儀式由希臘的「最高女祭司」來主持，由她們點燃聖火。就是因為「古早」的時候，所有的祭司全都是由女人擔任。

根據記載，那時候的神職人員已經懂得利用毒蛇的唾液來刺激她們的松果腺，讓她們達到「通靈」的境界。所以，我們如果去注意的話，就會發現那些遺留下來的女神神像，幾乎她們全都是一手拿著蛇一手拿著代表智慧的樹葉。

而且那個時候女人除了有權、有勢、有地位、擁有財產之外，她們還擁有挑選男人的主動權。可以說，那時候是個完完全全以女性為中心的母系社會制度。

$$* \qquad * \qquad *$$

可是後來這些信奉女神的人，被男權至上孔武有力的西伯來人消滅了。那些西伯來人是一群勇猛好戰的遊牧民族，他們由北邊一路的打殺過來，除了攻下並佔領了所有相信女神的領域之

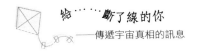
外，那些軍隊每到之處就斬草除根的，把所有信奉女神的人全部都殺得精光，只留下未成親的處女給他們的士兵做妻子。

就在那時候，他們嚴厲的制定了各種律法，規定女人不許在教堂裡發言，不許擁有任何財產，也不許接受教育，更不許她們挑選自己的配偶。這時候，女人的「性」就成了「邪惡」的象徵。

根據檔案的記載，法律明文授權給當時的神職人員，他們家的女兒如果膽敢為自己挑選對象的話，為父的可以在自家門前當眾把女兒燒死。

而且法律又嚴厲規定，如果哪個女子膽敢有婚姻以外的性行為的話，就會被列為「不潔」的女人，而且，凡是「不潔」的女人就必須當街被群眾用亂石把她們活活的打死。這就是今天我們世界上到現在還有用石頭把女人活活打死的「習俗」由來。

＊　　　　　＊　　　　　＊

不但如此，那時候的男人還擁有特權，只需寫一張紙條就可以隨時把他的妻子休掉。那個被休掉的女人就必須立刻離開，而且她們沒有帶走任何財產的權利。

書中提到，自從那個如同自己母親般兼備了慈悲、憐憫、了解、孕育和滋養於一身的「大地之母」，突然間轉身變成了剛陽的父神之後，我們的上帝就變成了既憤怒、又妒嫉還會懲罰人的上帝了。

還提到，現在我們在埃及和其他地方所見到的女神像，何以她們的鼻子全都不見了的原因，也提到為什麼當年印度會產生「階級制度」的由來，並且也提到了希特勒的那些偏激思想的來源……。

令我好奇的是，為什麼這一切的歷史記載在我們學校的歷史課本中根本就看不見，也聞不到呢？而這本書所記載的內容完全都是有所根據的，作者除了將所有的資料來源都作了詳細交代了之外，還註明這些資料的是出自於何人之手，並且將文字記載的內容也全都作了仔細的交代。

*　　　*　　　*

由於我擔心自己翻譯出來的人名和地名與教課書上用的文字有所出入，所以盡量避免提到人名和地名，以免混淆了你們的思路。不過，你們可以自己去查看此書的文字和它的內容。

在書中，甚至還附有當年西伯來人一路打殺過來的路線，及他們所經之處的地圖。老實說，這本書的內容豈止是讓我震驚不已，它簡直是令我目瞪口呆的不敢相信……。這也是為什麼讀此書我會停停又放放的主要原因，不光只是這些文字讓我難以消化，而是這本書的內容也實在讓我難以下嚥。

終於，我知道為什麼自古以來不允許女人婚姻自主的原因，又何以老天賦予女人生育兒女的神聖使命，竟然變成女人之所以「污穢」的由來。還有為什麼聖經中會引用夏娃這個名字來隱喻「女人」，那是因為當年的老祖宗認定女人就是「邪惡」。

還有，為什麼當年會有法律明文規定不准許女人擁有財產，又不許女人在教堂發言，也不允許女人接受教育的真正原因。

*　　　*　　　*

這所有的一切，其實全都出自於當年老祖宗的恐懼。因為他

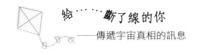
們害怕女神的勢力會死灰復燃，所以他們才刻意制定種種法律來徹底的防範女人於未然。

然而，經過了這幾千年的流傳，這些所謂的「律法」已經成為人們根深柢固的「傳統觀念」了，而且，已經深深的刻劃在人們的腦海裡牢不可破了。

以致，我們老祖宗所流傳下來的那些宗教「精神和內容」，與當年應了天時奉了天命而來的「天人」導師所教導的「精神和內容」，兩者之間，不但有了相當的差距，有些甚至還背道而馳。

當年，由於我們的老祖宗是用他們的分別心和恐懼感來制訂律法，為了要讓人臣服所以才藉用「上帝」之名，把這一切責任全都推到老天身上，讓老天來承擔。

　　　＊　　　　　＊　　　　　＊

是故，我們這些子孫後代各個都以為上帝是個既憤怒又會懲罰人，令人不得不害怕又不得不臣服的上帝。因為老祖宗說，要是有誰膽敢觸犯上帝的話，我們就會被丟到地獄裡萬劫不復……。

上帝真的是如此可怕嗎？還是，由於我們這些後代子孫因為完全不知情，才把祖先那些莫明其妙的「害怕」一代又一代的盲目傳遞了幾千年？

然而他們那個既憤怒又妒嫉還會懲罰人的上帝的品質，跟我們人類某些粗劣的品質又有什麼不同呢？我們有沒有想過？即使這種品質的「人」都不值得我們崇拜了，更何況還是「神」呢？起碼，我知道我是不會去崇拜這種品質的人的，你會嗎？

遊戲的規則

據我所知上帝就是全然的愛，全然無條件的愛，因為祂知道我們全都是為了學習和成長而來到這個地球學校，其中當然也包括了讓我們從錯誤中學習。所以上帝才會像慈母那樣無論我們是好是壞、是美是醜、有罪或沒罪，祂都會同樣的愛我們。

上帝怎麼可能會因為我們還沒有學到，就把我們丟到地獄去呢？請問，你會因為你那心愛的孩子還沒學到功課，就把他丟到牢裡去懲罰他？

只是，既然我們到這個宇宙學校來學習，就必須遵守學校的校規。因為，我們不可以妨害到別人的學習，所以我們才有宇宙的律法需要去遵守。

我們除了要學習遵守宇宙的律法之外，還要學習對自己的意念和行為負起責任來。就像我們要開車，就必須遵守交通規則那樣，任何人如果不遵守交通規則對別人造成了傷害，就得擔負起賠償損失的責任這就是宇宙的律法。

絕對不會因為我們是上帝的兒女就可以不必賠償，也不會因為我們信仰了上帝就可以不必賠償。更不會因為我們燒根香向老天求個情，拜託一下就可以不必賠償。否則，宇宙的律法要來幹什麼？天理又何在呢？

*　　　　*　　　　*

所以，根本就不是誰在懲罰我們，而是我們必須承擔自己所選擇的思想行為結出來的「果實」。因為一切好壞，都是經由我

們自己的「選擇」而來，所有的「實相」也全都是經由我們自己所「選擇」的意念造成的。

就像我們不遵守交通規則撞到了別人，就必須擔負起賠償的責任那樣。就算我們換了新車，不管我們換了幾輛新車，到頭來我們還是要擔負起這個賠償的責任。

同樣的道理，即使我們今生沒有擔負起自己該負的賠償責任，不論我們換了幾個「身體」，終將有一天我們還是要面對這個賠償的責任。

因為宇宙的律法是絕對公平公正的，而且也是絕對疏而不漏的。所以中國人才有句說：「惡有惡報善有善報，不是不報時間未到」。

＊　　　　＊　　　　＊

我們的科學家早已證實「物質不滅定律」和「能量不滅定律」了。由於我們的「生命」是一種能量所以它也是不滅的。而我們的「物質」身體的材料是來自這「物質」世界。由於「物質」界的特質就是「無常」，所以到頭來都終將會有消融的一天，因此我們的身體到頭來當然也終將會有凋零的時候，就像落葉歸根回歸大地那樣「自然」。

而那個肉眼看不見卻能讓我們哭、能笑、能舉手抬足、能有感覺和思想的「生命」才是主宰我們這個物質身體的「主人」。由於我們的「生命」是屬於「非物質」的能量部份，而能量也是永遠不滅的，所以我們的「生命」當然是不滅的。

如果，有一天我們身體的「主人」走了，沒有了「生命」這個物質的身體充其量只不過是一具無用的屍體而已。然而「生

命」的消失，它只不過是「形態上」有所改變而已。就如同水轉化成為水蒸氣那樣，只不過是「形態上」有所轉變了而已。

　　所以佛家才說「以假修真」。意思是說，要借用那個虛幻「無常的」物質身體來提昇我們「永恒」的生命。而且佛家又說「色即是空，空即是色」。意思是說，因為肉眼看得見的物質身體是「無常的」，所以它是虛幻的。而那個肉眼看不到的「生命」是永恒的，所以才是「真實的」。

＊　　　　＊　　　　＊

　　由於我們的「生命」來自永恒，所以到頭來所有的「生命」都終將會有「回歸」到永恒的一天。就像雨水在大地遊蕩了一圈之後，也終將會「回歸」到大海和天上一樣。我們知道，水為了要循環和運轉所以在必要時它在「形態上」就會有必須的轉化。同樣的，我們人也是在需要運轉和回歸時「形態上」也將會有必要的轉化。

　　每當我們的「物質」身體死亡了以後，我們的主人「生命」隨時都可以另作選擇，重新再創造另一個「物質」身體到這物質世界來繼續學習未了的人生功課。就像我們的車子到了不能再用的時候，我們隨時都可以再換一輛新車那樣。

　　而且，不管換了幾輛新車我們還是那個同樣的「開車人」，還是保有同樣的開車習性，還是同樣喜歡去闖紅燈或愛去按別人的喇叭什麼的……，一笑。

＊　　　　＊　　　　＊

　　所以當我們換了新車之後，我們還是照樣會去辦我該辦的事

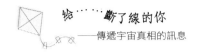

情，好比說，去收我們的帳、去付我們的款、會我們的心上人、見我們的父母親和親朋好友等等。

同樣的，如果我們這一生有什麼未了的事，下次再來時，我們還是會設法去達成它。當然，我們的「債務」也一樣，如果人家欠了我們的，我們當然不會忘記去把它要回來。同樣的，如果我們欠人家的，當然別人也遲早會向我們討回這筆帳啦。

假如我們不願意償還的話，那也逃不掉，因為宇宙的因果律法是絕對公平又公正的。到時侯，因果律法絕對會有它「自然」運轉的方式，讓我們去了結每一筆賬，這就是那些所謂的「天理何在」的「無妄之災」的由來。

因為世界上所發生的事情沒有一件是偶然的，就看我們自己能不能夠了解這些「實相」後面的因果。而且所有的「實相」都來自於我們自己的意念和思想行為。那些所謂的「實相」，只不過是已經具體成形，顯現出來的「果實」而已。

＊　　　＊　　　＊

如果我們真的想要改變這些「實相」的話，就唯有從我們自己的「思想模式」著手去改變它。因為老天已經給了我們所有的自由，讓我們去決定自己的一切思想和言行，讓我們自己去選擇要做一個什麼樣的人。

只是我們必須自己去品嚐所有我們種出來的「果實」。這就是宇宙的因果法則，也是我們這所人間學校的遊戲規則。如果我們覺得自己種出來的果實實在是太難以下嚥了，老天也會給我們機會讓我們另作選擇。

當我們改變了自己那一貫的「思想模式」，也學會了對自己

的思想行為負責時，當然我們的命運就會改變。因為，這就是我們的成長過程，也是宇宙因果律法的目的。

＊　　　＊　　　＊

因此我們知道，其實我們的命運是操縱在自己的手裡，除非是我們自己的選擇，上帝是不會要誰下地獄的。

因為我們全都是上帝珍愛的兒女，祂對我們只有那無條件的愛，無論我們夠不夠好，上帝都會同樣的愛我們。

而那個既妒嫉又憤怒還會懲罰人的上帝，完全是祖先根據他們自己的意識層次打造出來的。只要去看看這幾千年來，老祖宗流傳下來的那些「傳統」和「思想模式」，以及這些觀念所造就出來的「實相」，我們就知道那些祖先到底有多少愛了。

否則，為什麼中國每年會有兩三百萬個女人走上自殺之途？又何以有人要活生生的去把小女孩的陰核給割掉？甚至，還有人會用石頭打死被人強暴過的可憐女人！難道這些思想行為都出自於愛嗎？難道這些「實相」都是由愛造就出來的嗎？

那麼，為什麼我們還要「卡」在他們「意識層次」裡，做一個跟他們一樣沒有足夠愛的人呢？啊……！我們人類要到哪一天才能看得清這一點啊？醒醒吧！！

給......斷了線的你

——傳遞宇宙真相的訊息

女人是家的靈魂

有道是「陰陽平衡就是道，陰陽合則萬物生」。造化讓我們在這世界既有男人也有女人，是為了要讓男女之間能夠互補長短相親相愛以便生生不息，絕對不可能是為了要我們去長養這一方而去壓制另一方。

再以我們中醫「陰陽平衡」的角度來看，就知道任何器官如果失去陰陽平衡都會引起身體的病痛。然而，我們世界卻因男女之間失去應有的陰陽平衡，已經病了很久很久……。

只要我們抬頭看看世界上有多少個破碎的家庭，就知道這個「病」到底有多嚴重了，而且這又殃及了多少無辜的兒女。只要我們去數一數世上有多少活不下去的女人，就知道這個「病」到底有多痛了。

*　　　*　　　*

如果我們要說男人是一個家的「頭」的話，那麼女人就是一個家的「靈魂」。因為母親掌握了全家人的情感，如果家中的母親不快樂的話，那個家肯定就沒有快樂可言。因為當一個母親的「心」在痛的時候，如果她連笑的能力都沒有了，又哪裡可能有愛的能力去溫暖她的家庭和孩子呢？

且看看當年的希特勒，如果在他年幼的生長環境裡能夠得到多一點愛和溫暖的話，長大之後，他就不致於把所有的才幹都用在憤怒和毀滅上了。再看看世上有多少暴力行為，那都是因為

他們在成長的過程中所吸收到的「材料」全都是暴力，長大了之後，他們當然就只知道去用暴力解決他們的問題了。

如果每個人幼小的時候，都由母親用愛來循循善誘的教導他們。讓每個人都打從心底就知道「善惡」，他們長大之後就不會只相信「暴力」也不需要我們再用「棍子」和牢房來阻止這些暴力行為了，再說，就算這根「棍子」阻止得了他們今天的行為，難道又能保證他們明天的行為嗎？

我們的社會如果有太多只相信暴力的孩子，社會就不可能平靜。到他們長大之後，如果他們又只知道把才幹都用到憤怒和暴力上的話，這些人很可能就會變成社會的恐怖份子，或像希特勒那樣的大暴君。

＊　　　＊　　　＊

而這些心中充滿憤怒和暴力的人到他們長大成家之後，很可能也是個專門虐待別人的人。因為只要他們的情感傷口沒有癒合一天，他們的傷口就會作痛一天。每當他們承受不了這些「痛」的時候，就會去把自己的「痛」轉嫁給身邊的人。

我指的並不一定全都是男人，我們社會上現在也有不少女人就是因幼時遭受到的情感傷口太深太痛了，到她們成家以後，就無法保有一個平衡的心態去做一個賢妻和良母。於是這個家庭的孩子又變成了無辜的受害者……。

如果再這樣一路的「逆」循環下去的話，我們世界終有一天會變成一個人間地獄。因此我們如果想要世界少災少難的話，就唯有從我們的家庭著手，用母親的愛來軟化每一個人的心，這就是做母親最重要也是最神聖的天職。

*　　　*　　　*

因為母親是影響一個人一生最深也最遠的人……。就像王鳳儀先生所強調的，女人是我們世界的「源頭」。所以身為女人的人一定要清楚自己神聖的「天職」，知道自己所肩負的「重任」而且要擔當起來。不要再因為那些莫名其妙的「傳統」，而妄自菲薄地對待自己和女兒。

要知道，女人是每個家庭的守護神！老天要她們像守護神一般守護著每一個家，確保家中每個人的安康與和諧。因為女人不但有與生俱來的愛，而且還有與生俱來力量……。要明白，這幾千年以來只是由於外在人為的因素，才讓女人一直以為她們生來就是「烏鴉」，也以為她們只配做個「烏鴉」。

事實上女人不但原本就是個鳳凰，而且還是個非常有力量的火鳳凰。就是因為當年女人太有力量又太過於耀眼了，所以才被人家燒成「烏鴉」的。當我們知道這個「原來如此」的原因之後，這個加在女人身上的千年「符咒」就被點破了。

*　　　*　　　*

其實，女人根本就不必去對抗任何人，只要去做一個有「愛的能力」的人就行了。因為我們已經知道用負面的方式解決問題的話，就只可能造就出更多的負面「實相」來……。

只要回頭去看看人類的歷史，就知道我們的歷史所記載的，根本就是一部人類的戰爭記錄史。而這些戰爭到底為人類解決問題了嗎？只要去看看我們祖先這幾千年來到底經歷了多少戰爭，我們就知道他們到底學到了沒有。

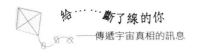
給……斷了線的你
——傳遞宇宙真相的訊息

　　難道我們到現在還看不出來打壓根本就解決不了問題嗎？因為戰爭只會把人類的仇恨越打越深，打壓也只會把人類的仇恨之結越打越緊。當然仇恨是解決不了仇恨的問題，就像用「黑暗」是解決不了「黑暗」的問題一樣。如果我們想要解決「黑暗」的問題，就唯有「光明」一途。

　　所以我們知道，想要化解「仇恨」問題的話，唯一的方法就是「愛」。因為唯有「愛」才能讓我們達到「雙贏」的局面，也唯有達到了「雙贏」，我們才可能真正為人類解決戰爭和仇恨的問題。

　　歷史的教訓我們是要汲取的，女人的天職和重任也要記住的，而且，我們還要記住女人是一個家的「守護神」，女人的天職就是要守護著我們家中的每一個人，當然，這也包括了我們家中的男人啦。

特殊的朋友

1986年我搬了新家，那條通往我家的街名是Isis，英文發音是「愛色絲」。但是不少中國朋友會把它念成「意思意思」。所以每當我通過這條街的時候，看到這個街牌我總會對它會心的笑一笑。因為，當年連我自己也差一點就去「意思意思」了，這個街名真的很有意思！

1999年10月22日有位新「朋友」來告訴我，她的名字叫Isis，還說，她曾經也叫過安、安雅、易絲她、易絲她拉，阿斯她得、……等等好幾個其他的名字。Isis則是當年她在埃及與我結識時所採用的名字。

她這次來不但細心的為我解說什麼是「潛在的群眾意識」，還鼓勵我去找一本書，書名是《當上帝是女人時》。對我來說，當時只覺得那真是一個太古怪的書名了，上帝怎麼可能會是女人呢，連聽都沒聽說過有這種事情，你可曾聽說過嗎？

＊　　　＊　　　＊

當我看了這本書之後，才知道那條街名Isis，原來是一位埃及非常有名又很有力量的女神的名字。而這十多年以來我卻全然不知曉，還每天心裡對著那個街牌「意思意思」的叫著玩。

Isis是我眾多守護神之一。據她告訴我，她是基於無條件的愛和宇宙的律法，來協助我達成我今生要學習的功課，協助我完成我今生該達成的任務。

當年由於我看了Oprah那個令人震撼的電視節目，才知道竟

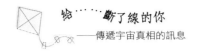

然世界上還有那麼多女人的命運是如此的悽慘，境遇是那麼的無助。而她們只能無言的被人家毀容，任人家切割，甚至被人家用石頭打死。

還記得當時我激動得甚至連身體都顫抖了起來，心中好想去幫她們一把，希望能為她們盡一點力。然而，當我問自己到底能為她們做什麼時，唯一能想到的就是去替她們出聲求救，所以我才決定寫這本書的。

＊　　　　＊　　　　＊

當我寫這本書的時候才恍然大悟，為什麼當年我的「朋友」要我到大學去讀英文，又為什麼這些年來一直都有那麼多的好書會很奇妙的來到我手中。還有，那一樁樁一件件的往事又為什麼會發生在我的身上和我的身邊。這些點點滴滴，就像拼圖裡的圖片，一片片全都拼湊在一起了。

這時候，我才知道原來我所經歷的遭遇，不論是好是壞全都有它要發生的原因。我也深深的體會到，在我的生命中即使是一本書來到我的手中，也全都像我所遇到的人一樣，都有它要發生的原因。

而這些生命「拼圖」一片片的拼湊起來了之後，對我來說，就好像地圖一般讓我一目了然。原來每一站，都是我生命的「列車」要帶領我抵達目的地所必經的。

這時我才了解，當年我的「朋友」為什麼不肯告訴我何以他們要我到大學去讀英文。因為當時的我，還只是一個安於自己繭裡的「蛹」，我的心靈翅膀還沒有長出來，根本就沒有一點想要

「飛」的意願。真的就如同我「朋友」所說，即使他們告訴我我也不會相信的。

＊　　　＊　　　＊

至於，為什麼這些事情又會發生在我的身上呢？根據我的「朋友」Sun Bear告訴我，那是因為我很幸運天生就擁有一顆夠「開放」的心。

對了！寫到這裡我突然想起一件事，在此，我必須代為轉達我的「朋友」Isis要我轉告世人的話，她說：我們地球上的女人如果再不發揮出她們的愛力來影響世界的話，這個地球就遲早要面臨毀滅了。

Isis還說：造物主的訊息必須透過「人」來傳達。所以我的「朋友」才要我參與此項工作。不過她又說，雖然「造物者」給我機會參與這項工作，但是，我還是有選擇的自由決定自己要不要參與。

＊　　　＊　　　＊

其實我是個極其平凡的人，只因生活中種種的痛讓我想要尋找人生答案而已。而我這群「朋友」前後整整費了十年的苦心，才終於讓我明白了這一點。

然而，他們這些年來費了那麼多的力氣，花了那麼大的功夫來指引我、教化我、協助我尋找這些人生答案，當然不僅僅只是為我一個人而已。否則，他們大可直接了當的給我答案就是了，又何必費那麼大的工夫要我去跟英文打交道，還要我去找書呢？

根據我的「朋友」Sun Bear告訴我，Isis希望我參與這項工作

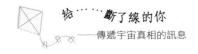
的原因，是想讓世人知道，如果想要讓世界有所「不同」的話，並不一定非得要有足夠的財力、勢力、和權力才行，而且，也不必非得是個叮噹的「政治」人物。他說，如果連平凡如我的人，都可以為世界盡一份「心力」的話，那就表示任何人都可以做同樣的事情。

也就是說，只要我們去做一個「有心人」就行啦。因為實際上我們所需要的，也僅僅只是去盡自己的一份「心力」而已。不是中國人也有句話說：「天下無難事，只怕有心人」嗎？。

＊　　　　＊　　　　＊

我稱自己為「蒲公英二號」，主要是因為看了Oprah的節目之後，由她那裡得到一粒種子，經過一段時間的醞釀，現在已開始發芽結子了。所以才想把這些種子再繼續散播下去，如此而已。其實你也可以來做一個「有心人」，我真心希望有更多的人來參與這項「撒種」的行列。

請您也來做個「蒲公英」好嗎？或者，就請你來當那個「風」吧，幫著把這些訊息的種子繼續傳遞下去。只要世界上有更多的「有心人」，就會有更多覺醒的人，這樣，就會有更多人從那傳統觀念的「繭」裡破殼而出，人類的「意識層次」才可能更為提昇。

只要大家都有這共同的意願，我們意念的能量匯集起來之後，就「自然」會產生出不可思議的「力量」來。這些力量「自然」就會改變一切舊有「實相」的。它真的就會像我在「意念的力量」中所說的那樣，連柏林圍牆都有「自動」拆除的一天，當然我們一定也會有「美夢成真」的一天啦。

*　　　*　　　*

我們已經知道人類之所以能夠發明電腦又能發明飛機，還能登上月球，這所有的一切，全都始之於我們自己的「意念」，然後，再聚集我們更多的意念「能量」去把「想要」的東西製造出來。

所以，只要我們有這個想要的「意念」老天就會讓我們的「夢想成真」。聖經不是也說「上帝」就在我們的裡面嗎？而且，這個力量正靜靜的等待著我們去善用它。

在「Real Magic」書中「Dr. Wayne Dyer」也提到物理現象中的一個特性，他說每當某些分子結構的排列有所改變時，其他的分子也會跟進著改變它們的排列。

江本勝博士在書中，也談到「波動」之間會引起相互之間的「共振」，他說每當「共振」時，就會引起相互之間互動性的影響。

他舉例說，原本是液體狀態的硝化甘油，由於分子結構排列起了變化，才變成目前的這固體狀態的結晶體。後來，由於「波動」之間的「共振」效應，所以，現在我們見到的硝化甘油全都變成了結晶體的狀態。

*　　　*　　　*

雖然我對物理現象不甚了解，不過我相信人與人之間也都會產生「共鳴」。只要一個人的「思想」上有了提昇，其他人也會像「物質」提昇那樣，大家遲早都會跟進。

且看看，住在偏遠地區的居民村子裡只要一家人有了電視，以後，遲早家家都會有電視的，所以我們只要家裡有一個人的

給……斷了線的你
——傳遞宇宙真相的訊息

「精神層次」有所提昇，其他的人也都遲早會跟進起「連鎖反應」變化的。

因此，我們只管把自己心中那盞燈點燃就行了，它的光和熱就自然會繼續再傳遞下去。因為，本來我們每一個人的心中都有這種光和熱的品質，就像蠟燭的心那樣靜靜的在等待著我們去點燃它。因為這就是蠟燭的使命也是它存在的目的。

我們的心也同樣在默默的等待著我們去把它點燃，讓它有機會發出那與生俱來的光和熱溫暖自己照亮別人，而且，這也是我們到這世界來的目的和使命。

＊　　　＊　　　＊

你知道嗎？Dr. Wayne Dyer在他寫的Real Magic書中曾經提到，當我們全心全意「想要」為世界奉獻付出時，宇宙的大智能就會「自然」的向我們湧來。他說，他就是這樣完成了許多著作。在我寫這本書時，我不得不承認他說的話都是真的。

要不是Dr. Weiss早在多年前為人類掀開了那層「神秘」的面紗，我想，今天我也不可能說出我的這些「真相」來，因為，又有多少人會相信呢？

但是，我的「朋友」Isis告訴我，即使今天我不說出來，別人以後也必定會說出來的。我想了想，可不是嗎！據我所知，在我認識的朋友之中就有不少人也都跟我一樣有類似的經歷。

因此我很理解Isis所說的，「別人也會說出來的」的意思。就像，人類終於發現了「細菌」那樣，本來那就是一件「遲早」的事情，因為本來就不是因為我們人類發明了顯微鏡那些細菌才存在的，不是嗎？

八字的另一撇

2008年4月，我帶著我的電腦檔案到台灣接洽出版事宜，當我打開檔案後才發現這幾個月來校正過的地方全都不見了。更糟的是，資料全都留在家裡，所以我只得急急的憑著記憶再從頭來起。待我弄好了，機票和簽証也差不多到期了，而且我必須趕回去參加二兒子的婚禮。

雖然此趟台灣之行匆忙的有點莫名其妙，但是，我相信任何事都有它發生的原因。在台灣的時候，我的朋友遠麗有天約我到「光之海心靈書房」見面，她說，她要在那裡會一位由北加州來的網友，而且，她們還約好了要一起上課。

結果她們那堂課臨時被取消了，所以，我就跟著她們一起去喝茶聊天。相談之下才知道這位網友原來就是黃愛淑，我曾經讀過不少她的文章所以感到非常興奮。而她對我寫書的事也感到很好奇，因此我們就結了這段「文字緣」。

＊　　　＊　　　＊

回到美國之後，愛淑跟我經常保持著聯絡，我知道她最近皈依了一位師父，而且她的師父最近也出了一本書，書名是《愛經》。她告訴我，這本書中的理念跟我書中的理念有些是不謀而合的，而且，也談到了女神。

因此我對她師父感到很好奇，所以當愛淑告訴我她的師父將于10月28日要到西來大學演講時，我就拭目以待的想知道這位從

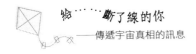

「女兒國」來的喇嘛是何許人也。果然,這位受過藏傳佛教最高格西教育的喇嘛,確實是與眾不同。

龍步喇嘛從小就出家,所以視他的上師為父。由於上師生前曾經告訴他,將來他的使命是在西方,因此他就來了美國。後來發現,他那身「出家相」令他難以融入西方社會,為了要達成利益眾生的使命,所以他決定放下身段脫下自己的僧袍。

果然在他脫下僧袍之後西方人就更願意接近他了,反倒是,「傳統」佛教徒一個個都對他敬而遠之的保持了距離。他認為人們太過於著相了,因此就更加強了他要破「出家相」的決心,因為,他認為「儀式」有時候只是表面上給人家看的東西。

我也認為,一個醫術高明的醫生即使穿游泳衣他還是個醫生,因為他那高明的醫術並不在那件衣服上。更何況,世上有多少穿著僧袍卻沒有出家「心」的僧人。

＊　　　　＊　　　　＊

在「愛經」中,龍步喇嘛特別指出「女性」這兩個字所代表的是某種特殊的「品質」,指的並非只是「女——人」而已。他說,「女性」就是智慧和慈悲,「女性」就是生育浪漫和美麗,而且「女性」也是人類生命的源頭。

在演講中他指出:太極圖中的一半黑一半白,代表的是陰陽兩種品質。而那黑中帶有白和白中帶有黑,所代表的是陰陽之間的平衡。

他說,一個剛陽的人如果沒有「女性」那種柔軟的品質來平衡他的陽剛的話,他的陽剛度就會太硬太強,此人很可能是個破壞性很大的人。反過來說,一個柔軟的人如果沒有「男性」的陽

剛品質來平衡他的柔軟的話，他的柔軟度就會偏向過於柔弱，很可能此人是個缺乏生命力軟弱無能的人。

＊　　　　＊　　　　＊

他的番話，正好就是本章「陰陽平衡就是道，陰陽合則萬物生」的主題，所以我才決定把我最後找到的這塊「拼圖」放在本章的結尾裡。

因為這幾千年以來，就是由於地球上的男人剛陽之中缺少了柔軟，才會引發那麼多戰爭，而且，自古以來地球上的女人柔軟之中又失去了生命自主的力量，所以才變得那麼軟弱無力。

龍步喇嘛指出，由於西藏受到「傳統」佛教經典的影响，對女人頗為輕視。他說藏語中稱女人為「幾明」，而「幾」這個字是「受生」之意，「明」字是「下等」的意思，「幾明」兩個字合在一起就是「受生下等」為女人的意思。以致，西藏的女人一生所追求的就是來世能得個男身。

他除了指出「傳統」佛教的經典中對女性輕視之外，另外還指出那些對世界有影響力的其他宗教，或多或少也都有輕視女性的傾向。他認為這種「輕視」全都不是來自人類大生命的源頭，而且宗教對女性的「誤解」也絕不是來自宇宙的至上法界。

因此，在書中他才特別提醒世間的女子：「要愛妳們自己，要尊重妳的生命，不要嫌棄不要自卑，不要攀比也不要懷疑」。

＊　　　　＊　　　　＊

我覺得龍步喇嘛是個很「真」的人。以他一個出家的男人居然會去講「愛經」，而且還談到了「女神」；而以他的博學和宗

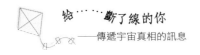

給……斷了線的你
——傳遞宇宙真相的訊息

教背景，他竟能指出經典裡某些不完美之處，甚至還指出世間各大宗教對女人輕視的地方。

我認為龍步喇嘛是個忠於自己的「勇者」，為了要破自己的「出家相」他敢放下世間既得的地位和名利。而且他也是個勇於「超越」的人，然而，他所「超越」的是他「自己」和那千年的「傳統」，而非宇宙至上的法界。

我認為他的「超越」，是出自於他對宇宙至上法界的了解和尊敬。因為他知道唯有走出那遮風避雨的房子才能見到「真正」的天空。

在「愛經」中，龍步喇嘛不但提到了西藏「古早」的宗教，他還提到「古早」宗教中的三百位有力量的女神，甚至，他還介紹了西藏境內以「女神」為名的聖山和聖水。

除此之外，他還透露了一個西方流傳的訊息，他說21世紀將是女神的時代，而與之相應的是人類靈性大覺醒，特別是女性靈性的覺醒，其潛能不可思議並且力量強大。

＊　　　　＊　　　　＊

我認為他說的「女性」靈性覺醒，所指的就是人類那與生俱來的「愛和智慧慈悲」能量的甦醒。因為在他的書中他曾特別強調，他每天都在培養自己那「女性」的慈悲憐憫的品質。

雖說我跟女神有所來往，但是，我對女神方面的知識知道的並不多，甚至連觀音菩薩的來歷我也不太清楚。我只知道每次去大陸旅遊所見到的廟宇全都是千偏一律的「大雄寶殿」，而這個「雄」字代表的就是男性吧，難怪，女神都不見啦。

我還記得唯一見到的那尊小小的觀音菩薩像，是被置放在

202

「大雄寶殿」後門出口的屏封前面，假如不轉過身來是絕對看不到她的。可是，根據導遊先生的解說，觀音菩薩其實是個「男身」只不過是現了女相而已⋯⋯。我想，大概連他都認為女人是輪不到做菩薩吧，否則，何以連那尊唯一見到的女菩薩像都必須由「男性」來裝扮呢？我還聽說，印度的觀音菩薩像臉上是帶鬍鬚的！

*　　　*　　　*

雖然我在「當上帝是女人時」書中找到不少有關女人命運的人生「答案」，可是，我總覺得好像這些都跟「中國」的女人扯不上什麼關係。

如今，由於龍步喇嘛的出現，在他的牽引之下中國境內的女神也開始浮現出來了，啊！終於讓我找到了最後的那塊「拼圖」。起碼，現在我們知道那「八字的另一撇」是從哪裡來的啦！

由於藏傳佛教是由印度傳到中國的，而印度也是個女性地位極低的古老國家，而且印度的社會制度還把人分成五種不同的階級。我不知道這種階級制度是否也跟著佛教一起傳到了西藏。

據我所知，西藏當年的社會制度曾經也把人分成九種不同的階級，而那最低的階層是跟牛馬飼養在一起，不但被當作牛馬對待，而且還被當成牛馬用來勞役。我個人認為，這種階級制度與佛教所提倡的「眾生平等」有著太大的差距。

至於我們的造化是男還是女，你認為呢？想想看，「愛」是男還是女？「光」是男還是女呢？水和空氣又是男還是女呢？這很重要嗎？那麼再請問一下，我們的地球和宇宙是男還是女呢？

為什麼我們一定要把我們的造化變成「物質化」的男和女

給⋯⋯斷了線的你
——傳遞宇宙真相的訊息

呢？其實，這所有的問題全都出在人類自己的頭腦，就是因為我們一定要決定造化是男或是女，所以我們世界才失去了陰陽應有的平衡。因為陰陽平衡就是「道」，這個平衡點就在中間啊！

第六章　大宇宙與小宇宙

宇宙間任何存在物都有它的波動

大小之間

我在北京曾看過一部很好看的韓劇叫「醫道」。劇中指出，根據中國古老醫書中的記載，我們的身體是個「小宇宙」。

它的說法是：天有所謂的五行，人有所謂的五臟。天有所謂的六極，人有所謂的六腑。天有所謂的九星，人有所謂的九竅。天有所謂的十二時，人有所謂的十二經脈。天有所謂的二十四節氣，人有所謂的二十四俞。天有所謂的360度，人有所謂的360個關節。

還有一段講到：若要治療人的疾病就須掌握人的心。醫生要幫助病人消除心中的疑惑，以及那些虛實的雜念和過錯讓病人的心情達到平穩狀態。而且要將心視為「天」並與「天」相互契合，我們的心才會獲得到平靜。當我們的心境平和了，身體的病就會痊癒。

*　　　　*　　　　*

我想這個「心」所指的，大概就是我們的意念和情感，也就是我們的能量場。而這個「天」所指的，大概就是我們宇宙間運轉的規則和天理吧。

因為在我們的世界上即使是玩球都有一定的遊戲規則，更何況是在我們這地球學校的人生大舞台？否則只要去想想，假如有一天我們允許全世界的人都可以不必遵守交通規則的話，那將會是一個什麼樣的癱瘓局面！

所以毋須質疑，我們宇宙和萬物之間當然是必定、必須、也

必要有一定的遊戲規則，和一定的律法來維持它的正常運作。而我們身體是個由60兆個細胞組成的「小宇宙」，當然也必須按照一定的規則來運作，才可能維持細胞之間的密切合作，也才可能維持我們生活如常保持我們沒病沒痛。

而細胞之間能夠維持這種合作和運作，是因為每個細胞都有它們自己的「智慧」，細胞才能夠「按照」規則來運作，讓我們每個器官都能夠各有所司的掌管各種不同的功能。

＊　　　　＊　　　　＊

寫《不老的身心》的作者Dr. Deepak Chopra是一位美國著名的內分泌科專家。他曾經被選為美國國家健康研究委員會變質醫學（改善體質的醫學）領域的特別委員。而且他的著作已被翻譯成二十五種以上的語言。

他指出，我們的細胞不但是個「智慧體」而且它還是個「收訊體」。每個細胞都時時刻刻在待命，只要我們的情感和意念發出任何訊息「波動」，細胞立即就會按照這些「波動」的訊息作出必須的調整和應對。

比如說，當一個人在害怕或發怒的時候，他的臉色一定會很難看。因為他的腎上腺會分泌出一種腺素，肝臟也會立即起某種化學反應，為的就是要配合著去應付這些緊急情況。

＊　　　　＊　　　　＊

雖然，這些腺素和化學變化能夠幫我們度過那一時的生命難關，讓我們有足夠的能力去應付當前的緊急情況，但是這些腺體也會造成我們內分泌的不平衡。如果這些腺素和內分泌超過了某

個極限，就會對我們的健康造成很大的戕害，而且，還很可能會因為內分泌的不平衡而引發各種疾病來。

反過來說，當我們心情很好的時侯不但看起來年輕又有朝氣，而且容光煥發，那是因為我們的免疫系統運作良好之故。這也就是為什麼戀愛中的男女一個個看起來都是一付滿面春風的樣子，就是因為他們心情愉快的原故。

通常，我們的意念和情感發出的訊息都是經由視丘神經傳達給我們腦下垂體的松果腺。然後再由松果腺（pineal gland，亦稱松果體）來指揮，並調整我們體內的內分泌和賀爾蒙。所以我們知道，真正主宰我們健康的是我們自己的「情感和意念」，而松果體則是我們的所有細胞的「統帥」。

＊　　　　＊　　　　＊

在書中Dr. Deepak Chopra還道出一項有趣的實驗。他說曾經有人取出人體中的部分細胞，將它們放到另一間房間去。然後，再讓此人接受各種情感起伏的測驗，以觀察他經歷各種情感變化所造成情緒「波動」的起伏。並且用測謊器將這些情感起伏變化的「波動」記錄下來。

令他們感到不可思議的是，那些放置在另外房間的「部份細胞」，它們居然不但同時而且同步的，也有著一連串完全相同一致的情感起伏變化的「波動」記錄。

這項實驗證明了我們每一個細胞都跟「自己」的情感時時刻刻保持著密切聯繫。也証實即使我們的細胞已經不在自己的身體了，它還是照樣能夠感應到「自己」情感所發出的訊息「波動」。

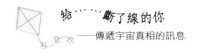
也就是說，無論我們的細胞是不是跟「自己」的身體相連在一起，它們還是照樣時時刻刻都在接收我們「情感和意念」所發出的任何訊息的「波動」。

同時，也證實我們所有的細胞都受著同一個「波動」所主宰。也就是說，所有的細胞全都跟這個「主宰波動」是相互聯繫的，因此我們知道，所有的細胞都跟這個「主宰」是相聯一體的，所以我們所有的細胞基本上是「同一體」的。

* * *

既然我們知道地球是「大宇宙」的一份子，也知道人類是存在於地球上的「小宇宙」。我們就知道人類存在於地球上，就如同細胞存在於我們身體那樣，同樣也都是每個人都有自己的「智慧」，就好像每一個細胞都有它們自己的智慧一樣。

雖然我們人類看起來都是一個個分開來的單獨個體，而實際上人類也像身體的細胞那樣，每個人都在「同一個主宰」波動的照顧之下存在著。

由此可知，基本上我們每個人都是「同一體」的，這本來就是個事實，只是我們都被自己「感官」的極限所侷限了，所以才認不清這個「真相」。

如果我們每個人都認清我們全人類都是「同一體」的事實的話，我們就不會再有戰爭了，因為沒有人會拿刀去砍斷自己的手腳，或用刀切掉自己的內臟，除非他病了或瘋了。

意念的波動主宰一切

由於世界上所有的人都是「同一體」的,不但我們全都按照同一個宇宙法則生存著,也全都在同一個「主宰波動」照應之下存在著。我們除了時時刻刻都與這個「主宰波動」保持密切聯繫之外,也時時刻刻與這個「主宰的波動」相互呼應著。

這種「波動」之間的呼應就像收音機接收的頻率「波動」那樣,雖然我們感受不到這些「波動」的存在,但是這些「波動」不但時時存在,而且也處處存在。這也就是為什麼我們會說上帝是「無所不在」的原因。

幸好,現在我們世界終於出現了一位叫江本勝的日本科學家。他不但能夠透過水結晶將我們意念產生的「波動」具體的證明出來,並且還能夠讓我們看到「水」對這些意念「波動」所產生出的各種感應來。

如今,我們總算證實了人類所發出的任何「意念」都有它特殊的「波動」存在,同時也讓我們知道,人類的任何意念波動都確確實實是有它的「力量」存在。

有了這項「歷史性」發現,人類的思想觀念也勢必隨之將有「歷史性」的突破。以前那些被冠之以「迷信」的事情,如今總算是有答案可尋了。

*　　　　*　　　　*

Dr. Deepak Chopra在《不老的身心》書中指出,我們人類之所以會衰老是由於我們的染色體的「智慧」逐漸喪失,這時,我

給……斷了線的你
——傳遞宇宙真相的訊息

們的細胞就會開始逐漸失去它的正常運作。他還說，其實這種智慧的喪失也全都由我們自己的「意念」來決定。

他舉例說，深海裡的鮭魚每年都會不辭勞苦千里迢迢的游回它的出生地去產卵。而每當這些鮭魚產完了卵之後都會筋疲力竭而亡，有人為了要避免這些鮭魚死亡，曾經刻意將一些鮭魚運送到它們的產卵處去產卵，結果，那些鮭魚在產完了卵之後，還是照樣立刻死亡。

根據這些資料他告訴我們，其實在鮭魚的細胞染色體中早早就設置好它們的生理時鐘，早早就已經決定了它們要在何時死亡。也就是說，它們細胞的染色體中早早就已經有了預設的「程式」，所有的細胞都按照這預先定好的「程式」來運作。而在這「程式」中，當然也包含了它們死亡的時間。

Dr. Deepak Chopra說，其實在我們人類的「意識」中，也是早早就有了「自己」預先設置的「程式」，細胞則完全按照這個「程式」來運作。因此我們知道，其實人類也早早就決定了「自己」要在什麼時候開始衰老和死亡。

他說，居住在高加索高原上的長壽村，村民幾乎人人都可以活到120-130歲，而且他們一直到老都無病無痛，還說，即使到了九十歲他們都還能夠像年輕人一樣的工作。

Dr. Deepak Chopra認為，那是因為在觀念上他們全都對「老」有著期待和嚮往，而且都認為「老」是他們的驕傲，所以他們才會「老」得如此健康。

比較起來，高加索高原上的居民那種對「老」嚮往的心態，跟我們文明世界的人對「老」害怕和恐懼的心態，是兩種全然不同的生活態度。因此Dr. Deepak Chopra認為，文明世界的那種

「怕」老的意念和生活態度，才是我們所有病痛的「來源」。其實，這也是中國人所講的「一切唯心造」的寫照！

*　　　*　　　*

又根據《曠野的聲音》和《曠野之歌》兩本書的描述，那些澳洲「真人族」也全都能夠健健康康的活到120-130歲。這也很可能是因為在他們的觀念中同樣也是以老為尊，以老為傲的原故。

因為他們都認為人要到年老了才可能累積出更豐富的人生經驗，和更深的人生智慧，所以他們每個人都對老十分的嚮往，而且認為人到老了才能讓人尊敬。

《曠野的聲音》的作者Morgan女士甚至提到，在他們那120天橫跨沙漠徒步之旅的成員之中，就有四位是九十歲以上的老人。而且，那些老人除了每個人都擁有健康的身體之外，他們每個人都擁有滿滿的智慧，不但是隊裡的領導也是隊裡的智囊。由此可知，其實我們的健康與自己的「心態」是有著密切的關係。

*　　　*　　　*

又Dr. Deepak Chopra在美國1900年移民局的檔案照片中驚訝的發現：當年那些二十來歲的年青小夥子，一個個看起來都是滿面風霜完全是一副中年人的模樣，而那些四十多歲的人就更不用說了，全都是白髮蒼蒼的一個個看起來都像垂暮的老人。

根據他的解釋，那是因為當年的人平均壽命只有49歲。也就是說，在1900年代人人都認為自己到了四、五十歲就已經是個差不多要就木的老人了，因此，他們的細胞就按照他們這個「意

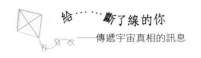

給⋯⋯斷了線的你
——傳遞宇宙真相的訊息

念」來運作,所以,他們才會長出自己所「期待」的模樣來。我想這也是「一切唯心造」的另一個例子吧。

我們知道宇宙間任何存在體都有屬於它們自己的能量場,和他們自己特殊的振動頻率。因此我們每個人都有屬於自己的能量場,也就是中國人所說的「氣」場。

這就是為什麼每當兇惡的人出現在我們的面前,即使他什麼話都不說,我們見到了他就只想離他遠遠的,因為他的意念攜帶的磁場和振動頻率所散發出來的氣氛,令人感到害怕。

＊　　　　＊　　　　＊

反過來說,有些人一進門就讓人家有種蓬蓽生輝的感覺,每個人都想接近他,因為他所攜帶的氣氛和振動頻率令人感到柔和安祥,平安快樂。由於我們每個人都有自己的的磁場和振動力,所以我們每個人都有著不同色彩的光。據我所知,這些彩色的光所顯示的就是我們的「意念」。

有些人不但能夠看到這些光,還能說出它的色彩來。甚至,他們還能根據這些光的色彩分辨出那個人是好人或是壞人,以及什麼品格的人。因為這些光就是我們靈性之光也是意念的光,它是絕對騙不了人的。

雖然我們一般人都看不到這種光,但是只要去注意,我們起碼也能感受到某種特殊的「氣氛」來,而這些「氣氛」當然也都跟他的「意念」有關。我甚至還相信,我們攜帶什麼能量就會把別人相同的能量吸引出來,即使是小狗也不例外。

＊　　　　＊　　　　＊

214

　　因為我的小兒子最近養了一隻像靈犬萊西的牧羊犬非常可愛。而我先生和我都是一輩子都不碰狗貓的人，由於兒子每次都把他的狗當成寶貝帶回家，我們當然也就進門就是客的接待牠了。

　　剛開始時我還真有點怕牠，然而牠一進門就熱情的往我們身上跳，一直跳到我們讓牠親吻到臉牠才肯罷休。我先生每次都被牠的熱情所感動，總會去抱抱牠摸摸牠讓牠親個夠，甚至還主動牽牠出去散步。

　　只因牠那愛的能量把我們的愛也吸引了出來。相反的，如果有誰家的狗一見到你就「咬牙切齒」的對著你又吼又叫，只怕你的警戒心不出來都辦不到呢！

　　所以我們在外面難免有時會遇到一些令人「咬牙切齒」的情況，這時候我們最好先停下來，看一看，到底是我們把別人的「這種」能量給吸引了出來，還是別人把我們的「這種」能量吸引了出來。

　　如果我們時時都能靜觀這種能量的招術的話，我們自然就會對自己發出的意念能量負起責任來，而且也比較不會把別人的垃圾能量裝在肚子裡，又吃不了兜著走的帶回家去。也不會到消化不了這些能量時又把它轉送給自己身邊的人。

＊　　　　＊　　　　＊

　　我之所以一再提到這些垃圾能量，實在是看到太多人因為他們在外面受了「咬牙切齒」的氣，就把這些氣裝在肚子裡帶回家。然後，又像骨牌那樣把這些垃圾能量轉嫁到自己的家人身上去。

　　要知道，這些「二手的負面能量」殺傷力絕對不亞於「二手

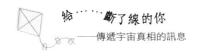

給……斷了線的你
——傳遞宇宙真相的訊息

煙」，同樣也是殺人不見血的，可是，我們可曾聽說有人把別人嘔成了癌症，或氣出了腦充血而去坐牢嗎？所以，我們才要對自己攜帶的意念能量負起責任來。

因為這些負面的情緒能量，不止關係到我們自己的健康，同時也直接影响到身邊那些愛我們和關心我們的家人的健康。並且，這些能量也關係到我們整個地球，甚至影嚮到整個宇宙，因為我們跟宇宙也是「同一體」的。

216

天災、人禍之間的真相

　　不久以前，我曾經參加兩種不同的能量課，一種是關於負面情緒能量所引起性格上的變化的課。另一種是關於負面情緒能量對健康所造成的影響的課。

　　據我所知，一個人的情感和意念如果一直都處在負面能量中，久而久之我們的能量場就會失去應有的平衡。而且，這些負面情緒的能量會一直不斷的累積起來，一旦，這些負面能量超過了我們能量場能負荷的程度時，為了要平衡我們的能量場，我們的靈體和造化之間就會決定在我們的身體上找個「出口」來釋放這些過多的負面能量，這時，我們的身體就會有病痛了。

　　事實上，生病只是上蒼在提醒我們，要我們注意「自己」的某些情況而發出的緊急「訊號」，為的，就是要我們趕快踩煞車別再盲目的繼續下去了。

　　我發現這些能量課的內容，跟《曠野的聲音》及《曠野之歌》書中的資料是不謀而合的。而且這些課程內容與中國古老的醫書上所講的內容也頗為近似，同樣都是要我們將自己的心視為「天」並要與「天」契合，也同樣都說當我們的心能夠保持平和時，身體上的疾病就會痊癒。

　　中醫所說的這些「契合」和「平和」，其實與「平衡」有著異曲同工的意思。當然，這個「天」字所指的就是天理，也就是我們宇宙的運作法則。

＊　　　　＊　　　　＊

給……斷了線的你
——傳遞宇宙真相的訊息

我們地球是大宇宙中的一分子，當然它也個「能量場」。當地球有了太多負面的情緒和意念能量時，它也都會累積起來，每當這些負面能量超過了地球的負荷極限時，地球的能量場也會因此而失去陰陽的平衡。

而為了要維持地球「能量場」應有的平衡，同樣，也必須設法將這些過多的負面能量釋放掉，這時候我們的地球就會發生不可抗拒的天災或人禍。

那是因為我們人類只在災難來臨時才會警醒，所以老天只好用天災和人禍來提醒人類，告訴我們地球已經「生病」了，叫我們快點踩煞車！這就是宇宙的運作法則，也是平衡地球能量的方式。

也是因為只在痛苦的時候人類才懂得攜手合作，才知道要團結一致，而且，每當災難來臨的時候，人類才會互相幫助互相扶持關懷別人，把我們心中的「愛」發揮出來。

*　　　　*　　　　*

因為「愛」就像「光」一樣，只要「光」出現了任何的黑暗都會頓然而失。這就是何以唯有「愛」才能平衡地球上過多的負面能量的原因。因為，我們每個人的「裡面」都擁有上帝的品質和創造力，「愛」就是「光」，那就是上帝的力量。

所以每當我們把「愛」發揮出來的時候，就是在發揮我們自己「裡面」那上帝力量。因此，只要我們把裡面那「愛」的能量施展出來，地球上的天災和人禍就會像黑暗裡見到光明一樣，它立刻就會消失。

這也就是為什麼，當年王善人王鳳儀先生在知道兵災和戰亂

來臨之際，他要積極奔波，到處宣講善書勸人為善的原因。因為他已經了解宇宙的運作法則，他知道唯有「愛」才能平衡我們地球過多的負面能量。也知道只要我們把自己心中那「愛」的能量釋放出來，就能停止地球上的天災和人禍。

＊　　　＊　　　＊

所以才會說，我們地球上的福禍是我們每一個人的責任，它真的就掌握在我們每一個人的手中，並非只在少數的政治人物的手裡。

尤其是政治領導人物，如果他們心中沒有愛的話，怕只怕會引起更大的負面能量，為我們世界造出更多的災難「實相」來。

這也是為什麼我的「朋友」Isis要我代為傳達「訊息」的原因。她要我提醒世人：如果世界上的女人再不把她們的愛力發揮出來影響世界的話，這個世界就遲早要面臨毀滅了⋯⋯。由於Isis知道我們世界不但將會天災不斷，而且還會人禍連連。否則，她就不會要我替她傳遞這個訊息了！

她還告訴我，造物者的訊息必須透過「人」來傳達，所以請你也幫著傳達這個訊息好嗎？讓我們大家一起來面對這將至的災難。只要我們把大家的「意念」能量聚集起來，我們就能夠改變世界上任何災難的「實相」。

＊　　　＊　　　＊

最近我在雜誌上看到一篇關於天災的文章，標目是「天災帶來和平契機」。這篇文章中指出：1999年土耳其的那場大地震，

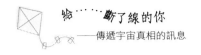

給……斷了線的你
——傳遞宇宙真相的訊息

促使希臘伸出援手，大家齊心協力一起救助災民，因而拋開了他
們之間多年的成見及宿仇。

又2004年底的那震驚全球的海嘯，在重創印尼的亞齊省之
後，30年以來印尼政府與亞齊分離主義兩者之間激烈的衝突，也
因一起攜手救災而劃下了休止符。

又2005年10月8日喀什米爾地區的強烈地震，這場天災促使印
度和巴基斯坦兩個衝突的國家一起攜手合力救災。此外，由於以
色列也義不容辭的加入了這項救災的行列，因而讓回教與猶太教
之間展開了正面的對話。

巴基斯坦政府也因此而表示，我們人類必須致力於促進彼此
的和解，以取代互相對抗的態度。除此之外，巴基斯坦的總統穆
夏拉夫還表示：處理喀什米爾問題的時機已經成熟了，我贊成解
除軍備。他這種明智溫和的態度讓巴國在世界舞台上嶄露頭角。

由以上的報導看來，那些所謂的「天災和人禍」的背後，真
的好像是有所謂的「天意」存在呢。其實，當我們了解這宇宙律
法和宇宙的運作規則，就會知道世界上所發生的任何事情，沒有
一件事情是偶然的，每一件事情發生都有它背後的原因，只是看
我們能不能夠了解而已。

如果我們世界國家之間、種族之間、宗教之間、以及男女之
間還要繼續不斷的互相衝突的話，老天就只好一再的下「重藥」
直到我們大家都覺醒為止。

只可惜，我們大多數的人都只肯相信科學家證實出來的事
情。然而，宇宙的律法和那些不屬於「物質」的事情，又要科學
家們用什麼「東西」去證明它呢？問題是，科學家無從證明的
事，難道就真的不存在嗎？

如果說，非要等到科學家證明了我們才肯相信的話，怕只怕有些事情等到地球已經毀滅了，科學家也無從證明出它的所以然來呢！

並非我不相信科學，而是在我的眼中科學只不過是幫助我們去了解宇宙法則和宇宙奧秘的管道而已。畢竟，科學並不是「宇宙法則」的本身。假如科學已經是那麼的「萬能」的話，那麼，就請趕快設法阻止這些年來連連不斷的「天災」啊！

我們人類真的要趕緊正視這些年來地球上所發生的一連串「天災」，以及這些「天災」背後所攜帶的「天意」！也許就是因為這原因吧，我的「朋友」Isis才要我轉告世人提醒我們，要大家趕快把自己的愛心發揮出來。

＊　　　＊　　　＊

在此我所要提醒的並不是女人的權力，而是要大家不要忘記女人那與生俱來的「愛」。因為「愛」就是上帝賜予女人的力量，也是上帝的力量。

其實在男人的能量之中，絕對也有他們與生俱來的愛和「柔軟」，只是幾千年以來，祖先所崇尚的只是男性那「剛陽」的那另一面，卻不屑於他們那與生俱來的「柔軟」和溫和的一面。

所以才逼使他們「男兒有淚不輕彈」，認為凡是男人就必須做到百分之百的「剛陽」才算是個男子漢，以致於，為了要表現他們的男子氣才要發動戰爭，為了做英雄才必須去征服別人。就如同龍步喇嘛所說的，過於「剛陽」缺少了柔軟度，就很可能是個破壞性很強的人。

給⋯⋯斷了線的你

——傳遞宇宙真相的訊息

世界的源頭

　　說真的，如果我們每個人在成長的過程中都受了母愛的滋潤，我們的心中自然就會有「愛」了。而當人人的心中都有「愛」了，就不再會有那麼多的負面情緒能量需要找地方去「釋放」了。

　　要知道女人不但是「世界的源頭」而且也是「愛的泉源」。尤其是做了母親的女人，掌握了整個家庭的情感，不但是這個家庭的「靈魂」也是這個家庭的精神支柱。因為母親是老天派來守護這個家的「守護神」，所以女人一定要知道自己所扮演的角色和擔負的責任。

　　可是由於我們祖先的觀念上有了偏差，從此就像電腦「程式」的輸入有了偏差那樣，開始一代代地重複著那個有了偏差的「程式」。幾千年以來，讓世世代代的女人遭受了許多的災難。

　　以致於很多女人一出生就失去了做人的尊嚴，讓她們一生都在無言問蒼天，不知道自己為什麼要承受那麼大的苦難。甚至還有很多女人覺得生不如死，認為自己沒有生存的價值。

＊　　　　＊　　　　＊

　　假如世界上大多數女人的心靈都是如此「乾枯」的話，她們怎麼可能有足夠的愛來滋潤她們的家庭呢？就是因為大多數女人的心靈都太過於「乾枯」了，所以世界才會變得如此缺乏愛，才會產生那麼多的負面情感，不信任、仇恨、害怕和恐懼。

　　因此才會引起種族、宗教、國家之間那麼多的戰爭。然而

這些衝突所造成的影響，絕對不僅僅只是女人的生存而已，因為這些累積起來的負面能量不但會為我們地球吸引可怕的天災和人禍，而且它還影響到整個地球的安危。

所以女人千萬不要再小看自己，也不要低估了我們那與生俱來的「愛」和力量！它可是改變我們世界最大的能量來源哦！

＊　　　　　＊　　　　　＊

當年，就是因為女人那「愛」的能量實在是太不可思議了，所以才會有人用盡了各種方法來防範女人壓制女人，目的，就是要讓女人再也活不出我們「自己」來。我們現在已經知道「原來如此」的原因了，這幾千年以來加諸於女人的「符咒」就會失去它的力量了。

因為我的「朋友」Sun Bear曾經說過：「當你了悟時，你的心靈從此就得到了自由」。那麼，就讓我們大家告訴大家好嗎？讓我們同心協力把這個千年的「符咒」解除，讓我們每一個人都能夠活出「自己」來。

請容我再重複一次，其實女人根本就不必去對抗任何人，只要去做一個有「愛的能力」的人就行了。再說，我們已經知道那種負面的能量曾經帶給女人和世界什麼樣的災難。所以千萬不要再攜帶這種可怕的能量，重蹈祖先的覆轍成為一個失去「愛的能力」的人。

＊　　　　　＊　　　　　＊

然而這「愛的能力」首先包括的就是有「愛我們自己」的能力。假如我們連愛自己的能力都沒有的話，又怎麼可能有能力去

愛別人呢？就像一個貧血的人又哪裡有血可以輸給別人？因為沒有光的蠟燭，又怎麼可能點燃別人呢？

「愛我們自己」就是要尊重自己的「感受」。如果連我們自己都不尊重我們的「感受」的話，別人又怎麼知道我們是有所「感受」呢？又怎麼會去尊重我們的「感受」呢？因此我們才要擔負起讓別人尊重我們「感受」的責任。如果我們允許別人不必尊重我們的「感受」的話，就是在教導別人「如此」對待我們。

就拿那些被丈夫虐待的女人來說吧，不管她們多不願意挨打受氣，如果她們沒有勇氣去表達自己真實的「感受」，讓對方知道她再也不願忍受虐待的事實，也不設法改變自己境況的話，那個打人的，可就認定了本來她就是一個「欠揍」的人。

事實上，如果「允許」別人用這種方式對待自己，就是不愛自己。如果連你都不愛自己了，又怎麼能期望別人來愛你呢？因此，我們才必須擔負起「愛我們自己」的責任來。

因為，我們必須先讓自己有「光」了才可能照亮別人。也必須先讓自己快樂才有快樂了分給別人。既然女人是「愛的泉源」，當然就必須先讓這個源頭有「愛」才行。然而，讓這源頭有「愛」的原動力，就是來自於「愛我們自己」。

給⋯⋯斷了線的你
——傳遞宇宙真相的訊息

黑暗裡的光明

　　「愛我們自己」並不表示要我們不去愛別人，絕對不是這個意思。愛自己就是先找回我們自己的生命價值，唯有當我們知道了自己的生命價值，不再妄自菲薄了之後，我們才可能發出生命的光和熱來照亮自己，溫暖別人。因為，我們只給得出自己所擁有的東西。

　　就拿那位寫「生命重建」的Louis Hay女士來說吧，她一生經歷了多少生命的苦難，一直到她終於懂得接受她自己、愛自己、尊重自己了，才找回自己生命真正的價值來。

　　當她開始有能力「愛自己」了以後，她才可能有能力將以往的痛苦「轉化」成她生命的另一種「力量」，成為一個有能力幫助別人的人。因為這個「力量」是來自於我們的「裡面」並非「外面」，而且這個「力量」是來自於我們自己，並不是別人。

＊　　　　＊　　　　＊

　　有時候，那些給我們苦難的人很可能就是老天派來「幫」我們一把的人，為的就是提醒我們，要我們去找回自己那「裡面」的「力量」來。要不是他們推了那一把，恐怕我們永遠都不會想到要去找回自己那「裡面」的生命力量來。

　　就拿我自己來說吧，要不是被推了好幾把，大概我到現在還醒不過來。也虧得終於醒過來，我才發現原來自己根本就不是個「烏鴉」！所以我才想喚醒別人，告訴大家，決定我們到底是「烏鴉」還是「鳳凰」的選擇權，其實就在我們自己的手中。

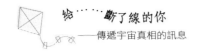

給……斷了線的你
——傳遞宇宙真相的訊息

　　因此我才鼓起勇氣提筆寫這本書，姑且不管我的文筆是否「足夠」寫這本書，而能夠突破自己那向來沒有的自信敢去提筆，對我來說這已經是「足夠」了。

　　另外我還發現，我們每個人的「裡面」都有與生俱來的光和熱以及力量。它真的像一盞燈那樣就在我們每個人的「裡面」，而且它的「開關」就在我們自己的手中。只是，每當我們「否定」自己的時候，這盞燈就被我們「關」掉了。

＊　　　＊　　　＊

　　由於往往我們都要等到生命經歷黑暗了，才會想起自己「裡面」的那盞燈。而且，我們只在經歷生命的黑暗的時候，才會去找那個操之在我的「開關」。

　　所以老天才要透過災難和困境來「推」我們一把，為的，就是提醒我們別忘了自己「裡面」的力量。想想看，天上的星星不是也要等到天黑了，我們才能見到它的閃爍嗎？Louis Hay女士不也是在她決心捨棄自己的黑暗的時候，她「裡面」的那盞燈才開始點燃嗎？直到那個時候，她才知道自己那「愛」的光芒有多大，那「愛」的能量到底有多少。

　　要不是她經歷了那麼多的生命苦難，感到人生實在太過黑暗了，可能她到現在都不會想到要去找回她自己「裡面」的那盞燈來。

　　所以才說，有時候我們經歷了人生的黑暗，往往都是老天對我們的另一種「善意」。就拿這幾年來的「天災」來說吧，那又何嘗不是老天的另一種「善意」呢？這也全都在提醒人類，現在地球的能量場已經失去了平衡。要我們趕快去善用自己那最大的

能量，去發揮我們的愛，去救我們的地球，去愛我們「同一體」的兄弟姐妹們。

因為世界上沒有任何東西可以取代人類的愛，而且上帝就是愛，所以我們才到這個地球學校來學習愛，我們的使命就是要不斷的學習愛和付出愛……。

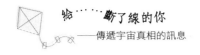

給……斷了線的你
——傳遞宇宙真相的訊息

尊重之道

講到學習，就讓我想起北京的朋友張大姐，她告訴我上「易經」課時她的老師講：我們這個新世紀的人類所要學習的功課，就是人與人之間要懂得「和諧」相處，而且這個「和諧」首先要從家庭做起。

換句話說，首先就是家庭中的父母必須懂得「和諧」相處，他們的子女才可能有一個平衡的心態進入社會。而父母之間的和諧與否，則基於男女之間是否能夠互相尊重。

所謂尊重就是：「我知道你的價值，也知道自己的價值」。然而幾千年以來，人類灌輸給女人的觀念一直都是：「我只知道你的價值，卻不知道自己的價值」，所以男女之間才會像翹翹板那樣失去了平衡。

*　　　　*　　　　*

一直到了最近這一百年，社會才終於允許女子接受教育。那些被高高掛在翹翹板上膽顫心驚了幾千年的女人，如今她們的腳才終於有接觸地面的機會。

卻是，直到今時今刻世界上還有那麼多的女人被高高的掛在那個「傳統」的翹翹板上，天天都在擔心害怕，不知道要等到哪一天她們的腳才著得了地。

除了男女之間必須懂得互相尊重才可能和諧相處，之外，世界上的宗教和人種之間，也必須互相尊重才可能和諧相處。可是幾千年以來，我們祖先所灌輸給人類的宗教觀念一直都是：「我

只知道自己的價值，卻不知道別人的價值」，所以才造成宗教之間和人種之間那麼多的衝突。

＊　　　　＊　　　　＊

幸好，現在我們世界也終於有了可喜的現象，那就是除了社會終於允許女人接受教育之外，世界的教育也開始普遍的普及了。

再加上，資訊設備正在迅速不斷的發展，交通也更加的發達，人類的眼界、心胸也跟著這新時代的腳步開始開闊了起來。

如今人類已經不再像當年的祖先那樣，只知道做一個坐井觀天的井底之蛙。而且，現在人類的意識層次已經開始逐漸地提昇，也逐漸對其他的宗教和種族開始有了互相尊重的基本共識了。

想想看，就連老天都讓我們每個人的長相都不一樣，當然那是因為老天要我們每個人都像花朵那樣各有特色啦。那麼，誰又有權利去排斥長得跟我們不一樣的人呢？再說如果世界上只允許開一種花的話，我們世界將是個多乏味的地方啊。

而且，大自然中高山上有適合生長在高山上的花，溪邊有適合生長於水邊的花，每種花都有它們自己的因緣和特色。那麼，誰又有權利說只有水邊的花才是花，山上的花就不是花呢？

＊　　　　＊　　　　＊

同樣的，我們每個人都有自己的因緣，生在基督教家庭的孩子當然就只知道用基督教的方式跟老天打交道；而長在猶太人家的小孩，自然他們就只懂得用父母的方式向老天祈禱了。那麼，誰又有權利說別人的祈禱方式不對呢？

　　而且我們祈禱所需要的只是我們的「心」，這樣，老天就可以接收到我們意念發出的「波動」。其實老天就像個超級「收音機」，不但能夠接收任何「語言」的波動，也能接收到任何「意念」的波動。

　　如果連老天都不在意我們祈禱所用的語言，當然老天也不在意我們祈禱時的儀式、姿勢和服飾啦。那麼，誰又有權利非要別人都按照他的方式祈禱呢？

　　再說，如果每個宗教祈禱都有奇蹟發生的話，這又表示了什麼？這就表示所有的祈禱都有力量啦！也就是說，祈禱的力量並不只限於某個特定品牌的宗教。因為發出「意念波動」的是祈禱的「人」而不是「框框」，更不是某個特定的「框框」。

　　由於所有祈禱的力量和奇蹟全都來自於祈禱的「人」，來自於祈禱人的「意念」，那是我們「人」的「意念波動」所創造出來的奇蹟。所以寫《前世今生》的那位作者Dr. Weiss才會說：上帝是沒有宗教的。

＊　　　　＊　　　　＊

　　由於這個物質世界是個「無常」的世界，即使我們把經典刻在石頭上，在經歷了幾千年的歲月和風霜之後，它都會隨著時光的流轉而有所消融。更何況，這幾千年來還有許多「人為」的因素和其他的變數，那些流傳下來的經典當然也會隨著時光的流轉而各有各自的流失啦。

　　因此經過了幾千年的歲月，那些流傳下來的經典或多或少都會為了要順應統治者的口味，而各有不同的「裁剪」。加上，那些了解層次各不相同的神職人員的介入，當然「縫補」的手法也

會各有不同。還有民情風俗各不相同，所添加的「色彩」自然也會各有不同。另外，由於各處民情冷暖不盡相同，必須「增減」的需要當然也有所不同。

所以我們世間的宗教才變成了現在這種「花花世界」的景觀，各個宗派都有他們各自的特色、獨特的風味。

那是因為幾千年以來，每個宗教都添加了他們各自不同的民俗風情、文化色彩以及民族口味。以致於，現在的宗教完全都變成五花八門的「儀式」了。雖然這些「儀式」表面上各有千秋，然而，每個宗教所禮拜的「對象」卻是相同的，因為我們就只有這麼一個「造物主」。

*　　　　*　　　　*

至於那些歷代流傳下來的各方神聖和女神們，全都是老天「當年」指派下來的天人導師，都是在他們「歸天」了之後才被人們供奉為「神明」的。由於我們生命是「不滅」的，當然這些「聖者」也都永遠存在啦。

事實上，這些「聖者」會一再的被老天指派下來教導不同的人類。因此，當年我的「朋友」Isis才會告訴我，她「曾經」所用過的那一連串的名字。

而這些名字之中，有兩個名字Ishtar和Astarte曾經出現在一位專門研究猶太宗教的女作家Vanessa L. Ochs, ph. D.寫的書中，據說，這兩位都是曾經被稱為「天后」的女神，也是當年閃族的猶太女人所奉拜的女神。

另外Oya的則是the Yoruba goddess of Niger River，她代表的是力量。（由於各家譯名都不盡相同請容我用原文），這些名字都

是後來在書中出現了，才被我認出來。而且，這些名字都是我以前從來沒有見過的，也是我不可能拼得出來的。

因為自古以來，人們都以為自己無法與上蒼直接溝通，所以他們才要透過這些「神明」來跟老天打交道，比如說，耶穌、佛陀、媽祖、Isis……等等。

由於每個「天人導師」都跟宇宙的大智能相聯，所以，人們才透過他們來跟老天祈禱，其實，我們只不過是透過他們名下的「網站」跟老天打交道而已。至於我們要選擇那一個網站，那就敬悉尊便了，因為老天對我們是沒有有分別心的。再說，基本上我們不但每個人都跟老天是相聯的，而且，我們也全都跟老天是相通的。

＊　　　＊　　　＊

至於「儀式」嘛，其實那只是表面上給「人」看的形式而已。因為我們跟老天溝通靠的是我們的「心」聲，用的是我們「意念」的波動。所以我們大可以放心的把這些具有民族特色的傳統「儀式」當成具有宗教色彩的藝術，或具有宗教色彩的民俗風情，甚至把它當成具有宗教特色的服裝來欣賞都行。那麼，就讓我們大家好好的互相尊重，好好的互相欣賞吧。

如果我們真的很欣賞又很喜歡的話，我們當然也可以選擇去承襲它或穿載它。但是，千萬千萬不要把它變成一種「制服」，只是因為那是你唯一喜歡的，別人就必須非得穿載它不可。當年澳洲的原住民「真人族」之所以會面臨種族絕滅，或多或少都跟這種強迫性的「制服」有關。

再說，這幾萬年以來「真人族」既沒有「文字」的記載，也沒有「統治者」的左右和剪裁，更沒有「神職人員」的介入和縫

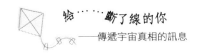
補，他們有的只是自遠古以來代代相傳下來的「歌謠」而已。

雖然他們並沒有那些所謂的傳統「制服」可穿，但是，他們卻照樣的可以跟上帝直接「坦誠」的打交道。而且在生死交關的時候，他們甚至還可以經由自己的自由意願，選擇離開地球學校的日期，還能夠自在的來去自如呢！

＊　　　＊　　　＊

根據我的一位猶太朋友告訴我，基督教所用的「基督」兩個字，是來自英文的Christ。而英文的Christ是來自猶太人所用的西伯來語。她告訴我，其實Christ所指的就是「菩薩」。而「菩薩」這兩個字則來自於印度，它指的就是那些已經完全開悟，了通宇宙法則和宇宙真相的「天人導師」。

也就是說基督就是菩薩，阿拉也就是上帝，就如同太陽就是Sun一樣。那麼，誰又有權利說，只有他們家的太陽才是太陽，別人家的Sun就不是太陽呢？

我們祖先是由於缺乏了資料，所以他們才會像瞎子摸象一般，各自抓住他們摸到的「耳朵」或「尾巴」，就在那裡哇哇的大聲爭辯，只有他摸到的「尾巴」或「耳朵」才是真正的大象。

所以他們才認定只有他們家的「宗教」才是真正的宗教。所以他們才把我們子孫後代「框」在他們的「框框」裡，不讓子孫越過那「小我」的雷池，說，有誰膽敢不在「框框」裡，上帝就會把我們丟到地獄萬劫不復。

是真的這樣嗎？所以我們才有必要去了解我們宇宙的「真相」以及宇宙的律法，因為，這也是我們到這個地球學校來學習的重要功課之一。

五教之間

　　就是為了要讓我們人類了解宇宙的律法，所以老天才不斷的派遣使者到這人間學校來教導我們。比如說，像王鳳儀、柏拉圖、孔子、老子、耶穌、釋迦牟尼、穆罕默德……等等。

　　他們全都是應了天時，奉了天命，被派遣到地球學校來教化人類的天人導師。而這些天人導師之間唯一的區別，只是因時因地因語言因名稱等「外在」的因素而有所不同而已。

　　然而這些天人導師之中，有的知名度較大有的知名度較小，甚至還有許多人早早就被人們遺忘了。無論這些天人導師是否已經被人遺忘，他們全都跟王鳳儀先生一樣，畢生都在默默的為人類服務。

　　只是因為他們出生在不同的時代，用不同的名字，長在不同的地方，用不同的語言，所以他們才有各不相同的「名稱」。由於他們都是被老天指派而來，而且宇宙的律法又是永恆不變的，所以，他們所教導的「精神和內容」都是相同的。

　　甚至連王鳳儀先生曾經也說，其實像他「這種」人世世代代都有。就如佛教經典所說的「十方三世佛」所指的就是過去的、現代的、和未來的「這種」天人導師。

　　只因祖先不知情才把我們分別框在他們那些「小我」的框框裡。幾千年以來這「小我」之間既不肯相認也不許來往，才導致了今天宗教之間如同水火般的局面。其實這些「恐懼」全都屬於祖先的，而且都已經過了幾千年，早早就該事過境遷了，然而為什麼我們還要抓住他們的「恐懼」不肯放呢？

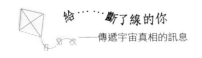

＊　　　＊　　　＊

祖先的智慧和優良的傳統我們當然要去傳承，至於他們的「恐懼」我們就要先了解它發生的原因，再認清它所帶給我們的「實相」是什麼。這時，我們就可以作一個自我的「選擇」，要不要把這些莫明其妙的「恐懼」放下。

老天不是已經給了我們所有的自由，讓我們「選擇」自己要做什麼樣的人嗎？那我們還等什麼呢？要知道，當我們知道自己可以有所「選擇」的時候，我們就是一個有力量的人了。

有時候，往往都是因為我們不了解才會感到害怕，我們祖先當然也一樣。可是，現在我們已經擁有條件去了解了，所以我們才必須超越祖先，否則就要被我們的子孫貽笑了。

宗教和種族之間的相處其實也一樣，所缺乏的只是「了解」而已，只要我們肯把祖先的「恐懼」和「小我」的抵抗心放下來，就知道其實對方跟我們全都是「同樣」的人。

他們跟我們一樣，有著「同樣」的恐懼「同樣」的悲傷。他們也跟我們一樣，對安定的生活有著「同樣」的期盼。當我們了解，其實我們大家都是「同樣」的人的時候，我們就會有「同一體」的感覺。

＊　　　＊　　　＊

現在世界已經被我們的交通工具「縮小」了。人與人之間和國與國之間的距離也都被各種通訊設備「縮短」了，人類的「心」當然也勢必終將會有相連在一起的一天，因為我們原本就是「同一體」的，不是嗎？

　　原本是「同一體」的我們被祖先的分別心框在五個不同的「框框」裡，然而，這五個「框框」之間的關係就好像身體的五臟一樣。雖然看起來是各自為政，而實際上卻是息息相關。

　　假如腎臟功能不好必定就會影響到肝臟和心臟的運作，肝臟出了毛病也必定會影響到其他內臟的機能……。因此，我們宗教和人種之間如果能夠融洽相處相生相惜，地球上的人類才可能欣欣向榮。如果這五教和人種之間的關係如同水火互不相容，我們人類就勢必永無太平之日。

　　而這五大宗教之間是否能夠相安無事和平相處，就完全在於人類自己的選擇。因為世界上一切的「實相」都是人類的意念造成的，所以不論我們世界將來是「美夢」成真還是「惡夢」連連，老天都尊重我們的選擇讓我們的「夢想」成真。

＊　　　　　＊　　　　　＊

　　可喜的是，早在一百年以前那位先知王鳳儀先生就曾經說過：不久的將來，「大同世界」就要來臨了……。到那時候，人類就不再用「排斥」其他宗教的方式來「擁護」他們的教主了，而會以「容納」其他宗教的方式來「榮耀」他們的教主……。

　　我相信「大同世界」就要來臨了，因為我們世界現在已經具備了所有的條件，甚至，我們已經達到可以不出門就能「知天下事」的程度了，任何消息，一夜之間就可以傳遍世界每個角落。是的，黃金時代的腳步聲已近了……。

　　想想看我們多麼幸運，正趕上這個千載難逢的大時代，也正趕上這個創造人類新歷史的大時代。為此，請讓我們大家一起來許願好嗎？

給……斷了線的你
——傳遞宇宙真相的訊息

　　讓我們一起許願：請天下所有的宗教領袖都敞開他們的大門，帶領人類一起走出祖先打造的「千年圍牆」，讓我們為「同一體」而相認！讓我們一起攜手為人類立下這塊新的里程碑！我相信只要我們有此心願，就一定會「心想事成」。

　　我甚至還相信，所有的天人導師在「上面」都會因此而額首歡慶。因為他們絕不願看到人類以他們的名義，把原本「同一體」的人類「分割」成為一塊塊的「小我」。更不願看到人類以他們的名義，把原本「同一體」的兄弟姐妹弄得互不相認，甚至反目成仇的自相殘殺。

人外有人，天外有天

　　我有位朋友生來就對超越時空的事情特別感興趣，而且還收集了不少這方面的資料，最近接二連三的給我看有關Lemuria時代的資料。要不是因為她，大概我到現在都不知道地球上曾經有過一個叫雷姆利雅（Lemuria）的地方和時代。

　　由於因緣，我的朋友不但知道她在Lemuria洲下沉太平洋之際扮演的是什麼角色，而且還認識了一大票有著Lemuria時代相同記憶的人，所以她才能收集到這些資料。

　　我只知道在幾萬年以前，地球上曾經有過一個科技非常先進，叫做亞特蘭提斯（Atlantis）的地方，由於某些不知道的原因突然沉沒於海底。可是，我從來就沒有聽說過還有一個叫雷姆利雅的地方，而且它也跟亞特蘭提斯一樣沉到海底去了。

＊　　　　＊　　　　＊

　　根據這些資料我才知道，在幾萬年以前地球上曾經有七個大洲，而亞特蘭提斯和雷姆利雅是其中最大的兩個洲。據說這兩個大洲是當時地球上科技最為先進也是最為昌盛的地方，但它們都先後沉沒於海底了，所以我們世界現在就只剩下目前這五個大洲了。

　　資料中還指出，當年的雷姆利雅洲是與現在美國的加州是相連在一起的。也就是說，目前美國的加州海岸線就是當年雷姆利雅洲開始下沉的地方。另外資料中還指出，現在的美國夏威夷群島就是當年雷姆利雅洲境內群山的山峰。

給⋯⋯斷了線的你
——傳遞宇宙真相的訊息

　　我記得在《看見真相的小男孩》書中，也有一段提到亞特蘭提斯洲下沉的事情。當時這小男生隨著家人到海邊去渡假，他在日記中寫他「知道」那個岸邊就是當年亞特蘭提斯洲開始下沉的地方⋯⋯。

　　也就是說當年的亞特蘭提斯洲在還沒下沉海底之前，很可能與現在的英格蘭某處是相連在一起。然而為什麼在一百年前有一個小小的男孩會提到這個早已消失於地球，甚至連大人都不知道的地方呢？難道這不是件耐人尋味的事嗎？

＊　　　　＊　　　　＊

　　根據我朋友的資料指出，在雷姆利雅和亞特蘭提斯時代，人類的科技已經發展到與外星球之間直接往來的程度了。也就是說當時他們的科技要比我們現在的科技不知道要先進了多少倍。

　　但是他們卻濫用了科技，而且還嚴重的破壞了地球能量場的平衡，因此種下這場浩劫的前因。除此之外，由於他們的精神文明程度遠遠不及他們科技發展的程度，所以才失去了這兩者之間應有的「陰陽」平衡。

　　再加上，當時亞特蘭提斯和雷姆利雅雖然是我們地球上科技最為先進的兩個大洲，但是他們之間所持的理念卻大大不同，甚至，已經嚴重到了要動武的地步。而以當時他們科技的發展程度來說，如果真動起武來後果是不堪設想的。

　　就是因為他們當時的道德「沉淪」，為地球帶來了太多太多負面的能量，而且遠遠地超過了地球可以承受的極限，終於為這兩個大洲帶來「沉淪」滅頂的命運。

　　據說，當時跟著隨這兩個大洲一起「沉淪」，陪葬的人高

達幾千萬之數。資料中還描述了這兩大洲在下沉之際那種天崩地裂、驚心動魄、慘絕人寰的場面。如果要拿2004年12月26日發生的那場海嘯來相比的話，我們所見到的只不過是九牛一毫的小場面。

*　　　　*　　　　*

據我所知，這場災難發生的主要原因是由於地球的能量場嚴重的失去了平衡。宇宙為了要保全這所地球學校，才不得不「斷臂求全」的下此重藥。

要知道，在老天的眼裡生命是永遠不滅的，只不過，當我們人類心靈之間互相污染太過嚴重時，老天就不得不用力大大的「徹底」清洗一番。而這種「徹底」的清洗方式，也是為了要讓我們有個乾淨的學習環境，可以再來重新繼續學習。

最近，可能是老天為了要提醒人類才讓這許多人有所「回憶」，為的就是要他們把這些訊息重新帶回人間，提醒我們不要再重蹈覆轍讓歷史重演了！

我個人相信任何事情的發生都有老天的用意，而且我也相信生命中所遇到的每一個人，甚至連接觸到的每一本書都有它的原因。這些都是我在寫書的時候才體會到的。

因為當我寫這本書的時候，一面寫就一面細細的回想，這時候我才驚然的發現，除了那本「當上帝是女人時」是我自己奉命到書局去找來的以外，我書中所有的其他資料，全都是經由各種不同管道「自動」來到我手中的。

*　　　　*　　　　*

　　因為自從1990年我母親過世之後在台灣我就沒有家了，除非是特殊原因我已很少再回台灣，就更別說是去找書了。而且在美國我也很少主動去書店，一方面是因為我對英文曾經有過「恐懼症」，二方面以我的英文程度來說找英文書的慾望實在是不大，尤其書店裡有那麼多書也不知道那一本才適合我。所以我看的書幾乎全都是經由別人的手送到我手中的「隨緣書」。

　　也許就是因為這個原因吧，我對書是非常「惜緣」的。任何到我手中的書，不論是中文或英文我都用謙卑感恩的心去讀它……。除了書以外，書中其他的資料也全都是它們自己「蹦」出來的。

　　就拿「女兒國」那後半段的資料來說，原本我以為我已經寫完了。那知道才剛一擱筆，老朋友Amy就來按門鈴送來了一大盒「大陸尋奇」的DVD。待她離去，隨手抽出一張想看看內容，竟然裡面全都在介紹盧梭河畔的「女兒國」。看完了之後立刻「趁熱」寫下後面的那半段來。

＊　　　　＊　　　　＊

　　同樣的，原本以為三個月完成的書，後來卻因不斷有人從四面八方送「資料」來，就只好寫了又寫加了又加的一直繼續寫下去啦。

　　如今已經三年都過去了……，我常想，當時如果有人告訴我這本書需要費三四年的工夫才能完成的話，我不知道自己還有沒有這個勇氣去提筆呢！

　　不過就像Isis所說的，事實上，寫這本書對我自己很重要。因為這幾年來為了要表達自己的思想才不得不去細細回顧自己的往

事，而且看書的時候也不得不深思熟慮，因而把我「自己」也整理出一個頭緒來。

老實說，後來添加進去的資料才是我真正的挑戰，費了我更多的心力和時間才完成的。因為，以前我所寫的全都是心中想要一吐為快的話，只管去寫就行了。

然而，後來的資料就要經過我細細思考和慢慢消化，才能說出一個所以然來。尤其這些資料來自四面八方，甚至，有些來自不曾相識的「有緣人」。要把這許多的資料有層次的串連起來，對我來說真的是一件千頭萬緒，工程浩大的工作。

＊　　　＊　　　＊

說到「有緣人」，在這裡我要特別提一提。在北京時，有位康兄第一次跟我見面就送了我兩本江本勝博士寫的有關「水結晶」的書。這些全都是我「必須」看的書，在這裡我要謝謝他。

還有一位霍大夫，見到我就非要把他的最愛，那本《寬恕就是愛》送給我。結果那本書也變成了我的最愛，在這裡我也要謝謝他。

另外在我返美的前兩天，妹妹的朋友秦太太邀我到她家去喝茶，也是我們頭一次來往。就在告別的時候，她也塞了一本台灣的通靈女士伶姬寫的《蓮花時空悲智情》給我，告訴我，這是一本好書一定要看。

由於看了這本書之後，我對伶姬女士書中提到的「黑盒子」非常感興趣。兒子的女朋友Cindy知道了，她又不聲不響的託她弟弟把伶姬女士整套書從台灣帶來給我。在此，我也要特別謝謝他們倆位。

　　除此之外，在北京我妹妹也交給了我三本她剛剛才從美國收集來的書。一本是Dr. Weiss寫的第五本書《Same Soul Many Bodys》。另外一本是Shirley Maclaine寫的第九本書《The Camino》。還有一本是Rose Mary寫的《Eagle and Rose》。

　　在接二連三的看了這些書之後，讓我更加確定，老天正在快馬加鞭的透過各種管道來提醒人類，快快覺醒！！

*　　　　*　　　　*

　　Shirey Maclaine是美國好萊塢當年的國際紅星，由於經歷了一段特殊的因緣際遇，從80年代就開始寫有關自己親身經歷的際遇和她與靈界交流的真實故事。

　　據她說，就是因為這些特殊的經歷和接觸才讓她「覺醒」的。當她「覺醒」了以後才知道原來自己到這世界來，並非只是當個國際紅星而已，而是要以她目前的知名度來影響世人，所以她就開始埋頭寫書了。

　　為了此項任務，甚至她把自己最隱私的生活也毫不保留的寫了出來。這20多年來她全心盡力不斷的寫書，真正的做到為了照亮別人而燃燒自己。

　　我是在1990年家中發生了一連串故事之後，才開始接觸她的書。當時，我對她的書很能夠共鳴，因為我的家人和我自己也正經歷著如她書中所寫的那些經歷，所以也有似曾相識的心路歷程。

*　　　　*　　　　*

　　看完了她的第九本書之後，我就更佩服她的勇氣了。要不是聽從內在使命感的召喚，她就不會一個人單槍匹馬的背著睡袋跑

到西班牙荒郊野外，花足了兩個月時間去徒步行走了，而且獨自行走了將近500哩路才完成這趟「朝聖之旅」。

書中，她把這一路上所遇到的「人和事」和沿途上讓她「觸景生情」的地方，以及那些讓她「觸景」回憶到的「人和事」全都詳細的記錄下來。然後，再把她「當年」的「人和事」的歷史背景與她今生所認識的「人和事」全部都「重疊」了起來。

她的這些超越時空的「重疊」，無形之中也增加了我對身邊的「人和事」的認知度。至於，她那「觸景生情」的回憶部份我是早已司空見慣了，因為我的家人和我自己也曾經都有過類似的經歷。

＊　　　＊　　　＊

而真正令我感到驚訝的，是她在書中最後的那段「回憶」。竟然，她也回憶到雷姆利雅時代去了……。書中，不但記下她當時怎樣目睹了「自己」跟著雷姆利雅洲一起沉入海底的情形，並且，她還很平實的道出「自己」那種無助和驚恐的心境，以及她所看到的那一幕幕驚心動魄的景象。同時，她也敘述了這兩個大洲何以會突然沉沒海底的前因後果。她說的這些內容跟我在美國讀到的資料是完全不謀而合的。

由於就在去北京之前，我才剛剛讀過有關雷姆利雅時代的資料。那時，我的情緒還在「震憾」的餘波中，沒有完全平息下來，沒想到竟然在北京又再度讀到同樣的資料，所以才令我如此驚訝！！

因為在這之前，我甚至連雷姆利雅這個字都沒有聽說過，怎

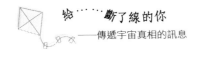

麼突然間它又一再的出現在我的眼前呢？就是因為這種種的「巧合」吧，所以我才決定在書中添寫這段「因緣」。

*   *   *

其實，能夠讀到台灣通靈女士伶姬寫的那本《蓮花時空悲智情》，也有一段所謂的「因緣」。原本以為自己沒有機緣讀這本書的，因為秦太太交給我這本書的時候，我正忙著打包回美國，實在靜不下心來閱讀。只好交待妹妹把書交還給秦太太，請她謝謝秦太太的好意。

怎麼知道，找遍了每一個角落就是再也找不著這本書了。直到回家以後才發現原來這本書被我誤封在紙箱裡帶回家了。當然，我是很高興又有機會去讀它啦。

老實說，我很欣賞伶姬女士的直言直語以及她那單刀直入的個性。而且她除了具有特別的天賦之外，還累積了十多年替人家「義務服務」的經驗和見識，因此她對宇宙因果律法的洞察力比一般人要來得更為深入。

為了要讓更多人了解宇宙的因果律法，她才把這些年來值得一提的個案收集起來寫成書。由於十幾年以來我自己也接觸了不少這方面的資料，所以她書中的內容，我不但了解而且對她的觀點也十分贊同。

由於她對宇宙間因果律法的深刻了解，確知天理是絕對公平和公正，所以才語重情長的提醒我們，要我們對自己的一切起心動念負起責任來。她說，如果我們只須對著老天求一求拜一拜，就可以不必對自己的所作所為負責任的話，那麼天理又何在？宇宙的律法又用來做什麼呢？

我也認為這種「拜託」作風完全是人類歷代以來走「後門」的習慣，如果，這也能沿用到宇宙的「因果」律法和「天理」上的話，那麼，我們到這地球學校來又要學習什麼呢？所以伶姬女士認為這完全是「迷信」作風，我也頗有同感。

*　　　　*　　　　*

伶姬女士指出，我們每個人都有一個屬於自己的「黑盒子」，裡面記錄了我們生生世世所有的起心動念所作所為的資料。

她很有意思的把老天形容成「超級電腦」，因為祂掌握了我們每個人「黑盒子」裡的資料。除此之外，她又把老天比喻成公司的「董事長」，因為祂擁有「電腦」所有的「密碼」。還說在這個「董事長」之下還有好幾個部門，分別掌管了各項不同的職務，而且也掌握各自所管屬的「密碼」，完全按照「密碼」中的資料嚴謹執行職守。

她又說，這部「超級電腦」所掌握的資料和密碼有如存儲在「黑盒子」中的種子，宇宙因果律法則完全按照各人「黑盒子」中的資料來「自然」運作。

只要有任何「天時地利人和」的機會，這些儲存的密碼就如同種子見到了陽光和水那樣，「自然」就會發出它的芽來「自然」就會結出它的果來。

*　　　　*　　　　*

由於伶姬女士學的是會計，她就根據「黑盒子」的資料，用「債務人」和「債權人」來解釋「人我」之間的關係。她說我們今生到這所地球學校來，要扮演的角色是「債權人」或是「債務

給……斷了線的你
——傳遞宇宙真相的訊息

人」，則完全根據「黑盒子」中的資料而定。又說，宇宙律法的運作是絕對「有債必還，有償必給」，而且絲毫不爽。

根據她十多年來「義務服務」得來的經驗和資料，她說，「債權人」有時為了要讓對方學習「無條件的愛」，也為了要討回自己的「公道」，往往他們會不惜讓自己變成身有殘疾的親人逼使「對方」無怨無悔的為自己付出愛，以便讓他們清付曾經欠下的情、或命、或錢……等等債務。又說，這時候往往「債務人」都是無怨無悔忍氣吞聲的承受所有的一切，而且，每個人都心甘情願的為對方付出自己的一切。

她說雖然「債權人」是達到了讓對方學習「無條件的愛」的目的，也達到要對方償還「債務」的心願。但是「債權人」自己的日子也絕對不會好過到哪去，因為「債權人」本身也要付出相對的代價才能討回他的「公道」。

所以伶姬女士才語重心長的建議大家，要我們在生前就學習到「寬恕」的功課，這樣，在往生的時侯我們就不會再掛記著要討回這個所謂的「公道」了，到轉世的時侯就不必再去扮演那種可憐的角色，去逼使對方清付這筆債務了。

就是因為我們宇宙的因果律法是絕對「有恩必報有債必還」，所以伶姬女士才建議我們，要我們在生前就養成「無條件的愛」的習慣。

她說，除非在生前我們就已經學到了「寬恕」和「無條件的愛」，而且已經都變成我們習性中的一部分，到往生的時候我們才會「主動」去向宇宙聲明「不必償還」的意願。否則宇宙的因果律法又會「自然」運轉，去安排我們接受這「應得」的報償。

＊　　　　＊　　　　＊

　　由於台灣最近經濟不景氣，時常都有自殺的事件發生，有人甚至還攜兒帶女同赴黃泉。伶姬女士就針對這些自殺事件，特別將她所知道的因果律法提出來讓大家參考。

　　她說以業力來講，自殺的業要比「殺人」的業還來得嚴重。因為我們到這世間來就是為了要學習對自己的一切言行負起責任，而自殺是件對自己極不負責任的行為。

　　她說，不要以為只要一死，我們就可以不必再去面對自己的人生問題了。她說，沒有這麼容易的事，因為死掉的那個部份只是我們「物質」的身體，而我們那個屬於「非物質」部份的「感覺」還是照樣存在。以致，自殺身亡者的「感覺」會一直停留在當時他自殺的那個「感覺」中，無法擺脫。

　　對自殺的人而言，他們除了會一直不斷的「感覺」自殺時的那種絕望和痛苦，之外，他們還得面對自己錯誤的選擇所必須承受的「懲罰」。

＊　　　　＊　　　　＊

　　更可悲的是，當自殺身亡者再回來投胎做人時，他們又多半會攜帶著前世那種低落的情緒能量，而且，他們的身體也多半會攜帶前世「自我害傷」所留下的傷痕。

　　他們的身體，在「自我傷害」的同一個地方往往都會有相關的病痛，比如說，上吊自殺的人多半會有頭部和頸部方面的毛病，跳水自殺的人多半會有肺部和呼吸器官方面的疾病等

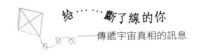
等……。也就是說，當那些自殺身亡者再回來做人時，他們基本上除了身心都不太健康之外，多半他們還是會有自殺的傾向。

那是因為他們的身心多半都不健全，相形之下所要面臨的人生考驗比起別人來就顯得大得多。以致於當他們承受不了人生考驗時，為了逃避自己的人生問題，往往他們又會選擇自我了斷，又重複了前世那個自殺的「思想模式」和行為。

一直要到他們真正學到了「自殺是解決不了問題」的觀念為止。也就是說，一直要等到他們真正學會面對自己的人生問題，為他們自己的行為負起責任為止。

*　　　*　　　*

所以伶姬女士說，自殺只是將我們要學習的人生功課一再的往後延伸了而已，不但沒有解決任何問題，而且宇宙的律法還要我們清付自殺行為所引起的「罰款」和「利息」。到頭來我們還是要重新再去面對自己同樣的人生問題。

因為我們到這地球學校來，就是為了要學習對自己的行為負起責任，所以宇宙會一再的「自然」運轉，安排機會讓我們重新再學習。一直到我們真正的學到「從哪裡跌倒就從哪裡爬起來」為止。

如果我們了解這些自殺背後的宇宙「真相」的話，就請大家告訴大家好嗎？尤其是中國女人，請告訴她們自殺是絕對解決不了問題的。解決問題唯一的方法，就是去面對自己的問題。只要我們肯去「面對」自己的問題，那個問題就已經被我們解決掉一半了。因為不肯去「面對」問題才是我們真正「問題」的所在。

*　　　*　　　*

Dr. Weiss在第五本書《Same Soul Many Bodys》中，他也提到自殺的事，他也同樣說，那些有自殺傾向的人前世多半也都曾經自殺過。還說，那是因為他們的「思想模式」導致他們一次又一次自殺的。

他也同樣說，唯有學到「自殺不是一個解決問題的方式」的觀念了，他們才可能終止那個用自殺方式來逃避人生責任的「思想模式」和行為。

在書中，甚至他還舉出一個個案給我們參考：來見他的是一位有自殺傾向的中年商人，由於他最近生意失敗了所以天天都吵著要結束自己的生命。

他是在妻兒的苦苦哀求之下，才前來見Dr. Weiss的。當他見到Dr. Weiss就說，他是已經下定決心要自我了斷的，沒人能改變他自殺的決心，因為命是他的，當然該由他自己來決定要不要活下去啦。

Dr. Weiss問他願不願意到前世去找出他想自殺的原因。他同意了，當看到自己前世時大大的吃了一驚，因為前世他居然也是自殺身亡。而且他還認出來那個在他身邊悲痛欲絕的母親就是他今生的妻子，另外，身邊那個悲傷不已的兄弟就是他今生的兒子。

後來經過他同意，Dr. Weiss又帶領他去看看自己的「將來」，這個時侯他就開始流淚了。因為他看到自己自殺身亡之後，他的妻子和兒子是多麼的哀傷痛絕……。這時，他才終於覺醒了。

終於，他了解「自殺」是件多麼自私和不負責任的行為。同

253

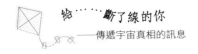
時他也體認到，事業只不過是生命中的一小部份，就像披薩餅中的一小片而已。而我們生命中還有比事業更重要的東西，比如說親人、朋友……等等。

＊　　　＊　　　＊

　　書中說有時候，有些靈魂因為愛的緣故會自願回到自殺者的身邊，為了要協助他突破那個自殺的「思想模式」，幫助他走出那自殺的習性。我想這位商人的妻子和兒子大概都是為了愛，才選擇再度陪伴他去經歷同樣的哀傷吧。

　　據我了解，催眠只是讓我們身體的「主人」暫時脫離「物質」的身體，因為「時間」只屬於我們這「物質」界特有的「空間」，所以當身體的「主人」脫離了這個身體的「物質空間」之後，我們的「意識」就不再受到地球那特有的「時間」和「空間」限制。也就是說，這時候我們的「意識」就不再受過去、現在和將來的「時間」限制，可以任由自己「意識」的決定要回到過去或前去將來。

　　Dr. Weiss說，以前他替病人治療往往都會先帶領病人回到他們的「前世」，去找出讓他們生病和恐懼的真正原因，然後，再幫助病人把那些負面的情緒「能量」釋放掉，讓他們重新得到心靈上的平安。

　　現在，他則更進一步的帶領病人進入他們的「將來」，讓他們有機會認清自己那一貫的「思想模式」將又會結出什麼樣的「果實」來，然後再讓他們作「自我」的選擇，還要不要再重複自己那生生世世同樣的「思想模式」和行為。

　　其實這就跟我的「朋友」Sun Bear所說的：「When you

realize, it will set you free.」是異曲同工的。因為只要了解那個令自己「痛」的真正原因，我們就可以隨時選擇要不要把那個痛「放下」。當我們肯把那個「痛」「放下」了，我們的心靈當然就得到自由啦。

＊　　　　＊　　　　＊

　　談到「思想模式」，書中還有另外一個令人回味的個案，在此順便也寫出來與大家分享。故事的主人是位事業有成，年薪已達美金七位數字的年輕女子。她告訴Dr. Weiss，雖然她的事業有成，可是最近她的心情實在是太過於激動，連工作的心情也沒有了。朋友告訴她，也許只有Dr. Weiss才幫得了她，所以她才來的。

　　她是個美藉猶太人，最近由於看了許多關於阿拉伯人如何對待猶太人的報導，每天她都為這件事恨得咬牙切齒。甚至她還生父母的氣怎麼他們可以這樣無動於衷？又怨她的先生為什麼他就不能起而行去為猶太人做點事！

　　Dr. Weiss問她願不願意回顧她的前世，找出她何以如此激動的原因。她同意了，並且很快就進入了情況。結果她被自己看到的前世嚇了一跳，因為她竟然看到自己前世是個專門捕殺猶太人的納粹黨員……。

＊　　　　＊　　　　＊

　　後來經過她同意，又帶領她去看看自己的來世。這下就讓她更吃驚了！因為她看到自己竟然是一個十幾歲的阿拉伯少女，由於日子過得實在太貧窮了，所以一生一世她都在憎恨猶太人，認為她的貧窮完全都是猶太人造成的……。

給……斷了線的你
——傳遞宇宙真相的訊息

Dr. Weiss向她解釋說：其實，基本上她生生世世都是個「種族主義」者，所以才會老是對其他的種族充滿了仇恨，而且生生世世她都帶著同樣的觀念和習性，總是在重複同樣的「思想模式」，一再的敵視不同種族的人。

Dr. Weiss告訴她，除非她已經體認到這是一件極其無意義的行為，她才可能改變自己那一貫的種族敵視「思想模式」，也才可能終止她那週而復始的思想觀念和一貫的行為作風。

據說，這位女士當下就做好了選擇，因為她已經學到了一個「濃縮」的人生功課。這樣她就不必再經歷好幾世去學習這項人生的功課了。

主要是Dr. Weiss讓她了解，我們每個人都可以經由「自己」的選擇，去改變我們的「將來」。因為Dr. Weiss告訴她，放在我們前面的那個「將來」，就好像我們用餐的「叉子」那樣，擺在我們前面的，總是有好幾種不同的道路讓我們選擇。

因為老天總是給我們選擇的機會，讓我們來決定自己的「將來」，因此，我們每個人的「將來」都掌握在自己的手中。

* * *

對呀！我們的「將來」就掌握在我們自己的手中！那是老天給予我們的權利！那我們當然可以由自己來決定，要不要再去把祖先的恐懼和仇恨像「接力棒」那樣的傳遞給我們的子孫後代，而且我們現在就可以選擇！

在Guideposts雜誌上我曾經看到一篇文章，說到，有人創辦了一個夏令營，專門邀請阿拉伯人和猶太人的青少年來共同參加，讓這些年青人有機會在一起生活，共同參與各項活動。

　　據說這個夏令營辦得非常成功，因為這些年青人在一起共處了一段時間之後，全都發現「對方」其實並不像大人所說的那麼可憎，而且也不可怕。他們同時還發現，「對方」其實跟他們其他的朋友並沒有什麼區別。到夏令營結束的時候大夥已經完全打成一片，成了難分難捨的好朋友了……。

　　我認為這是一項很有創意的活動，事實上，只要我們有「意願」肯把自己的心打開來，這幾千年來的仇恨之「結」就可以在我們的選擇之下，就在我們的手中，把它解開來。因為，現在我們世界真正需要的只是「溝通」，而不是武器。

＊　　　　＊　　　　＊

　　我的母親於1950年跟隨父親遷到台灣，自幼我們就知道母親是多麼的掛念她那三個留在大陸生死不明的弟弟，而且每天都在為他們的安危而擔心。

　　自我有記憶以來，每年三個舅舅生日的那天，母親都要全家吃麵遙祝他們平安長壽。一直到了四十年之後，住在美國的兒女經由紅十字會的幫助，我們才總算欣喜若狂的為母親找到了那三個經歷了文化大革命的浩劫，而又虎口餘生的弟弟。我們立刻就安排母親去圓她這四十年的夢……。

　　可是，由於健康的原故母親必須先到美國去做腦部檢查，所以我們臨時又將她的行程改變了。可是萬萬沒有想到，就在這段期間母親的腦癌復發，再度開刀之後不久母親于1990年8月過世。她生前那唯一的願望終究還是沒有達成……。

　　為了母親這個終身遺憾，我禁不住的常常想，到底這些讓母親與她的親人「天人永隔」的仇恨是誰的呢？

給⋯⋯斷了線的你
——傳遞宇宙真相的訊息

＊　　　＊　　　＊

　　提到「天人永隔」，就讓我想起那位寫《Eagle and Rose》的Rose Mary女士，幾年前，我在電視上看到一個節目，主持人是一位名叫Leeza Gibbons的漂亮女士。

　　在節目開場白中，她說，通常在作節目之前她都會有所準備，但是今天的節目則是她無從準備起的。接著，她說由於製作單位的攝影師最近不幸因車禍身亡，為了要安慰這位好友的家人，她今天特別邀請一位世界知名的靈媒Rose Mary女士做她的特別來賓。

　　畫面上立刻出現一位面目和善的中年婦女，她跟台上的來賓打過招呼之後，突然若有所思的停了下來，並且輕聲跟台上的來賓說：「抱歉，請你們稍等一下。」然後她轉過身去，對著台下的觀眾席問道：「這裡有一個男孩子要我對他的家人說，他是不久以前因心臟病過世的⋯⋯。你們那一位是他的家人？」

　　只見一個十來歲的少女激動的哭了出來，因為那就是她剛剛去世的弟弟。接著Rose Mary又說：這裡還有另外一個男孩，他說他就是那個捐出心臟的男孩，你們那一位是他的家人？現在，又輪到另外一家人的臉色大變了⋯⋯。

　　接著Rose Mary就把這兩位男孩子的母親都請到台上來，並且將她們兩人的手放在一起。然後她對這兩位母親說：「這兩個男孩要我告訴妳們，他倆人原本在靈界就是好伙伴，雖然他倆在世時沒有見過面，不過，他們是約好一起到這人間走一趟，就是為了要讓你們兩位母親互相認識，他們說現在他們的任務已達成了。」

＊　　　　＊　　　　＊

　　節目中立刻插播了一段記錄片，原來，不久以前這兩位母親曾經也同時上過這個電視節目。由於那位接受心臟移植的孩子要求母親帶他去向另外一位剛剛失去兒子的母親表達他最真誠的謝意，因為，這位偉大的母親用自己兒子的心臟救活了另一位母親的兒子……。

　　之後，Rose Mary才回過頭來對著台上那位剛剛失去兒子的母親致意，並且告訴這位母親說，她看到一個年青人出了車禍，人被飛彈得很高，頭先著地當場死亡。果然，她兒子就是騎摩托車出的車禍。

　　接著，Rose Mary就用一種很調皮的語氣對這位母親說，妳的兒子說妳一定會很開心他現在短髮的樣子……。這位在兒子生前常常嫌他頭髮留得太長的母親，居然會心的笑了起來。

　　然後她又轉過身去，對著那位滿臉悲愁的年輕新寡說：「妳的先生要我對妳說，妳老是對著他的照片說話，其實，他一直就在妳的身邊。他要妳別再以他為念了，他說現在他是塵緣已了，而妳還有一段很長的路要走。他叫妳將來要再結婚，好好地過自己的日子，他還說，他會一直與妳同在並且祝福妳。」

　　接著，Rose Mary再轉過身去，對台上那位正在傷心落淚的好友兼工作伙伴說：「你每次都為了電路突然斷了而在那裡氣得呱呱大叫，難道你不知道那是他在跟你打招呼嗎……？」那位好友居然當場就破涕的哈哈大笑了起來。台上的三位傷心人就因為Rose Mary的幾句話，每個人的心都落實了下來。

*　　　　*　　　　*

　　據說，在美國九一一事件發生的那天，飛機上有些乘客在知道飛機被劫之後，就立刻用手機與自己的親人道別……。在電視上我見到這些被訪問的家屬，他們全都說，雖然他們心中都悲痛不已，但是有了這最後的「道別」，在精神上他們就有了支柱，因而心理上就踏實多了。

　　人生到了最後，如果沒機會去劃下那個「句點」，就總會有種欠「完整」的遺憾。如果能夠有個像Rose Mary這樣的人，幫他們去劃下那最後的「句點」，多少人的情感傷口就會因此而癒合。我個人覺得這是件功德無量的事。

　　當我看了Rose Mary寫的《Eagle and Rose》之後，才知道她是一位英國人，從小就能看到別人看不到的「東西」。由於當年她根本不了解這到底是怎麼回事，所以感到說不出來的害怕。

　　而她的父母親對她的「感覺」又非常排斥，從小她母親就嚇唬她說，終有一天她也會跟她的外婆一樣……。當年她的外婆就是因為常常聽到別人聽不到的聲音而被送進了瘋人院，最後她死在瘋人院裡。

*　　　　*　　　　*

　　可憐的小女孩，心中充滿了恐懼卻更害怕讓別人知道，而父母親又認定她是個不正常的孩子。

　　長大結婚生了女兒之後，她又因遇人不淑而被迫離婚。就在人生最低潮的時候，朋友帶她去參加一個靈修的聚會，因而巧遇

了那家的主人。這對夫婦不但對靈界的事情十分了解,而且還是個具有慧眼的人,後來他們成了她的好朋友。

從這兩位朋友那裡,才知道自己原來並不是別人眼中的怪胎,而是一個具有特別稟賦的人。這時,就如同我的「朋友」Sun Bear所說,當她了解原因了以後,從此她就得到了心靈的自由。她再也不害怕了,也不再去壓抑抗拒這些「感覺」了。

這時侯她的守護神就開始出現了,這位守護神的名字叫老鷹Eagle。據說,那是他和Rose Mary曾經在美國一起當印地安人時所採用的名字。

由於從小Rose Mary就經歷了各種苦難,所以深知痛苦的滋味。當因緣俱足的時候,她就開始用她那特殊天賦去幫助需要幫助的人。

目前她已成為當今世界最負盛名的靈媒之一,而且經常被邀請到世界各處演講,也時時接受電視台訪問。Eagle則是她一路上最佳的嚮導。

＊　　　　＊　　　　＊

那位寫《The Camino》的美國影星Shirley Maclaine,在書中也提到一位名叫John的靈界朋友。在這趟「朝聖之旅」中,John一路上都跟她保持著聯繫,並且在必要時他就會及時出現,提供相關的資料讓她參考對證。

台灣的伶姬女士在書中也提到了好幾位靈界「朋友」的名字。他們也都是在必要時就會及時出現,並且為她提供相關的資料和訊息。

另外,寫《前世今生》的Dr. Weiss是位美藉猶太人。在書中

他也提到每當清晨之際，「大師」們就會來教導他。而且在他的書中曾經也提到過一位叫麥克和一位叫費羅的守護神，這兩位守護神我都認識，因為，他們也是我家人的守護神。

＊　　　　＊　　　　＊

這幾位寫書的作者之中有美國人、英國人、中國人和猶太人。雖然他們之間不見得互相認識，卻是，他們全都有類似的經歷，而且全都有靈界的「朋友」為他們提供訊息。除此之外，他們也都是為了要傳遞宇宙的「訊息」才不遺餘力的埋頭寫書，目的也全都一樣，只是為了「服務」而已。

因為他們全都是為了想要讓世人知道他們所發現的宇宙「真相」，讓世人知道我們宇宙間除了地球這個「物質」世界之外，還有其他的世界存在。而且，除了我們看得見的「物質」身體之外，還有個肉眼看不見的「非物質」生命體存在。

無論我們對他們的經歷能夠了解多少，但是，對他們的「出發點」我們是要尊重的。因為他們全都是希望我們在了解了這些宇宙「真相」之後，能夠跳出那個「小我」的思想模式。因為唯有我們大家都有了「大我」的共識以後，我們世界才可能成為真正和平的「大同世界」。

＊　　　　＊　　　　＊

有時候，我們的「思想觀念」就像時下流行的服裝一樣，在剛開始的流行時候，往往保守的人都會因為它太不一樣了，而所排斥。可是過了一陣之後，我們遲早有一天也終於會去穿它的。因為，我就是那個趕流行尾巴的人！

為了寫這本書我才去細細回顧自己的過往，這時候我才驚訝的發現，原來我生命中所有發生的事情都好像是冥冥中有所安排似的，我才知道原來自己是個多麼幸運的人！

因為平時除了Oprah主持的節目以外，我一向都很少看電視，只偶而會在看書看累了喝茶的時候才去瀏覽一下。卻是，總會讓我看到一些寫書的時候才知道為什麼會看到的節目，Rose Mary就是其中的一個。

要不是因為我在北京有機會讀到她的書，我恐怕到現在都不知道她是何許人！老實說，看到Leez Gibbons小姐主持的這個節目完全是不小心看到的。而且，要不是上個月我在電視廣告節目上再度見到Leez Gibbons小姐，趕緊把她的名字抄下來，我想，我是絕對說不出她名字的。

Shirley Maclaine是我從小就看她的電影長大的，所以，對她我一向都有好感。沒想到，竟然她也會在靈性的道路上為我啟開一扇門來。

據說，二十多年前她的書曾經引起許多人的側目，不少人認為她的「頭腦」出了毛病。不過她還是照樣堅持的不斷工作，如今她已經有九本書問世了。

＊　　　　＊　　　　＊

多年前，我曾經慕名去聽Dr. Weiss的演講，而且也上過他的課。他的人如其文，同樣的平易近人，他一直是我心目中的「真君子」。因為我的老師曾經說：「如果為了自己的利益得失而不敢說真話的人，就不算是個真君子」。我很佩服他的勇氣，能夠

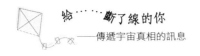

把自己的學術地位放在一邊，勇敢的寫書告訴世人他所發現的宇宙「真相」。

*　　　　*　　　　*

2006年5月底由北京回到美國之後，我才有機會讀伶姬女士寫的那本《蓮花時空悲智情》。6月我有幸看完了所有她寫的書，接著7月朋友來電話通知我，說伶姬女士要來洛杉磯演講並且要開課，名額有限，問我要不要報名參加。哇！這可真是踏破鐵鞋無覓處的機緣啊！據說，在台灣誰想要見伶姬女士一面，就非得排上一年半載的隊才可能見到她，而我卻得來完全不費功夫。

2006年7月10日偕同兒子Bobby和他的女朋友Cindy一起去上課，班上一共有15個人，每人輪流可以問兩個問題。一家烤肉15家香，大家一起分享共同討論互相學習。

在這堂課中，我們等於是聽了30個「超越時空」的故事，非常精彩。我想，如果有誰能夠把這些故事搬到螢幕上的話，那可全都是上乘的材料呢。

比如說，有位女士問起她的婚姻。伶姬女士講她看到天上有道彩虹，可是這道彩虹在三分之二之處被切斷了。她解釋，因為彩虹是沒有人能夠切斷的，這就表示她是遭了天譴。

接著，她告訴這位女士她看到她的先生前世是個經常出遠門的生意人，有時候要隔很久才能回一次家。有次，他回到家裡發現她已經懷孕了，他為此開心得不得了，孩子生下來以後他也疼愛得不得了。可是他一輩子都不知道那個孩子是她跟別人生的……。

當他死了以後，由於沒有了「物質」世界的「時間」和「空

間」的阻隔，這一切當然他就全都知道了，所以，他今世必定是個有債要討的「債權人」。

然後，伶姬女士才問起她的婚姻。這位女士說這十幾年來，她的先生一直都留在台灣，她一個人帶著兩個孩子來美國。她說，這些年來她先生對他們母子的生活和死活從來都不過問，所有的生活擔子全都在她一個人肩上，而且他又不肯離婚……。伶姬女士告訴她說她的先生是不會離婚的，因為她曾經欺騙了他一輩子，欠他的是一輩子的情。

＊　　　＊　　　＊

到了第二輪問題的時候，這位女士又問起了兒子。並且說她的兒子對這個不負責的父親非常不諒解。這時，伶姬女士就滿臉驚訝的說：啊呀！難怪你的先生不肯撫養他啦！妳當年那個「外遇」就是妳現在的兒子！

但是，這位女士卻很不解的問：可是我先生對女兒又很好啊？伶姬女士接著滿臉不可置信的告訴她：啊！那是當然的啦！妳這個女兒就是妳當年的女兒！他們倆人前世的父女情還在，所以他才會對她很好，而且那又不是妳女兒的錯……。

接著，伶姬女士問她：妳兒子一定對這個妹妹很好，是吧？因為當年他沒有盡到撫養她的責任……。這位女士很快的就回答說：對呀！我的兒子對這個妹妹真的是有求必應！自己辛辛苦苦打工賺來的錢，只要妹妹想要什麼，不論多貴的東西他都捨得買給她。

我兒子是個ABC，這輩子從來就沒聽過那麼多的「中文」故事，而且，還是「超越時空」的，所以他聽得一愣一愣的。我很

慶幸有這個機緣去見識一下什麼是宇宙的「因果」律法。只是，他回到家之後一直都在為這位女士感到難過。

不過，我個人覺得這堂課對這對母子來說，等於是伶姬女士替他們家解開了這輩子和上輩子他們之間的「心結」。起碼讓這位太太心中不再有怨，也讓她的兒子心中不再有恨。就像我的「朋友」Sun Bear所說的，當你了悟時，心靈就從此自由了。

＊　　　　＊　　　　＊

那天，另外還有一位太太她問的是有關她的健康。伶姬女士告訴她說，她見到有一世這位太太住在一座山的半山腰，山上的人家全都靠種茶為生，只有她家是養豬的，而且她的豬越養越多。

由於她每天都要煮很多很多的豬食，以致污染了那裡的空氣也影響到茶葉的生長。後來，這些污染已經嚴重到山上的茶葉都無法收成了，所以大家都跑去求她，看看可不可以替她安裝一個管子，將污染排到山的另一邊去。可是，她就是不肯答應，那些住在山上的人家由於日子實在是過不下去了，就只好一家接一家的全都搬走了⋯⋯。

接著，伶姬女士問她身體到底有什麼毛病？這位太太說，現在她都已經六十五歲了，這兩三年來她突然又開始有了月經，醫生到現在都找不出原因。

伶姬女士告訴她說，那是因為她遭到了天譴。還說，這個毛病會跟她一輩子，而且血會越流越多一直流到她的生命結束為止。後來伶姬女士就建議她說，唯一能夠補救的辦法就是去參予跟環保有關的事情，但是不能以賺錢為目的，因為即使她想要賺錢也不可能賺到。

*　　　*　　　*

　　由這兩個故事中，我們就可以瞭解宇宙因果律法「自然」運作的大致情形。既然我有機會看到伶姬女士的書，又有機緣見到她的人，還有幸上到她的課，所以在此我也記下一兩則關於伶姬女士的見聞。

　　除了我想見證伶姬女士所言不虛之外，也為她書中的精彩內容鼓掌。我欣賞她能夠用那麼簡單的話語和生活中的實例，來解釋宇宙間那麼抽象的理論。

　　伶姬女士在她的書中提到，我們到這個「物質世界」來的主要目的，就是為了要「還債，報恩，學習，服務」。她說「還債」和「報恩」這兩項，都在因果律法的「自然」運轉之下運作。而「學習」則可以讓我們得以超越「自己」那一貫的「思想模式」，突破「自己」那生生世世的「習性」，讓我們有機會重新另作選擇提昇「自己」的靈性，讓「自己」成為心靈自由的人。

　　而當我們得到了心靈自由以後，就要把這個自由的「火把」傳遞給其他的人，讓別人也能得到他們的心靈自由，因為我們人生最終的目的，就是要成為一個有能力「服務」的人。

*　　　*　　　*

　　由於我們每個人天生都有不同的才能，當然「服務」的方式也各不相同。伶姬女士用她的天賦來幫助大家了解宇宙的因果，這樣，我們就會對自己的思想行為擔負起責任來，我們世界才可能更有秩序。

　　Dr. Weiss除了幫助病人放下他們的困苦之外，還不斷的寫

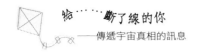

給……斷了線的你
——傳遞宇宙真相的訊息

書，讓更多人了解隱藏在「困苦」後面的宇宙「真相」，幫助我們放下生生世世糾纏不放的「思想模式」，讓我們做一個心靈自由的人。

Rose Mary和Shirley Maclain各自都有不同的天賦，她們用自己的方式來幫助世人，而且，她們全都是為了要讓世人了解宇宙間的「真相」，讓世人知道這宇宙間確確實實是「人外有人，天外有天」。

我想，我們世界真的不一樣了，有這麼多人在前面幫助我們跨越那千百年來一貫的「小我」的思想模式，帶領我們走向那通往「大我」的康壯大道去。

最後，請讓我借用Dr. Phil常用的一句話：「When you change the way you look at the world,the world will change.」。意思是說：當你對這個世界的看法有所改變時，這個世界就會不一樣了。是的，只要我們自己的觀念改變了，我們的世界就真的會不一樣啦！

第七章　連線

最後一章之謎

接二連三在我家

2006年底我總算把這本書寫完了，打算再去一趟台灣接洽出書的事，由於答應替兒子照顧狗，所以要等Cindy由台灣回來以後才能啟程，沒有料到這一等我的書卻又節外生枝的冒出了另一章來，這得要由Cindy說起。

Cindy是我兒子Bobby的女朋友，她有顆善良的心，這也是我兒子愛她的原因。2007年年初她回台灣過年，那些日子裡我每天早晚都見兒子跟她在電話上，沒完沒了的說個不停。

有天，我見他們談話的氣氛好像有點不對勁，就問兒子Cindy還好吧？兒子說他們家有個朋友出車禍喪生，她為這件事心裡很難過。

接著兒子問我，為什麼那麼一個好好的人，年輕輕的就會出這種事呢？我說，有時候在我們到這世界之前，就已經選擇好要在什麼時候走和怎麼個走法。因為任何事情都有它要發生的原因，只看我們能否理解而已。

＊　　　　＊　　　　＊

接連好幾天，我都沒見到兒子在該講電話的時候聊天了。我問他，是否Cindy又去了日本？這時，我兒子才跟我說，那天他告訴我出車禍的朋友是Cindy弟弟的女朋友，這幾天他都在為他的女朋友守靈。Cindy見她弟弟那麼悲痛，所以每天都陪伴他一起守靈，不方便打電話給她。

據我兒子說，Cindy弟弟的女朋友是位演藝界的藝人，由於我

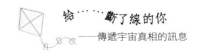

從不看電視新聞也沒訂中文報紙，所以對她的事一概不清楚，反倒是我的朋友知道Cindy是Bobby的女朋友，常常會告訴我一些在電視上或報紙上看到Cindy和其他相關的消息。

＊　　　＊　　　＊

二月十九日是美國的「總統日」，也是國定假日。我妹妹的女兒Mei帶她的男朋友來我們家玩。這時候Cindy正好打電話過來，電話中告訴Bobby，每天她都看到瑋瑋的母親在那裡哭泣，又見她弟弟如此悲痛，令她感到十分沮喪又愛莫能助。

這時，她突然想起Mei的某種天賦來，所以，在上香的時侯就對著瑋瑋的靈位說：如果妳有什麼訊息想要傳達的話，就請去找Mei吧！Bobby聽了很興奮的告訴她，Mei現在就在我們家！！

他立刻就把電話交給了Mei，讓Cindy自己去跟Mei說。接著Bobby趕緊把他的電腦打開，不久螢幕上出現了一位漂亮的少女，那是一張風景照，遠遠的看到她那美麗的身影。這時候，只聽到Mei在電話中驚訝的對Cindy說：啊呀！難怪啦！昨晚我在Palm Spring露營的時候作了一個很奇怪的夢……。

當Mei見到電腦上的照片時，立刻興奮的指著那張照片叫道：對！對！就是她！！高高瘦瘦的很漂亮。啊！她現在就在這裡……！！

＊　　　＊　　　＊

今天是2007年3月13日，寫到這裡，我特別打電話給Mei，告訴她現在我正在寫這件事情，想知道2月19日「總統日」那天她在

電話中傳達給Cindy的訊息內容，問她，可不可以請她把那天的大致情形再說一遍。她倒是很樂意的答應了。

一開始，我聽了就感到十分驚訝，因為有些話的內容跟我回答Bobby的話是一樣的。Mei說，瑋瑋希望她的親友了解，其實在她來這個世界之前，就已經決定了自己要走的時間，現在就是她的時間，所以請大家不要再為她的離去而傷心了。

又說，雖然表面上看起來她是一個演員或什麼，其實那只是她在世間的工作而已，因為她到這世間來的真正目的，是為了要影響社會和她身邊的人。

瑋瑋還說，我們來到世界的目的是為了學習和教導別人，並不是為了社會上的地位和名利。又說，「能夠在社會上留下她的影響」才是她此生真正的目的，而現在她已經做到了。

她又說，雖然她也很捨不得身邊那些愛她的人，但她希望大家都能夠珍惜並把握互相之間的愛。她要Mei告訴大家，她現在真的很好，沒有任何痛苦。

她還要Mei對她的男朋友說，她很感謝他，因為這世界上能有一個像他那樣心地善良又對她那麼好的人。雖然他們之間有很深的情份，但是他們並沒有在一起的緣份。而且，他們之間的情緣也都是事先就已經「約定」好了的。還說，他以後會遇到一個比她更合適他的人。以上就是Mei告訴我她所傳達訊息的大致內容。

*　　　　*　　　　*

2月20日我到朋友家去見剛從台灣來的朋友英姐。言談之間，我向她打聽，是否台灣最近有位女星出了車禍？她說，是啊！台

灣現在每天的新聞都在報導這件事情。英姐還說，她的男朋友好痴心啊！每天都在為她守靈……。我就告訴她，前一天在我家發生的事情。

這次英姐是趁著年假專程來造訪我的一位朋友的，這位朋友的名字叫Alice Garebedian是位埃及出生的羅馬尼亞人。Alice天生就具有特別的稟賦，除了能夠看到、聽到、而且還知道別人無法了解的事情。除此之外，她還能幫助別人釋放那些堆積在體內的負面能量。

由於英姐最近身心靈三方面都有許多困擾，所以心身都感到十分匱乏。經過Alice的幫助，把她那些經年累月堆積的陳年垃圾能量都清除掉了。才過了三天吧，突然間，英姐的「雷達」就開始接通了。

＊　　　　　＊　　　　　＊

2月27日英姐要回台灣是午夜的班機，我們約好中午一起去吃印度餐。吃飯的時候，由她的口中，竟然傳達了有關我弟弟生病的訊息。

晚上Bobby下班回來，我把當天發生的怪事告訴了他。Bobby聽了之後第一個反應就問我，可不可以也請英姐幫忙傳達瑋瑋的訊息？他說，Cindy每天來電話都說瑋瑋的母親天天都在那裡哭泣……。

我算一下時間，此刻，英姐大概已經把行李託運好了，所以我立刻就打電話到機場去找她。英姐倒是很爽快的答應我去試一試，因為在這之前她對這件事情已略有所知。

她立刻說，連上瑋瑋了！瑋瑋要我告訴她的父母，她現在真

的很好，而且在「上面」當天使所以很快樂。她要我告訴她的母親要她好好的過日子，出去玩玩散散心。她還要我告訴他們，如果他們每天都在那裡傷心流淚的掛念著她，她被會這些悲傷的能量卡住，失去自由的。

她要我對她的男朋友說，她很愛他但是她的時間已經到了，請他不要再以她為念了，要他好好的去過自己的日子。又說，他的痛苦會令她感到很難過的。

另外，她要我對她的助理說，這件事情真的跟她沒有關係，是她自己的時間已到，請她不要再為此事深深自責了……。

＊　　　＊　　　＊

原本我以為有了這些訊息就足以安撫這群悲痛的人了。可是才過幾天，Bobby又來問我可不可以再去問英姐，看看她是否能夠給比較「私人」的訊息，這樣才可能填補得了瑋瑋母親的心，因為她還是天天在那裡哭泣。他說Cindy都難過死了。

我跟Bobby說英姐才剛回家就立刻上班，而且她連日夜都還沒有調整回來，我不想再去問同樣的問題。Bobby倒是很能夠理解，他想，既然是Alice幫英姐得到她的能力，那麼他就直接去找Alice談吧。

果然，Bobby在3月4日見了Alice之後，很興奮的回家告訴我，他跟Alice談了兩個半小時，實在是太值回票價了。因為瑋瑋這次出來，給了只有她母親才能「了解」的訊息，這回，終於可以讓瑋瑋的母親相信啦。

給……斷了線的你
——傳遞宇宙真相的訊息

哪來的最後一章？

Bobby說為了瑋瑋的事情，他每天都要聽Cindy說那麼多的悲傷話，可真把他給累壞了。現在他大大的鬆了口氣，告訴我，這件事終於可以告一段落了。

對兒子來說，瑋瑋的事情總算是告了一段落。可是，英姐和Alice兩個人都同時給我相同的訊息，她們都說我的書還差一章沒有寫完。又說必須等到我把這最後的一章完成了，這本書才可能出版。

哎唷……！這兩年我花了多少力氣和時間，好不容易才把最後一章結了尾。怎麼還有「最後一章」呢？這是不可能的事！而且在上一章的結尾中，我都已經提到那「最後」兩個字了，怎麼可能還會有另外的「最後一章」呢？

再說，我真的已經江郎才盡了！那裡還有另外一章呢？我感到非常非常的為難，也非常非常的迷惑。我告訴她們，我真的不知道那「最後一章」要寫些什麼，因為我肚子裡已經沒貨了！

＊　　　＊　　　＊

3月7日星期三是我拜訪朋友的日子，那天夜晚我在開車回家的路上，一路都在為這「最後一章」而困惑而發愁。因為這首沒有譜的曲子，我真的不曉得要怎麼去唱它。回到家，兒子說Cindy來電話找我。

在電話中Cindy告訴我，他們有意想要為瑋瑋成立一個基金會，想用她的名字去做善事，她問我願不願意用這本書來支持這

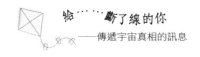
個基金會。我說，我不會說No，因為我也有同樣的心願，只是我得好好的想一想，要怎麼樣才能說Yes。

那天夜裡睡到三點鐘，醒來，突然間腦海閃來一個訊息，叫我把最近這接二連三在我家發生的事情寫出來。至於基金會，只要多加一項去幫助那些無助的女人就行了。這時，我的心就跟那天我打坐時腦海裡浮現了那個「風箏」一樣，突然間，心跳加速熱血奔騰了起來，就再也睡不著了。

*　　　　*　　　　*

第二天早上見到Bobby，我等不及的告訴他我的想法。他說，其實昨晚他也跟Cindy提到同樣的想法。並說事實上每件事情都確確實實是在我們家發生，而且全都跟瑋瑋有關。他認為只要加寫這一段就足以加入她的基金會了。

雖然他說的也有道理，但是瑋瑋呢？我希望知道她自己的想法。對我來說，想要跟瑋瑋聯絡是一件稀鬆平常的事，只要找我的家人或朋友，借用一下他們的「雷達」就行了。

而且大年除夕的前一天，我小弟因中風住院相當危急。我的父母為了這件事情一再的出現，給了我們許多相關的訊息才讓大家安下心來。因為我的父母現在也是我們家人的守護靈。

我家真的很幸運，自從父母過世之後，時時都跟我們保持著聯繫。我們全都知道他們現在比在世時過得好多了，起碼沒病沒痛也不再衰老，而且也沒有煩惱。那我們還擔心什麼呢？並且每當家中有喜慶時他們都會來參加，家人有危難時他們也會立刻出現。

＊　　　　＊　　　　＊

關於我家的「幸運」我只不過是據實以告而已。我知道一定有人會認為我在吹牛而且不打草稿……。要不是為了這篇「連線」的主題，我是不會去提這檔子的事的，因為有誰會相信呢？而且這簡直就跟中了樂透獎那樣的令人難以置信。不過，也不是絕對不可能發生的啦。

因為「智庫文化」出版社的發行人華文衡先生，在他替吳孝明和朱凱勝夫婦合著的那本《美國靈媒大師瑪麗蓮》的序文中，他就提到自己透過瑪麗蓮的幫助曾經與過世的父母親聯絡的經過情形。

在他們的「交談」之中華先生的母親告訴他，不久，她將會去華盛頓參加婚禮。令他感到十分驚訝，因為就在四十分鐘之前，他才在電話中得知他的外甥將在華盛頓舉行婚禮的消息。

＊　　　　＊　　　　＊

另外，華先生的母親還特別叮嚀他，要他注意自己的腰痛以免日後會引發成胃病。並且還告訴他，將來他不但不會得癌症而且他還會活很久……。

這可真的要感謝Cindy了，這次她由台灣回來居然帶了這本「美國靈媒大師瑪麗蓮」給我。有了華先生這篇序文敘述他這段親身經歷，在這條孤單的道路上起碼我心中也有個伴，為自己壯壯膽說出我家的故事。

我非常欣賞此書的作者吳孝明和朱凱勝夫婦，他們能夠勇敢

大方的站出來說出自己家的故事。而且他們希望大家都能放下自己「預設」的立場，用開放的心胸去聽聽他們家的故事……。

*　　　　*　　　　*

好了，現在讓我再回到原先的話題。3月8日那天，朋友從台灣打電話來，留言要我務必回她電話。第二天我才知道朋友遇到了嚴重的麻煩。當時我唯一想到能夠幫助她的人，大概就只有Alice了。所以我答應她去找Alice談一談。我之所以會對Alice有這種信任，那是因為她確確實實替我打開了好幾個難解的心結。

比如說，我也不知道是什麼原因從小我就害怕「上台」，連老師叫我站起來唸書我都會發抖。我一直都以為自己是因為害老師才會發抖的，可是1968年哥哥結婚的時候我當伴娘，我那天一直都是好端端的，但是當我走進了禮堂發現所有的眼睛都盯著我看的時候，就不由自主的開始發抖起來了。

為了這個「發抖」的毛病，我還特別去參加過民族舞蹈班又去參加唱歌班，為的是強迫自己去上台，可是，我還是照「發抖」不誤。

尤其是在比賽前的排演團友們一個個都提醒我，叫我上台時一定要記得面帶笑容。唉！說的倒是容易，她們不知道我已經是拼了老命把自己臉上的肌肉往上提了，再說我那全身緊張得都已經僵硬了的肌肉，只怕笑起來會比哭還難看呢！

*　　　　*　　　　*

直到三年前，Alice告訴我她看到我寫了一本書，她還說她看

到那本書裡面有我的照片。我告訴她我是正在寫一本書，但是我並不打算放我的照片在書裡。而且我還告訴她我所用的筆名。

我說我根本不想出名，因為對我來說，出名就是意味著要失去自己的自由和自在，我可不願失去這些！而且天知道我是多麼害怕別人注意我。可是Alice說，到這本書出版了之後，我就沒有選擇的餘地了。她說，會有人想要見我的，這……可真把我給愁死了！

這時候，她突然間「啊哈」了一聲，告訴我「上面」讓她看到什麼了。她說她看到我有一世是個男人，那時候正是宗教黑暗時代，由於我知道了許多宇宙的「真相」而被別人追殺。

從此，我就只好到處東躲西藏，深怕人家會認出自己來，後來終於還是被人家捉了去，並且放在台上把我活活燒死了。她說，那就是為什麼我會那麼害怕上台，又那麼害怕別人注意我的原因。

*　　　*　　　*

除此之外還有一次，她問我，在我四五歲的時候到底發生了什麼事情？她說那時候我受過一次嚴重的情感打擊，還說，那次情感打擊的負面能量到現在還「卡」在那裡，令我不能順暢表達自己的情感。

四五歲的時候……？我唯一能夠記起的，就是那次我試穿了弟弟的褲子惹母親生氣的那件事。當時我確實是被母親嚇壞了，甚至，我還把那件難忘的往事寫在「狀元及第的衣服」的文章裡。

卻是，連我自己在內都不知道這件事留下來的「後遺症」，竟然會引起如此嚴重的後果來！難怪啦！從小，只要看到別人生

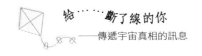

給……斷了線的你
——傳遞宇宙真相的訊息

氣的面孔我就變得不知所措，每次我都只會張口結舌、目瞪口呆的站在那裡「發呆」。

明明是自己被人家冤枉了，明明是自己受到委屈了，我都無法為自己說出公道話來，所以每次我都是只有「吃不了兜著走」的份。

＊　　　　＊　　　　＊

那種「吃不了」的滋味已經夠我嗆的了，事後，我又會為這件「兜著走」的事非常、非常的生氣。我氣我自己為什麼當時不為自己的清白辯護，我氣自己為什麼當時不表達我的憤怒……。

經過Alice的幫助，讓我了解為什麼我只會張口結舌發呆的原因之後，她就幫著我把這些「能量」清除掉。自從清除了那些卡住的能量之後，我才總算能夠適時的表達出自己真實的感受，而且，也不再為「兜著走」的事情而生我自己的氣了。

所以，我們真的不要以為什麼事情只要過去就沒事了。想想看，這些驚嚇的「能量」竟然與我足足共存了五十年之久，而我自己卻全然不知曉。而這半個世紀以來，它讓我受了多少別人給予的委曲，又帶給自己多少深深的自責啊！

對我來說，Alice確實是一位高明的Healer療傷者。可是，又有多少人能懂她那高明之處呢？對於那些不能理解的人來說，不去用「迷信」兩個字來嗤之以鼻就已經算不錯了。

＊　　　　＊　　　　＊

可憐的Alice，大概她已經太習慣於這份曲高和寡的孤寂吧，因為當我向她提到我那「最後一章」所要寫的內容時，我的話都

282

還沒說完呢……，居然她就已經連著說了十個NO字了。她說，千萬千萬不要加寫這些，因為你寫的書是那麼重要，如果加了這些就沒有人會相信你了……。

但是我告訴她，這是目前我唯一想到可以寫的東西。除此之外，我認為瑋瑋的事情會一而再、再而三的在我的眼前發生，絕對是有它要發生的原因。因此，我堅持要她把瑋瑋請出來，讓瑋瑋自己來告訴我她對這件事情的看法。那天是3月12日星期一，地點是Alice在 Sherman Oak的新居。

在還沒有進入瑋瑋的談話之前，請容我先把一些話說完。話說在2月27日我在電話中，把瑋瑋透過英姐交待的話轉告給Cindy時，我的「直覺」要我告訴Cindy瑋瑋的過世一定有它要發生原因，也許是為了要提醒大家生命的無常，也許是為了要讓她身邊的人學習生死的功課。（那時侯，我還不知道2月19日Mei在我家跟Cindy交談的內容）。

＊　　　　＊　　　　＊

我的「直覺」並不是沒有根據，因為Dr. Weiss在他寫的《前世今生》書中也曾經提到當年他的長子亞當出生時，醫生發現他兒子的心臟長反了，經過手術搶救還是不治身亡。他的兒子只活了三十八天。

那時候他正在醫學院學醫受到了這個嚴重打擊之後，想想做個醫生又有什麼用！連自己的兒子都救不了！因此毅然轉行去攻讀精神科了。目前，他在美國已經是精神科領域中的佼佼者。

多年之後，透過一位病人傳達給他的訊息，他才知道，原來他的兒子亞當竟然就是他今生的伯父。為了要促使他的醫科轉

行，他的伯父才犧牲自己「冒險」到人間來走這一趟，因為，他深怕自己會「不小心」的活存了下來。

＊　　　　＊　　　　＊

又在《我有死亡經驗》書中，作者Betty Eadie也提到當她還在「上面」的時候，曾經被「安排」見到美國某大城市的某個流浪漢。由這位流浪漢身上所攜帶的「光」看來，她知道他是一位靈性極高的人。為了要幫助他靈性的「伙伴」靈性的成長，他才犧牲自己淪落成為一個流浪漢的。因此，每天他都苦哈哈的守在那幢辦公大樓的門口，為的，就是要提醒那位當律師的「伙伴」去為無家可歸的人做些事，達成他來人間時的承諾完成他今生來此的任務。

又在前一章，那兩位「出現」在Leeza Gibbons小姐節目中心臟移植的小男孩。他們在世的時候雖然並沒有見過面，卻是，在他們出世之前倆人就約好同來人間達成此項共同的「任務」。因此我們知道他們全都是為了某項任務才犧牲自己，照亮別人的「高靈」。

可見，世間真的有很多事情不是我們可以從事情的表面了解的。因此，我才深信任何事情都有它要發生的原因，只看我們能不能夠了解而已。

這也是為什麼我的「直覺」要我告訴Cindy，瑋瑋的過世一定有它背後的原因……。我告訴Cindy，也許瑋瑋是為了要提醒大家人生的無常，也許她是為了要影響身邊的人，讓他們學習人生的「生死」課程。而我，當然是絕對不會跟這件事有任何關啦，因為我又不是她的身邊人，而且，我已經了解什麼是無常了……。

OH！MY GOD！！

　　老實說，一直到此時此刻我還不知道瑋瑋到底長的什麼樣子。那天在我兒子的電腦上出現的那張照片是張風景照，只遠遠的見到她小小的身影，根本不是我這雙老花眼能夠看清楚的。

　　而且我既不看新聞也不看電視，所以到目前為止我只知道她曾經是一位女演員，而且是Cindy弟弟的女朋友如此而已。由於我的兒子Bobby是個ABC，他根本就叫不出她的全名來，所以我只好跟著Bobby叫她瑋瑋了，因為他把瑋倫聽成瑋瑋了。

　　要不是因為我台灣的朋友遇到麻煩，我大概是不會為了瑋瑋的事情特別跑去見Alice的，實在是因為Alice住的地方太遠了。現在，既然我要去見Alice那我當然就要跟瑋瑋打個招呼啦。

　　為此，我還特別打電話到台灣去向Cindy要瑋瑋的全名，慎重其事的把它寫在紙上，免得到時侯又跟她的人一樣不見了。好了，現在讓我再回到原先的話題。話說3月12日那天去見Alice，經過我的堅持她才總算被我說服，願意去替我把瑋瑋請出來，看看瑋瑋自己怎麼說。

　　　　　　　＊　　　　　　＊　　　　　　＊

　　由於那天瑋瑋和我相談了很久，要把這全部的內容都寫出來，恐怕不光是我寫的人累看的人也會累。所以我決定只把重點講出來。

　　根據Alice告訴我瑋瑋是一個來自「光」的人，有著非常非常純潔的靈魂而且她很有智慧。Alice告訴我，上次Bobby來找瑋瑋

給……斷了線的你
——傳遞宇宙真相的訊息

時由她所攜帶的能量強度看來,她知道瑋瑋是由Fairyland來的高靈,也就是天使之類的高靈。

那天瑋瑋出來對我說的第一句話就是:請別再流淚啦……。她說現在她在「光」裡,還說她最掛心的人就是母親希望看到她母親能快樂起來。並且要我告訴她母親要她出去玩一玩散散心。

又說,她的男朋友是一個很好很好的男人,希望他能好好的去過他自己的日子,並且希望有一天他會跟一個好女孩結婚。她還說,她很高興人們讀她寫的書,並希望大家都記得她。

*　　　　*　　　　*

她告訴我,她非常喜歡我寫的書。又說她跟我有著同樣的能量和同樣的人生目的,雖然我起步較晚但我是一個自由靈魂所以她很喜歡我,而且她能夠了解我我也很能了解她。

她還告訴我,她自己也是一個Free Spirit(自由靈魂),來到世間的目的就是為了要女人得到自由,她說這也是為什麼她會喜歡我的原因,因為我們都在做同樣的事情,希望女人能夠從傳統的束縛中掙脫出來得到她們的自由。

她說謝謝我寫這本書,因為她在台灣看到身邊有太多不公平的婚姻和對待女人不公平的事情。她說她很反對這種事,為此她曾經希望自己能夠更出名,有足夠的名氣和力量去改變這種情況。

她說她是相信愛的,但是愛並不表示一定要依照「傳統」,也不是因為愛一個人就要變成「傳統」。她認為男人和女人本來就應該平等,所以才希望看到女人能擁有她們自己的力量。她說,那也是她何以會去當一名演員的原因。

她講,其實在她很小的時候她就已經知道自己的人生目的

了。雖然她匆匆的走過這一生，但是，她想要做的事情都已經達成。不但成為演員也寫了兩本書，並且還遇到兩個帶給她許多快樂的男人。她說她的生命是充實的也是了無遺憾的。

＊　　　＊　　　＊

當我問她介意不介意我把她寫進這本書時，她很客氣的告訴我那是她的榮幸。後來還是她自己提到「基金會」的事，她說，有人用她的名義去做好事她感到很欣慰，因為那也是她一直想要做的事情。

她還說，她要我參與她的基金會並且快點把這本書出版，又說如果還沒有找到適合的出版社的話，就用她的名義。而且，她的男朋友也會為她做任何事。

Alice在傳達這些訊息時，一直叫我看她那全身都豎立起來的汗毛……。因為Alice告訴我這一切簡直是太超乎她的想像了，而且宇宙安排的事情簡直是太不可思議了……。

接著，Alice驚呼OH！MY GOD！我問她什麼事情？她講，瑋瑋說有一天當我到台灣或大陸為此書演講的時候，她會在我的身邊做我的守護天使，並且，她會透過我來說話。這回，可輪到我驚呼：OH！MY GOD！！

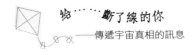

給……斷了線的你

——傳遞宇宙真相的訊息

許瑋倫的愛

我不知道瑋瑋在世時曾經寫的是什麼書，不過，由這些對話中我已經感受到她那愛的能量了。她那無條件的愛也無疑的傳達了給我，因為她已經很關心的開始教導我了。她要我將來面對群眾時一定要面帶笑容，這樣就會減輕緊張。還說，她當年自己就是這樣克服了她的緊張。

她好可愛，好像已經看透了我的害怕似的，臨別，她還特別關照我叫我一定要把我的照片放在書裡面，好像她也知道我的顧慮和猶豫呢！

最後她再度提醒我，要我記住她將會與我同在……。為了她的這份愛和關懷我真的好感動，雖然我知道這本書是一定會出版，只是我還不知道要從何處下手。

*　　　*　　　*

不久前，我還跟老天打交道說：書我是寫完了，下一步就要看您老人家的啦。沒想到老天真的派一位千真萬確的天使來帶領我，而且是那麼不可思議，又那麼不可置信。簡直太震撼了！！

如果我有機會去台灣希望能見到瑋瑋的照片，想知道她生前的點點滴滴，看看她寫的書，想知道她到底是個什麼樣的女孩，年輕輕的就已經有這樣的胸懷了。

據我所知瑋瑋原本就是一個高靈，就像《我有死亡經驗》作者Betty Eadie的書中所提到那位「流浪漢」那樣，他們都是為

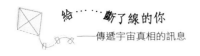

給……斷了線的你
——傳遞宇宙真相的訊息

了某項「任務」才來到人間，當他們下了這個「人間」的舞台之後，立刻就恢復了自己原來的身份。

今生雖然我無緣與她相見，但是我相信她跟我之間一定有著某種特殊的因緣。否則，為什麼她要我記得她將會與我同在呢？而且她也像Isis那樣的關心我，指引我。

關於能量

瑋瑋這次跟我會有所「接觸」完全是因為我兒子Bobby的緣故。Bobby生來就有顆非常善感的心，而且對別人也特別關懷。所以他才會這麼不遺餘力的想盡辦法要去安撫瑋瑋的父母和Cindy的弟弟。

像他這麼一個年輕輕的ABC男生，居然會用這種管道去處理這件事情，確實令人驚訝。我想大概這跟他曾經的遭遇有關，所以他知道我們人並不止只是一個能看見的身體而已，另外還有一樣看不見的「東西」存在。

Bobby在大學時曾經被人用槍搶劫，由於驚嚇也由於憤怒，頓然間他的性格完全改變了。由一個既快樂又關心別人的人變成一個像吃了炸藥隨時都會爆炸的人，動不動就發脾氣，有時甚至他還會口出惡言。

我真的很擔心他，告訴他我實在不想失去以前那個可親的Bobby，請求他接受我的幫助讓我帶他去見一位懂得清除負面能量的人。真的要謝謝他，他完全是為了愛我才肯跟我去。果然，在釋放了那些垃圾能量之後，他終於找回了自己的平靜，我也找回了以前的Bobby。

*　　　*　　　*

由於這個親身經歷Bobby對我學的能量課也開始發生興趣，而且我上的能量課他和Cindy也全都上過。所以那天Cindy在無計可施之下，才會想到要瑋瑋去找Mei幫忙。

　　Bobby告訴我，最近他每天都在電話中跟Cindy玩一種遊戲。他用意念想像Cindy就在他的面前，然後拿他的手用「意念」去「接觸」在他前面的Cindy。再問Cindy他剛剛「接觸」的是她身體的哪一個部位？

　　他說，Cindy在台灣都能夠感覺到他的「接觸」，並且每次都能準確的說出他所「接觸」的那個部位。可見，我們每個人的意念都確實有腦波發出的能量，而且我們腦波的能量是不受「時間」和「空間」限制的。

　　這也就是為什麼瑋倫會再三的要求我們，替她傳達「相同的」訊息的原因。她請求大家不要再為她哭泣也不要再為她悲傷了，因為她都能夠感受到每個人腦波傳來的「訊息」，還有那些悲傷的能量。想想看，有那麼多的悲傷！她承受起來是件多麼辛苦事啊！所以，為了愛瑋倫也請不要再為她哭泣了，否則她就不會見到我第一句話就說：No More Tears！別再流淚啦……。

連上線的風箏

前天朋友來電話，問我一個很有意思的問題。她問我這本書書名中那個隱藏著的「風箏」代表了什麼意義？我說在開始的那首詩中就已經很清楚的讓讀者知道，在某個層面上我們每個人都是來自同一處的兄弟姐妹，這還需要再交待嗎？她說，不夠！！

接著她告訴我，我寫這本書真正的目的是要讓大家了解那個「風箏」真正代表的是什麼，以及那個「風箏」的含意是什麼。她說，為什麼我們活在這世界上會有那麼多的痛苦，就是因為大家都以為「自己」只是那個看得到見的物質「身體」，而忘了同時「存在」卻看不見的真正的「我」。

這我倒是非常同意，我是由衷的希望每個人都有「真人族」那樣的意識層次，都能像他們一樣知道自己從哪裡來和自己為什麼來，死後又往哪裡去。更希望每個人都像「真人族」那樣能夠擁有自己的「雷達」，可以直接跟上蒼溝通。

這樣我們就知道「自己」到底是誰了，到我們要面對自己和親人的死亡時就不會感到恐懼和悲傷了，也不必再為了這些恐懼所造成的心理偏差而去傷害自己和別人。這就是我寫此書的心意，也是我對大家的祝福。

＊　　　＊　　　＊

就像寫《The Seat of The Soul》的作者Gary Zukav在書中一而再提到的，他說我們現在正面臨一個嶄新的時代，人類的意識層

給……斷了線的你
——傳遞宇宙真相的訊息

次將要由被五官所限制的「五官人」提升到超越我們五官的「多官人」了。

也就是說，我們人類要開始相信自己那與生俱來的「直覺」了。而「直覺」就是直接透過「高我」而來的一種感覺。「直覺」是一種高層次的感覺也是我們五官無從感受到的一種知覺。

「直覺」是由我們五官「昇華」出來的感覺，也是一種超越了塵世知識的感覺，而且「直覺」時時刻刻都與我們同在，只是我們的五官無法與之溝通，頭腦也無法了解，因為我們的「直覺」就是我們的智慧。

＊　　　　＊　　　　＊

Gary Zukav是哈佛畢業的物理學家，他能用他的專業物理學中各種定律來解釋宇宙間各種律法和世間各種現象，令人拍案叫絕。

而且他還能夠非常清楚的告訴我們「五官人」和「多官人」之間的區別在哪裡，他說由於「五官人」所相信的，僅僅是肉眼所能看到的「物質」層面而已，所以他們全憑著自己「五官」所認知的層面來看待自己對待世界，因此「五官人」才會感到處處都充滿了恐懼。

就是由於恐懼「五官人」才處處設定「人我」之間的界線來保護自己，所以我們世界才會有男女、人種、宗教和國家之間種種與人對立的界線。

也是因為我們不知道自己來自「光」，我們原本都是自由自在的靈魂，只是為了要體驗人生我們才選擇了這個物質的身體。不幸的是，大家都以為「自己」只是那個看得到的「身體」，而

忘了我們真正的「自己」，所以才跟我們的「光」失去了連繫。

由於我們沒有了「光」才會感到恐懼害怕才會處處懷疑、懷恨、抗拒、想要佔有。也是因為我們跟自己的「光」失去了連繫才會有這些屬於黑暗的否定品質。

他說，我們人類之所以會有這些屬於黑暗的否定品質，全都是因為我們的「光」不見了。一旦我們的意識變成「光」的時候，就會開始運用我們靈魂的智慧。到那時候，自然我們就會慈悲睿智的看待自己和對待他人。

＊　　　　＊　　　　＊

是的，我的朋友說的沒錯，那個「風箏」指的就是我們的「高我」。那個「斷了線」也可以說還沒有跟自己的「高我」連上線的意思，因為我們的「高我」就是「光」。假如你也同意我朋友的看法的話，那就表示你已經跟自己的「高我」連上線了，值得恭喜！那麼就請你去幫你的朋友和家人讓他們也連上自己的線好嗎？

因為當我們的意識層次超越了「五官」開始相信自己的「直覺」的時候，我們就不再受到「五官」的支配和控制了，這時候當然我們就能跟真正的「自己」連上線啦！

跟「自己」連線就是跟我們的「光」連上線，因為我們的「直覺」來自「高我」，而「高我」來自「光」，而這個「光」又跟我們的高靈導師以及宇宙的大智能是相連繫的，因為我們也全都是宇宙的一份子。

所以當我們的意識層次由「五官人」往上提昇成為「多官人」時，自然我們就會成為一個沒有「界線」之分的「宇宙

人」。這樣，我們世界就不再會有所謂的男女、宗教、種族之間的對立了，也不再會有國家之間的對立了，這時候「大同世界」就要開始了。

＊　　　＊　　　＊

現在台灣已經有Gary Zukav寫的《The Seat of The Soul》的翻譯本，書名是《新靈魂觀》。我尤其喜歡那封面上寫的：「不要做身體裡的靈魂，要做靈魂裡的身體」。

因為我們的身體只是靈魂創造出來的「物質」的部份而已，即使沒有了「物質」身體我們的「靈魂」還是照樣存在。而且每當「靈魂」脫離這「物質」身體的牽絆之後就不再受到「物質」世界那特有的「時間」和「空間」的限制，「靈魂」就變得更加自由也更加自在。

這也就是為什麼許瑋倫能夠隨時「自由」的到美國來又能「自在」的跟我溝通的原因。而且，她對我的了解也是超越「時間」和「空間」的，不但知道我寫的書而且也知道我這個人，還了解我的怕。

由於我們都是宇宙中的一份子，所以全都跟宇宙的大智能是相聯的。而且，我們也全都擁有與宇宙的相連的「收發」站。據我所知，我們的「收發」站就是我們體內的松果體。松果體除了跟宇宙互相呼應之外，還能「收發」我們自己情感及意念所發出的訊息，並且將這些訊息傳達給我們體內的每一個細胞。所以松果體也是我們這個「小宇宙」與「大宇宙」之間溝通的「收發」站。

事實上，我們每個人不但都跟宇宙是互相聯繫的而且還跟宇

宙互相呼應，只是我們被身體這層「物質」的外衣隔阻了，才被物質界特有的「時間」和「空間」所阻隔，以致連我的兄弟姐妹都不見得有瑋倫那樣的「了解」我。

*　　　　*　　　　*

由於靈魂之間的往來完全靠著「波動」之間的交流，所以是「無阻」的。一旦沒有了這層物質「身體」的阻隔，靈魂就是呈透明狀態的「光」，所以靈魂與靈魂之間能夠一目了然的透徹溝通。否則，瑋倫怎麼可能對我有如此的了解呢？

這也就是為什麼我的「朋友」Isis和Sun Bear會比我自己還了解我的原因，所以這些年來他們才可能一路在我的前面指引我教導我，要我到大學去讀英文，還要我去看書。而且在「適時」的時候透過各種管道把該讀的書源源的送到我手中。

甚至，到時機「成熟」的時候，才要我去找那本《當上帝是女人時》，老實說，這一切都是我自己無從掌握的人生大方向。

我相信終有一天，我們每個人都能操作自己的宇宙「雷達網」，就像我們遲早都會操作自己的電腦那樣。到那時候，我們不但能夠跟上蒼直接溝通而且我們還能跟逝世的親人聯絡。

*　　　　*　　　　*

也許是新時代真的來臨了，不少人的「雷達網」已經開始接通了。英姐就是其中的一個例子。只是據我所知，每個人「雷達網」的接收能力都各有不同，有些人可以收放自如，有些人要靠打坐冥想，有些人有特別的直覺，有些人可聽可見，有些人只能

給……斷了線的你
——傳遞宇宙真相的訊息

聽但不能見，也有些人只能見但不能聽。而我的朋友Alice除了可聽可見之外還能夠收放自如。

其實早在女神時代，人類為了要讓自己的「雷達網」開始運作達到通靈的境界，早早就懂得利用毒蛇的唾液來刺激他們的松果體了。想想看，不是連我們現代醫學的「標誌」都有兩條「蛇」纏在上面嗎？

由此可見蛇不見得跟「邪惡」有關，當然女人更不見得跟「邪惡」有關。就像意念的力量不見得跟「迷信」有關一樣。也由此可見，祖先所流傳下來的思想觀念不見得完全都是正確的。

假如我們能夠超越我們祖先的思想，就表示我們正在進步中，也表示我們已經進化了。那麼，就讓我們大家都朝著「多官人」的方向邁進吧，讓我們一起去超越我們的五官，做一個沒有界線之分的「多官人」和「宇宙人」。讓我們大家都跟自己的「光」連上線，做一個像風箏那樣迎風自在飛翔的自由靈魂吧。

給……斷了線的你

要不是因為「基金會」這個橋樑，我是不可能會跟瑋倫結上這段「宿緣」的，可是她的「基金會」卻因種種條件的限制，終究沒有成立起來。也許是因為「基金會」流產了吧！Bobby對我「後來」加寫的那章「最後一章之謎」感到非常的不安。

2007年12月8日Bobby要到台灣去出差，我請他把這本書的稿件帶去交給我的朋友。可是他到了台灣還打電話來叮嚀我，希望我重新考慮不要保留這最後的一章，好像他帶去的是一顆「炸彈」似的。

因為他很替我擔心，在電話中他還再三的告誡我說，並不是每個人都像他一樣聽得懂我在講什麼……。我跟他說，就是因為別人不懂我才寫書的。

我告訴他，我花了那麼多時間和精力收集了那麼多資料，為的，就是想讓別人也有機會了解這些宇宙「真相」，總不能因為有人聽不懂就不去做吧！其實，這些話全都是講給我自己聽的。

*　　　*　　　*

2007年4月，我去了一趟台灣將稿子委託給一位朋友，並且答應她回去以後再做最後一次的更改和校對。可是，回家以後我身體就一直不停的出狀況，後來演變成嚴重失眠，以致什麼事情都做不了。一直拖到了十月我才勉強能打起精神來工作。

為了校對我必須再三閱讀稿件，每當讀到這「最後一章之

謎」時，我都為瑋倫的「出現」而感動。而且我也越來越感到好奇，很想知道瑋倫為什麼會對我的書那麼感興趣？

當工作告一段落了之後，我的「直覺」要我去印證心中的疑問。而且我「覺得」瑋倫有話要跟我說，所以2007年11月14日我再度造訪我的朋友Alice。果然，當我提到瑋倫的名字時，她立刻就「出現」了。由於當時我的話都沒講完，Alice還沒弄清楚我到底在說什麼……，所以當瑋倫突然出現時，把Alice嚇了一大跳。

＊　　　　＊　　　　＊

瑋倫一出來就催促我說我實在拖得太久了，叫我快點把書弄出來。她還告訴我，如果她在生前讀了我的書一定會幫我出版的。

她說，一直以來她都很想奉獻，希望能夠打動別人的心教導別人，尤其是婦女。所以她告訴我，現在她正透過我來替她達成此項心願……。

這次，瑋倫又再次提到她跟我有著相同的能量，所以當我寫書的時候可以給我靈感，並且她可以透過我來傳達她想要傳達的訊息。她還說，如果她結了婚就沒有時間和精力去做這件事了，除非是她老了才可能實現這個心願。

而現在，她可以透過我來替她達成想幫助婦女的心願，讓女人得到她們的心靈自由以及智慧的光。Alice告訴我她非常關懷台灣。

＊　　　　＊　　　　＊

說到傳達訊息在此我想分享一個最近發生在我身邊的故事。今年，2007年1月14日那天是星期日，我和朋友秀，以及另一對夫婦四個人約好同車去一個地方。可是，那對夫妻臨時打電話來說

他們家的車庫門怎麼都打不開來,無法上路,叫我們不必再等他們了。

在回程的91號公路上,當我見到57號公路的時候突然想起晚上約好要去Diamond Bar朋友家見Alice。所以,臨時我問秀介不介意我繞到朋友家去跟Alice打個招呼,這樣晚上我就不必再特別跑一趟了。

秀欣然同意了,所以我們立刻接上57號公路開往朋友家,沒想到在路上秀告訴我她一直都想見Alice卻苦於沒機會,因為她不開車又不想麻煩別人,今天其實是正中了她的下懷……。

秀跟Alice談過話了之後,非常興奮的告訴我,在她三歲那年就過世的母親剛才出現了!她告訴秀自從過世以後她一直都是秀的守護靈,每天都守護著秀。今天她來是想要告訴秀不久她就要來投胎做秀的外孫女了……。

據我所知,秀的女兒結婚四年了,兩年前因卵巢有問題曾動過手術。目前他們正準備要作人工受孕,想生個孩子。三月,她的女兒作人工受孕最後的例行檢查時,醫生竟然發現她懷孕啦!六月秀告訴我,超音波已經測出來是個女孩子。9月7日秀開心的做了外婆。

哦!我差點忘了告訴你,那兩位原本要跟我們同行的夫婦後來打電話告訴我們,那天我們一離開,他家車庫的門又莫名其妙的打開了……。

＊　　　　＊　　　　＊

寫到這裡,我看到書桌上那本《美國靈媒大師瑪麗蓮》後面

給……斷了線的你
──傳遞宇宙真相的訊息

的標題，上面寫著：「靈界無邊，真愛無盡」幾個字。我想，我的朋友和她母親之間大概就是「真愛無盡」的寫照吧！

《美國靈媒大師瑪麗蓮》的作者吳孝明和朱凱勝夫婦，在第一章「摯愛綿綿」中勇敢的把他們家人透過瑪麗蓮女士，與逝世的親人交談的故事寫出來。每一個故事都有令人感動的地方，其中的兩個故事卻令我難以忘懷。

我們人生在世，往往都會因為「角色」上的盲點和「觀念」上的偏差，造成彼此之間無法彌補的遺憾。而在過世之後，如果能有個像瑪麗蓮和Alice這樣的管道，讓我們有機會向自己的家人表達心中遺憾，讓我們還有機會再去愛一次，再去道歉一次，再去原諒一次，這也算是一種心靈上的療癒和彌補吧。

比如說，吳孝明女士的大舅吧，生前他是個出了名的孝子，然而他只活了五十多歲就英年早逝。當年他因妻子與母親之間婆媳不和而離婚。

由於他的身體自幼就有殘疾，後來又要獨自扶養稚齡的兒女，所以終其一生他的日子都過得非常辛苦，以致鬱鬱而終。為此全家人都對他的前妻非常不諒解。

＊　　　　＊　　　　＊

出乎意料的是，她的大舅卻透過瑪麗蓮女士告訴她說：當年他的離婚是個錯誤，但是錯不在前妻。他說他很愛她，而且前妻凡事對他都很好，是他自己為了要顯示他是一家之主而在別人面前與妻子爭吵，以致假戲真做的離了婚。

他為自己讓家庭破碎感到遺憾，並說，當年他應該帶著小家

302

庭遠走高飛，可是他卻沒有這個勇氣。他還說他受夠了中國人的傳統，並且說下輩子他要當浪漫的法國人去享受人生。

朱凱勝先生的母親生前是位性格十分堅強的女性，因為先生是船長，經年漂泊在外，所以她必須身兼數職管教兒女和處理家中一切大小事。這次，她透過瑪麗蓮女士為自己生前管教兒女過於嚴厲，以及對待先生過於強勢而抱歉。

同時，她還特別關照她的兒女們不要再去干涉他們父親的戀情，她說，她同意他再婚。她告訴兒女，他們的父親有他自己的日子要過，他需要快樂，而且她要他快樂……。

＊　　　　＊　　　　＊

2007年12月9日美國ABC電視台播放了一個電視特別節目，是Oprah Winfrey製作的一部影片。甚至她還親自在電視上邀請全國的人一起來觀賞，並說這是她特別為國人製作的一部「靈界無邊，真愛無盡」真實的電影故事。因為，她想藉此提醒大家要珍惜自己的每一天和每一個緣份。

這部電影是根據Mitch Albom寫的《For One More Day》改編的。台灣現在也有了翻譯版書名為《再給我一天》。我曾經看過這本書寫得很感人，是個真實故事。

這故事的主角是一個過氣的棒球明星，在他自殺未遂的死亡邊緣與過世的母親再度相逢，因而「重生」……。他能夠「重生」是因為他有機會再讓母親愛他一次，讓他有機會向母親懺悔，讓他能夠原諒自己，能夠接受他自己，能夠愛他自己，這個愛撫平了他所有的情感傷口。

因為，當我們卸下了這世間的「角色」之後，彼此之間剩下

來的就只有「真愛」了。而「真愛」就像「光」一樣，是「無邊無盡」的。

＊　　　＊　　　＊

說到「光」，我們知道「光」透過三菱鏡的分析了以後，就可以見到有如彩虹般美麗的七彩光譜。而這道七彩的光譜是按照振動頻率的長短排列而成的。我們知道頻率最低的是紅色，頻率最高的是紫色。

然而除了這個最低和最高的紅色和紫色的光，之外，如果再往外延伸的話，我們知道還有我們肉眼所看不到的「紅外線」和「紫外線」存在。

而在這「紅外線」和「紫外線」之外，如果再往外延伸的話，它還有無邊無盡微頻率更加細微的「光」存在，這些細微頻率的「光」不但存在而且還充滿了虛空……。

這些細微頻率的光其實就像電視的微波頻率一樣，不但處處存在，而且也像電視的微波頻率那樣充滿了整個房間，只不過我們「五官」感受不到它的存在而已。但是，如果我們具備了「電視」這個「接收器」的話，就可以看到聽到這些頻率所攜帶的影像和聲音了。而瑪麗蓮和Alice她們倆人都是具有這種特別「接收器」的人，所以，她們不但能夠看到聽到這些細微的頻率，而且，她們還能夠接收到這些光所攜帶的影像和聲音。

＊　　　＊　　　＊

其實，我們的守護天使和高靈導師以及失去的親人，他們的存在也全都是這種頻率的「光」。雖然，我們一般人看不到他們

的「光」，但是他們卻像電視微波那樣，隨時隨地都可以與我們「同在」。只是，我們缺少了那個「接收器」所以無法感覺到他們的存在而已。

可喜的是，現在已經有越來越多的人勇敢的說出他們所知道的宇宙「真相」了，所以走向「這個」心靈領域將是我們這個新世紀的新潮流和新趨勢。但願大家都能把自己的心打開來，不要再以「迷信」為藉口拒絕去面對這個宇宙的生命「真相」。

因為我們的「身心靈」原本就是一體的，如果我們能夠瞭解這些宇宙的「真相」，只會讓我們活得更加坦然更加自在，而且，也讓我們活得更加「完整」。起碼，當我們瞭解了這些「真相」以後，就再也不必害怕死亡了。

＊　　　＊　　　＊

不過話又說回來，2007年11月14日那天我去見Alice，在我們的言談之間Alice三番幾次的指出，我對出版這本書感到非常害怕。而且她很嚴肅的告訴我，務必要把這些負面能量清除才行。是的，我不得不向她承認我確實是感到很害怕。

不過我告訴她我會去面對這一切的。我的意思是說，因為無論如何我都一定要出版這本書，所以，我也無論如何都得去面對這所有的一切……。

可是，Bobby那天再三警告我，叫我千萬不要去寫瑋倫的事情，他說，別人一定會認為我在利用瑋倫。這下我可真正面臨考驗了，連我自己的兒子都這樣說了，更何況是別人？

我被他的話真的弄得方寸大亂，變得六神無主了起來。我問我自己，我花了那麼多時間費了那麼多功夫才走到這一步，

難道就該因此而罷休嗎？我被他弄得心亂如麻，晚上連覺都睡不著了。

　　已經到三更了，我必須找個人說說話，所以爬起來打電話到北京去找妹妹談談，這時我的高靈導師出現了，指示我要我去「面對」它！就在此時此刻，突然間，我很清楚的知道我的問題出在哪裡了。我真正要「面對」的，其實不是別人，而是我「自己」的恐懼。

＊　　　　＊　　　　＊

　　此後的整整一星期我都在問自己到底我害怕什麼？然後，我再一一的去「面對」它。我問我自己，我害怕人家會說我利用瑋倫嗎？為什麼要害怕呢？

　　我回答我自己說，明明是瑋倫自己找到我家來的啊！不信，就去問Mei好了！我「覺得」瑋倫在我身邊哈哈大笑。

　　當時，我確實是認為有尊重瑋倫本人的必要，而非為了我的書。再說，要不是她男朋友的相邀我也不可能去跟瑋倫打交道的。而且要不是為了瑋倫，我的書也不會節外生枝的莫名其妙的又多出這篇「最後一章之謎」來。

　　而現在瑋倫又告訴我，她要透過我來達成她一直想要「奉獻」的心願……。這一切明明都是我在為瑋倫啊！那我為什麼要害怕別人說我什麼呢？再說，這是她跟我之間的約定，為什麼我一定要得到別人的「認同」呢？

＊　　　　＊　　　　＊

　　對於寫書，我知道自己完全是一個半路出家的生手，所以只

能用「勤能補拙」的方式來多加琢磨。這幾年來我幾乎把所有的時間和精力全都放在這本書上，老實說，當我投入的時候用功的程度連我的女兒都自嘆不如。

而在我寫書的這段期間裡，我的女兒不但拿了兩個學士學位還修到了碩士，不但當了老師而且又結了婚。甚至，我的女兒有天還問我，媽咪妳不累啊？她說，她半夜回家見我在工作，她下課回來見我在工作，早上起來她又見到我在工作。

老實說，如果是為了賺錢我是絕對不會這樣賣命工作的，因為老天已經給了我足夠的生活，讓我可以專心的在家看書寫字還讓我時時出國旅行透透氣，為此我已經很感恩了。

假如真的讓我賺了錢，我想，那也是老天要我去做一個更有服務能力的人吧。因為現在金錢對我來說只是一種「能量」而已。至於出名嘛，那我就更是想到都害怕，因為我天生就害怕別人注意我……。

＊　　　　＊　　　　＊

還記得，當年我學跳舞要登台表演，排練的時候，不少團友都在爭取那個最前面甚至最中間屬於主角的位置，只有我，跑去拜託老師把我放在最後面，那個最不起眼的地方。因為，我心知肚明知道自己多上不了檯面。

而且Cindy告訴我，自從她弟弟因瑋倫而成了公眾人物之後，整天他都在擔心，害怕會有「空穴來風」的事情發生。而我，現在卻要去跟瑋倫扯上這種「奇怪」的關係，難怪，那天Alice一直說我簡直是害怕得要命啦！！

雖然我一再的安慰自己，叫自己不要怕，告訴自己反正我也

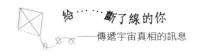

不看新聞。又告訴自己，反正我人在美國不會有人認識我的。每當Bobby一再勸阻我不要寫瑋倫的事情時，我就告訴自己：「不要去怕別人的怕，否則就會失去了自己的清明」。

　　其實這一切都是在哄我自己，一直到了我的高靈導師出現叫我去「面對」它，我整整花了兩個星期去「面對」自己的恐懼，才終於把「自己」理出一個頭緒來。

　　直到現在我寫這最後的一段時，才總算是把我所有的恐懼都放下了。因為我想到吳孝明和朱凱勝夫婦，他們都能夠勇敢大方的站出來述說他們家發生的故事，為什麼我就不能像他們一樣，也勇敢大方的說出我的故事呢。

＊　　　　＊　　　　＊

　　除此之外，由於一再的校對所以必須反反覆覆的閱讀。每當我讀到瑋倫在2007年2月19日跟Mei所說的那段談話，我就感觸良多。

　　因為瑋倫說，她來到世間真正的目的是為了「要影響社會和她身邊的人」。而且她又說，我們來到世界的目的是為了「要學習和教導別人」，並不是為了社會上的地位和名利。那麼，瑋倫此生來世界真正的目的，當然就是想要留下她對社會的影響啦。

　　如果連瑋倫都能夠用「這種」方式留下她對社會的影響的話，那麼跟她比起來，我個人的榮辱又算什麼呢？所以我才立下決心要把所有的恐懼都放下。我問我自己，為什麼我要害怕跟瑋倫有「關係」呢？我應該去榮耀她才對！

　　當我想通了這點之後，我就決定用這本書來榮耀瑋倫。因為事實上，我這篇「連線──最後一章之謎」完全是為瑋倫寫的。

*　　　　*　　　　*

　　據我的瞭解，瑋倫是想用她的「風」來助我一臂之力，幫著把這書中的訊息種子散播出去。而且她也想借用我的筆來完成她來地球時的心願。我想，很可能是因為她跟我有著完全相同的人生理念吧，否則就算我天天燒香去求她，她也未必會多看我一眼的。

　　當我想通了這一點之後，我所有的勇氣都回來了，這時我就用書中寫的：「當你不再否定你自己的時候，世界上就再也沒有人能否定得了你」來勉勵自己。

　　我告訴自己，既然是瑋倫要我用她的名字來出此書，那我何不大大方方的接受她的愛呢？在這再三校對的過程中，由於我仔細的把這件事情的前前後後點點滴滴全部放在一起，最後，終於讓我看到這整件事情的「輪廓」來。

　　原來，瑋倫是想透過我的筆，經由她的「生死」來教導大家有關「靈界無邊，真愛無盡」的人生功課，而且，她也想藉由她跟我的「接觸」，讓大家瞭解宇宙間的一些生命「真相」。

*　　　　*　　　　*

　　我想，我的書中一定有她想要傳達的訊息，因此，我這本書才會莫名其妙節外生枝的又多出了這篇「連線」來！而且為了寫這最後的這一篇「給……斷了線的你」，也讓我學到一項重要的人生功課。讓我瞭解到，如果我們要去「面對」問題的話，首先要「面對」的就是自己的「恐懼」，而不是那問題的本身。

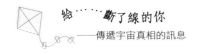

　　因為我們的「力量」是來自於我們的「裡面」，假如我們明明心存恐懼卻要強迫自己去「面對」問題，那根本就是在「壓抑」自己的情感。而每當我們壓抑自己的情感時，這些「負面能量」就必須另外尋找「出口」把它釋放出來，這時候我們就會生病了。

　　難怪啦！打從2007年3月起，當我寫完了前面那篇「連了線的風箏」之後，我就開始一直不停的生病。原來那是因為我一直在壓抑自己心中的恐懼，既害怕這本書出版之後我得去「面對」群眾，更害怕「面對」別人對我的種種質疑……。

＊　　　　＊　　　　＊

　　想想看，我「害怕」多久了？基本上，幾乎2007年整年我都在生病，不但經常感冒而且不停的咳嗽，甚至連牙齒也三番幾次的發炎。到了後來，又失眠了半年，以致所有的工作都必須停頓下來。

　　這時候我才開始質疑，難道這些毛病都跟我的下意識有關？會不會是因為我不想去「面對」什麼事呢？因為，我相信生病一定跟自己的心態有著「表裡」的關係。

　　出於好奇，我才去查看Louise Hay所寫的《創造生命的奇蹟》。果然在她書中所列出的「身心調癒表」裡面找到了答案了。書中指出：

　　牙齒的毛病：代表的是長期猶豫不決、無法判斷作下決定。

　　感冒：代表心理混亂、困惑、感到有很多細微的傷害。

　　失眠：代表恐懼、不信任生命的過程、罪惡感。

　　看來，好像我的每項毛病都真的是有那麼一回事呢！我於

2007年3月底完稿4月到台灣，第一個星期我就開始生病，病到最後不得不把稿子託給一位朋友。

＊　　　　＊　　　　＊

2008年年初，遠麗從台灣託人帶了一本翻譯書給我。那是「生命潛能」公司出版的新書，書名為《預知生命大蛻變》英文原文名為《The Great Shift》，作者是Fred Sterling先生。見到這本書我非常高興，因為這本書之所以上市的源由是遠麗於2006年託我把此書的原文本帶給「生命潛能」的總編輯黃寶敏小姐，請他們翻譯成中文版。

沒想到，竟然這本書的中文版真的就因此而誕生了！在這裡我要特別感謝遠麗，因為多年以來只要她看到好書就總會託人帶來給我，而且，我這本書中有好些資料都是來自於她的分享……。

當我看這本《預知生命大蛻變》的時候感到非常的驚訝，因為，這本書幾乎涵蓋了我書中所有的內容。簡直可以說，這本書幾乎「印證」了我書中所有的內容。

比如說，自殺和死亡經驗等等……。而且在「死亡經驗」的話題上，書中也提到：有時，人的死亡很可能是被計劃出來協助他人的進化和成長的。

還說：如果是因意外事故死亡的話，靈體本身是不需要去經驗它所連結的痛苦，因為在事故發生之刻，靈體就已經離開了身體。

＊　　　　＊　　　　＊

書中，除了也提到地球軸心改變的事，之外，還提到不少和

有關雷姆利雅時代的事情。書中甚至還指出：埃及的大金字塔與法老王之間根本沒有任何關係，因為它屬於另一個先進的文明。

並且他們還點出：試想一下，一個想要用奴隸和船隻來作陪葬的文化，怎麼可能會有這種建造金字塔的技術呢？書中甚至還道出：埃及的大金字塔是五萬年以前雷姆利雅時代的遺物，並且，這個大金字塔跟其他星球有著相當的關聯。

他們還說，不久人類將在夏威夷南端不遠之處的海，發現另外一座大金字塔。到那時候，我們人類就可以解讀出大金字塔所攜帶的玄機，以及金字塔與外星人之間的關係了。

＊　　　　＊　　　　＊

書中也說，當新時代來臨時我們地球上的人類將會「天人合一」。到那時候，人類遲早都能跟上蒼直接交流，甚至，還能跟自己逝世的親人聯絡。

並且還說，現今地球上已經有不少先進的高靈和外星人投胎為人降生於此，為的，就是要帶領人類進化到另一個更高的精神層次去。難怪啦！當今世界出現了那麼多的神童和天才。

而且他們還提到，終將有一天我們全人類會團結一致的向上蒼祈禱。可是，當他們提到這件「全人類終將會一起向上蒼祈禱」的事時，就讓我不知道該喜還是該憂了。

喜的是，終於有一天我們人類會不分國籍、宗教、人種大家團結一致的向我們上蒼祈禱了。憂的是，一想到那個「讓」我們人類「必須」團結一致向上蒼祈禱的那股「推動力」，我很擔心它的來勢必定凶猛無比……。

＊　　　＊　　　＊

　　而且，更讓我擔心的是，恐怕這個日子大概就不遠了。因為我們人類的科技已經大大的破壞了保護我們地球的臭氧層。而且，人類到現在還在那裡繼續不斷的盲目濫伐樹林，又不斷的在污染河川海洋。

　　書中特別指出，現今人類已經嚴重的傷害到大地之母的命脈了，所以大地之母才不斷的發出各種天災的來提醒我們……。

　　難道我們到現在還看不出來目前地球的暖化，以及南北極冰山的融化，這些不是全都在提醒我們嗎？告訴我們人類，這些可怕的「實相」已經一件件全都呈現出來了，如果我們再不停止戕害地球，恐怕這些「實相」的「嚴重性」就要「指日」可見了。

　　由於冰山不斷的融化，已經大大的減低了地球對太陽折射的力，不但加速了地球海水的暖化速度，又更加速了冰山融化的速度……。目前地球暖化的速度正在迅速不斷的在加速中，而且，已經遠遠的超過了科學家所預計的速度了。

　　如果我們人類再不及時正視我們造成的這些「實相」，怕只怕到時候，地球將要發生的災難恐怕就不止只是一個或兩個大洲了。怕只怕到了那個時候，我們人類想要一起向蒼天祈禱，恐怕就為時已晚了。

＊　　　＊　　　＊

　　美國前任副總統高爾，為了這件事情到處奔走呼籲因而得到「諾貝爾獎」。我不知道人類對這件事情的嚴重性到底有多少的關注，但是這件事確實是關係到我們全體人類的生死存亡。

給……斷了線的你
——傳遞宇宙真相的訊息

　　而我們世界的安危實在不是由一兩個人出來呼籲就可以改變的，這是我們每一個人的責任，因為這所有的「實相」都是我們人類共同的意念造就出來的。

　　根據一項報導說，如果以時速60哩來計算，每一輛車子四小時所用的燃料氧氣消耗量是一個人一年呼吸所需要的氧氣量，而我們地球每年消耗的汽油燃料已達60億噸之數。我們有沒有想過，光是這些燃料所消耗的氧氣量就是多少了？

　　然而，我們人類還在那裡不斷的砍伐樹木，把一片片的森林砍伐成為畜牧、墾植或營造之用。我不知道這種殺雞取卵的行為各國政府有沒有警覺到它的後果，和它的嚴重性？

＊　　　　＊　　　　＊

　　早在幾年前，我就聽說地球上的蜜蜂大量死亡的消息，甚至最近《地理雜誌》指出美國境內蜜蜂的死亡率已高達80%之數，而且台灣的聯合報2009年4月10日也報導由於有花無蜜蜂蜜銳減了七成。

　　我不知道這是否與農藥和施肥有關，不過，這確實是件非常嚴重的生態問題，因為沒有了蜜蜂，我們世界上的糧食蔬果就無法收成，人類也勢必無法生存……。

　　美國的報紙也有一項報導指出，世界上人口最多的國家要數中國和印度，印度世代以來都是個素食為主的國家，而佔世界人口四分之一的中國，原本的飲食對肉類的需求量並不高，只在年節期間才去大魚大肉，然而隨著中國經濟的起飛，人們近年來對肉類的需求量也開始節節高升。

　　以致，巴西為了這項需求不惜大量砍伐森林，改種黃豆以作

畜牧之用。而且根據相關的資料指出，每一磅牛肉所需要的黃豆消耗量是十三磅，也就是說每一磅這種「二手」的蛋白質相當於十三磅的黃豆。算算看，這十三磅的黃豆夠一個人吃多久啊！更何況，飼養這些動物所消耗的水和土地的代價有多大。

*　　　*　　　*

聯合國已經証實，由於人類大量畜牧，這些動物所排出的廢氣甲烷就是我們地球暖化的主要原因，而且，每年畜牧動物所產生的糞便已高達五億噸之數。

更可怕的是，這些糞便所產生的硫化氫不但污染了土地令土地再也不能用作農耕地。而且這些硫化氣還會經由雨水滲入河流進入海洋，使得海洋中的生物無法呼吸造成魚類大量死亡。根據報導，台灣澎湖附近的海洋已經發現魚群大量死亡的事蹟，而且非洲某處的海岸也有魚群大量死亡的報導。

更令人自危的是，由於海洋不斷的暖化，一旦海水暖化到達某個溫度時，就會引發海洋中的甲烷冒出海底。要知道甲烷是一種含有劇毒的氣體，一旦冒出了海底，不但魚群全都會因無法呼吸而喪生，而且當這些冒出海面的毒氣到達某個濃度的時候，所有的人類和動物都會因中毒而死亡。

在「自然」期刊的兩份報告中也指出，人類造成的氣候變遷使得西南極洲冰提早了十萬年崩解，人類若不及時採取行動抑制這些廢氣的排放，數百年間即可見到海平面升高五公尺。

*　　　*　　　*

根據美國航太總署衛星資料顯示，氣候科學家齊瓦利博士預

測，北極海的冰層將於2012年夏天之前完全融化。另外，根據航太總署首席氣候科學家詹姆斯韓森博士表示，雖然我們已經過了轉折點，但我們還未到無法挽回的地步，我們還能扭轉大局，但必須立刻改變採取行動。

至於我們要如何採取行動，在前面我提到聯合國已經指出畜牧就是首當其衝的罪魁禍首，現在，我們人類應該知道這就是肉食所付出的慘痛代價了。

所以，只要我們人類能夠及時醒覺，立刻改變我們的生活方式，不再畜牧繼續污染我們的空氣、河川和海洋，我們還是有希望的。

但是，這得由我們全體人類同心協力下定決心，一起去面對這當來的災難，有了這個「共識」了之後才可能達成此項補救的目的。

就像2003年全世界的人同心協力一起去面對SARS病毒那樣，由我們人類全體共同的意念的能量匯聚起來去改變這個「實相」。要知道，我們都在同一條船上，大家都是生死與共的……。

*　　　　*　　　　*

1989年，我最小的三個弟弟妹妹在波士頓麻省理工學院聽雷久南博士演講，她說宇宙間萬物是同一體的，如果我們不想有病痛的話就不要讓其他的「眾生」痛苦。因此我那三個弟弟妹妹當下就決定成為素食者，為生病的母親祈福，祝願她沒病沒痛。

同年，我在讀過一本關於身心靈的書之後也成為素食者，因

為我了解所有的眾生都是正在「進化」中的生命。雖然我們科學家所研究的「進化論」是基於有形的物質層面，然而，以生命本身的「進化」來說，每個生命都是以各自的「意識層次」作為基準，來決定他們配那一種物質的「外衣」，所以佛家才有六道輪迴之說。

由於宇宙間所有的生命都是不滅的，而且也是不斷在進化的。所以聖經上才說，動物是人類的朋友是給我們作伴的，地上的穀類和瓜果才是我們的食物，還說手上沾滿血的人向「我」祈禱，「我」會轉過頭去……。

再說所有的宗教，不論是五戒或是十戒，第一戒就是不能「殺生」，這個「生」所指的是有生命的「眾生」，其中，當然也包括了動物在內。

＊　　　　＊　　　　＊

在Guideposts雜誌上我曾經讀到一個故事，有位太太講到她的寵物豬，她說有天她正在廚房清理盤碗，突然心臟病發作倒地。由於無法出聲，只好把她抓在手中的東西丟向窗子，求救。

這時，她的寵物豬聞聲從門上那個對牠來說已經太小的狗洞裡吃力的鑽進來查看究竟，當牠發現她倒在地上就匆匆忙忙的鑽了出去。她說，這隻豬就這樣著急的來來回回的鑽進鑽出查看了她三次，終於及時帶人搶救了她的生命。

後來她才得知，這隻豬那天竟然跑到大馬路上，使出牠的看家本領逗趣絕活四腳朝天的躺在馬路的中間去「裝死」，攔車求救。據說，牠一共攔了三輛車才總算有人看懂牠的心急，想要人家跟隨著牠走的心意……。當年，我是為了要替「不能出聲的

女人」求救才寫這本書的，現在我則要為「不能出聲的動物」請命。

因為這些「生命」都有屬於牠們「生命」的情感和感覺，也全都有屬於「生命」的情感能量存在，而且牠們的哀愁和痛苦所產生的負面能量，也全都會累積起來停留在地球上，當地球必須釋放這些能量時，同樣也會為地球吸引來天災和人禍。這也就是為什麼佛家會說「殺生」會為我們帶來天災和人禍的原因。

＊　　　　＊　　　　＊

由於宇宙萬物都是同一體的，所以我們傷害任何生命就是在傷害我們自己，而且我們地球現在已經災難連連，再加上地球迅速不斷的暖化，以及接踵將至的海底甲烷毒氣。

如果我們再不去面對這些災難背後的「真義」和它的嚴重性的話，恐怕這個將至的災難要比我們目前的金融危機要來得更為恐怖百倍千倍，因為我們將無處可逃。

其實早幾年以前我在美國上「新時代」課的時候，我就得知金融危機的消息，可是，說出來又有誰肯相信呢？

而現在這個更恐怖的危機，甚至連科學家們都已經提出了緊急通告，所以，請我們大家一起來正視它好嗎？因為，眼看著2012年就要來臨了，如果再不採取行動的話，恐怕到大難來臨之時，我們就再也無法挽救了。

＊　　　　＊　　　　＊

現在，我是以一個做母親的心在為兒女請命，希望大家趕快同心協力一起來搶救我們的地球。我請求每個做母親的人，趕快

發揮出我們的愛心一起來拯救地球，從現在起由我們的廚房開始不要再吃眾生的肉了。

因為我們所要付出的代價實在是太大了……，那是我們付不起的，而且這些代價大到我們無法想像的。

我的天啊！寫到這裡，我才恍然大悟的想起，當年為什麼Isis要我代為轉達世人說：我們世界上的女人如果再不發揮出愛來影響世界的話，這個地球就遲早要面臨毀滅了……。原來，真的是有那麼嚴重！！

*　　　*　　　*

就如同美國航太總署首席氣候科學家詹姆韓森博士所說的：雖然我們已經過了轉折點，但我們還未到無法挽回的地步，但必須立刻改變，採取行動……。

所以，現在就要看我們女人了，看我們到底能夠發揮出多少愛力來影響我們的家人和我們世界了……。要知道，地球上所有的「實相」都是我人類的意念造就出來的。要想改變這些「實相」的話，就唯有我們從自己的思想觀念著手去改變它才行。

Louise Hay在她寫的《創造生命的力量》書中也提到，她說我們地球正面臨改變和轉換的時代。我們將要從舊有的秩序走入新的秩序中，就像占星家們所稱的：人類將要從向外尋求別人幫助的「雙魚座」進入「寶瓶座」了。

她又說，到了這時候人類將開始進入自己的「內在」，相信自己有能力自主去改變我們所不喜歡的事情。所以，就請讓我們大家告訴大家好嗎？因為，你也是「那個」可以改變我們世界的人！你真的就是！！

給……斷了線的你
——傳遞宇宙真相的訊息

　　假如你對我這本書的內容感興趣的話，就不妨去看看這本《預知生命大蛻變》。我想，我的書正好可以充當它的「進門階」。

＊　　　　＊　　　　＊

　　這本書的前半部內容是我事先把思路整理出頭緒之後，再按照它的先後順序寫出來的。而後半部的內容則完全隨著我手中的資料，所引發的靈感任其奔騰而出的，以致於，到了後來連我自己都驚訝於它所行走的方向了。

　　說真的，對於「寫書」一直以來我都感到有些心虛，畢竟，我並沒有「寫書人」應具備的「頭銜」。

　　不過，我想到那位寫《創造生命的奇蹟》的作者Louise Hay女士，當年她為了生活十五歲就不得不輟學謀生。當要出書的時候，她當然很清楚自己的名字有多響，出版商願意為她出書的意願有多大，所以她才決定自己出書的。如今她的書不但被翻譯成三十幾種語文，而且發行量已經超過了三千萬本之數。

　　再說，一百年前那位王善人王鳳儀先生，他能夠由一個目不識丁的莊稼漢，到創辦了六百五十所「女子義學」的創辦人，他又憑的是什麼呢？

＊　　　　＊　　　　＊

　　因此，我告訴自己有夢就盡管去追吧！因為生而為人，有夢總比沒有夢來得有意義。所以朋友，如果連像我這樣沒有自信心的人都想去追夢的話，你當然一定也可以啦。再說人生本來就是一場大夢，就看自己選擇什麼時候清醒過來。

　　老實說，我用「給……斷了線的你」為題，作為此書最後的結尾完全是為了瑋倫。因為瑋倫于2007年11月14日曾經透過Alice寫過一封很感人的信給她的男朋友。當時，我曾想用「這封信」來作為此書的完結篇，因為我想用這本書來紀念她的週年忌日。但是這又涉及別人的穩私所以就作罷了，不過，這篇「連線—最後一章之謎」完全是因瑋倫而寫，為瑋倫而寫，我想，這已經足夠了。

　　而我用「給……斷了線的你」來作此書結尾的主要原因，是想把這個「結尾」跟此書的「起點」接起來，連成為一個「圓圈」作為此書最後的句點。因為這已經是我第四次的「結尾」了。我想我終於準備好了，是的，我已經準備好了！！

給……斷了線的你
——傳遞宇宙真相的訊息

322

國家圖書館出版品預行編目

給……斷了線的你：傳達宇宙真相的訊息 / 蒲
公英二號著. -- 一版. -- 臺北市：秀威資
訊科技, 2010.04
　　面；　公分. --（哲學宗教類；PA0032）

BOD版
ISBN 978-986-221-408-4（平裝）

851.486　　　　　　　　　　　98004029

哲學宗教類　PA0032

給……斷了線的你
── 傳達宇宙真相的訊息

作　　　　者 / 蒲公英二號
發　行　人 / 宋政坤
執 行 編 輯 / 林世玲
圖 文 排 版 / 鄭維心
封 面 設 計 / 蕭玉蘋
數 位 轉 譯 / 徐真玉　沈裕閔
圖 書 銷 售 / 林怡君
法 律 顧 問 / 毛國樑　律師
出 版 印 製 / 秀威資訊科技股份有限公司
　　　　　　台北市內湖區瑞光路583巷25號1樓
　　　　　　電話：02-2657-9211　傳真：02-2657-9106
　　　　　　E-mail：service@showwe.com.tw
經　　　銷　商 / 紅螞蟻圖書有限公司
　　　　　　台北市內湖區舊宗路二段121巷28、32號4樓
　　　　　　電話：02-2795-3656　傳真：02-2795-4100
　　　　　　http://www.e-redant.com

2010 年 4 月　BOD 一版
定價：330 元

讀 者 回 函 卡

感謝您購買本書,為提升服務品質,煩請填寫以下問卷,收到您的寶貴意見後,我們會仔細收藏記錄並回贈紀念品,謝謝!

1.您購買的書名:_____

2.您從何得知本書的消息?

□網路書店　□部落格　□資料庫搜尋　□書訊　□電子報　□書店

□平面媒體　□ 朋友推薦　□網站推薦　□其他_____

3.您對本書的評價:(請填代號　1.非常滿意 2.滿意 3.尚可 4.再改進)

封面設計____　版面編排____　內容____　文/譯筆____　價格____

4.讀完書後您覺得:

□很有收獲　□有收獲　□收獲不多　□沒收獲

5.您會推薦本書給朋友嗎?

□會　□不會,為什麼?_____

6.其他寶貴的意見:_____

_____

_____

_____

讀者基本資料

姓名:_____　年齡:_____　性別:□女 □男

聯絡電話:_____　E-mail:_____

地址:_____

學歷:□高中(含)以下　　□高中　　□專科學校　　□大學

□研究所(含)以上 □其他_____

職業:□製造業 □金融業 □資訊業 □軍警 □傳播業 □自由業

□服務業 □公務員 □教職　□學生 □其他_____

To：114

台北市內湖區瑞光路 583 巷 25 號 1 樓

秀威資訊科技股份有限公司　　　收

寄件人姓名：

寄件人地址：□□□

- -

(請沿線對摺寄回,謝謝!)

秀威與 BOD

BOD（Books On Demand）是數位出版的大趨勢，秀威資訊率先運用 POD 數位印刷設備來生產書籍，並提供作者全程數位出版服務，致使書籍產銷零庫存，知識傳承不絕版，目前已開闢以下書系：

一、BOD　學術著作—專業論述的閱讀延伸
二、BOD　個人著作—分享生命的心路歷程
三、BOD　旅遊著作—個人深度旅遊文學創作
四、BOD　大陸學者—大陸專業學者學術出版
五、POD　獨家經銷—數位產製的代發行書籍

BOD 秀威網路書店：www.showwe.com.tw
政府出版品網路書店：www.govbooks.com.tw

永不絕版的故事・自己寫・永不休止的音符・自己唱